中国书籍文学馆·散文苑

皇甫卫明——著

浮生闲情

中国书籍出版社
China Book Press

图书在版编目（CIP）数据

浮生闲情 / 皇甫卫明著 . —北京：中国书籍出版社，2014.6
（中国书籍文学馆·散文苑）
ISBN 978-7-5068-4240-2

Ⅰ.①浮… Ⅱ.①皇… Ⅲ.①散文集—中国—当代 Ⅳ.① I267

中国版本图书馆 CIP 数据核字（2014）第 138289 号

浮生闲情

皇甫卫明　著

图书策划	武　斌　崔付建
特约编辑	陈　武
责任编辑	毕　磊
责任印制	孙马飞　马　芝
出版发行	中国书籍出版社
地　　址	北京市丰台区三路居路 97 号（邮编：100073）
电　　话	（010）52257143（总编室）（010）52257153（发行部）
电子邮箱	chinabp@vip.sina.com
经　　销	全国新华书店
印　　刷	三河市华东印刷有限公司
开　　本	650 毫米 × 940 毫米　1/16
字　　数	185 千字
印　　张	14.5
版　　次	2014 年 8 月第 1 版　2019 年 1 月第 2 次印刷
书　　号	ISBN 978-7-5068-4240-2
定　　价	45.00 元

版权所有　　翻印必究

序

李敬泽

"中国书籍文学馆",这听上去像一个场所,在我的想象中,这个场所向所有爱书、爱文学的人开放,不管是白天还是夜晚,人们都可以在这里无所顾忌地读书——"文革"时有一论断叫做"读书无用论",说的是,上学读书皆于人生无益,有那工夫不如做工种地闹革命,这当然是坑死人的谬论。但说到读文学书,我也是主张"读书无用"的,读一本小说、一本诗,肯定是无法经世致用,若先存了一个要有用的心思,那不如不读,免得耽误了自己工夫,还把人家好好的小说、诗给读歪了。怀无用之心,方能读出文学之真趣,文学并不应许任何可以落实的利益,它所能予人的,不过是此心的宽敞、丰富。

实则,"中国书籍文学馆"并非一个场所,它是一套中国当代文学、当代小说的大型丛书。按照规划,这套丛书将主要收录当代名家和一批不那么著名,但颇具实力的作家的长篇小说、中短篇小说集和散文集等。"中国书籍文学馆"收入这批名家和实力作家的作品，就好比一座厅堂架起四梁八柱，这套丛书因此有了规模气象。

现在要说的是"中国书籍文学馆"这批实力派作家，这些人我大多熟悉，有的还是多年朋友。从前他们是各不相干的人，现在，"中国书籍文学馆"把他们放在一起，看到这个名单我忽然觉得，放在一起是有道理的，而且这道理中也显出了编者的眼光和见识。

当代文学，特别是纯文学的传播生态，大抵集中在两端：一端是赫赫有名的名家，十几人而已；另一端则是"新锐"青年。评论界和媒体对这两端都有热情，很舍得言辞和篇幅。而两端之间就颇为寂寞，一批作家不青年了，离庞然大物也还有距离，他们写了很多年，还在继续写下去，处在最难将息的文学中年，他们未能充分地进入公众视野。

但此中确有高手。如果一个作家在青年时期未能引起注意，那么原因大抵有这么几条：

一、他确实没有才华。

二、他的才华需要较长时间凝聚成形，他真正重要的作品尚待写出。

三、他的才华还没有被充分领会。

四、他的运气不佳，或者，由于种种原因，他的写作生涯不够专注不够持续，以至于我们未能看见他、记住他。

也许还能列出几条，仅就这几条而言，除了第一条令人无话可说之外，其他三条都使我们有足够的理由对这些作家深怀期待。实际上，中国当代文学的丰富性、可能性和创造契机，相当程度上就沉着地蕴藏在这些作家的笔下。

这里的每一位作者都是值得关注、值得期待的。"中国书籍文学馆"收录展示这样一批作家，正体现了这套丛书的特色——它可能真的构成一个场所,在这个场所中,我们不仅鉴赏当代文学中那些最为引人注目的成果,而且,我们还怀着发现的惊喜,去寻访当代文学中那相对安静的区域,那里或许是曲径幽处,或许是别有洞天,或许是,众里寻他千百度,蓦然回首,那人却在,灯火阑珊处……

序

金曾豪

我和卫明是同乡。读卫明的散文集，我最关注的是那些书写乡村生活的篇章，想看看他笔下的乡土是不是我牵肠挂肚的那片翠绿的田园。

卫明在《浴锅》中记述了故乡的锅浴。这种富有乡野气的乡村公共浴室现在已列为"非物质文化遗产"，这项名为"锅浴"的"非遗"申报书还是我执笔的呢。这一乡俗只在极小的范围存在过，而我老家也曾有过这样一间对乡邻免费开放的浴室。老金家的锅浴在镇上，显然已经有所雅化，而卫明笔下的锅浴谅是这一乡俗的正版了。卫明的母亲在《蛇魅》中被蛇咬了，我的二姐在十多岁时也同样被蛇在脚板上咬出了一对牙印。咬出一对牙印的蛇必是毒蛇噢，必须认真对付的。去野地里偷芦稷吃同样是我童年时常干的勾当……读着这样的篇章是很开心的。

和《浴锅》一类，卫明的《芦稷里的童年》《乡村猪事》《鸡这一辈子》《擀面》《临别一座村庄》诸篇也让我们分享了他的简朴而丰富的乡村生活。虽然生活在同一片乡土，幼时也常常用"乌龟板板"垫屁股（《浴锅》），但"根部有点咸"的甜芦稷，给"走花猪"穿鼻，下田时将顺手逮住的小田鸡囚在卷起的裤管里……这些乡间生活细节还是让我耳目一新。作为清贫农家的儿子，卫明对于乡村生活的体验不是"零距离"的采得，而是在完全深潜融合之后的拥有。这样与生活一体的关系，与那怕是刻意的深入也是不可同语的。

这是至关重要的一点。散文依据的毕竟多为一种常识（诗歌则多为想象，小说则借重虚实的编织），不能仅用灵感一动或故作深沉来达到所谓的厚重或者深刻。许多时候，散文的深度来自于体验之深和思想之深。散文家必须在最为习焉不察之处发现别人所不能发现的事实和意味。有价值的乡土题材散文常常就是那些在平常的外表下蕴含着不平常的精神空间的篇章。

说到对乡村生活细枝末节的书写，我会想到新疆的刘亮程。刘亮程总是以一个乡村闲人的视角书写他的村庄。这个闲人并不完全是作者本人，是"一个扛着铁锹转悠的乡村哲学家"。这是刘亮程的写作策略，因为他着意用一双哲学的耳朵来谛听乡村这个"世界之根"的庞大根系发出的细籁微响，着意以道家"齐物"的思想来考量"人和动物同住"的他的村庄。

卫明不是这样。他就是以一个生于斯长于斯的农家儿子的身份，本真地叙述他的村庄。大部分的篇章，作者都在场，或参与事件或旁观作证。这种在场感使读者感到难得的踏实。

这一类自传性的散文写作，作家几乎都会采取"两个我"的书写策略。一个"我"是当时当事的"我"，另一个"我"是隐性的，即文本叙述者。这第二个"我"其实也是参与者——通过选择剪裁、营造情调等手法参与着文本，无言地暗示着这样或那样，使作品获得一种倾向。

卫明不是这样。在卫明的文本里，我们极少感觉到叙述者的参与，或者只背影一闪，或者干脆缺席。《蛇魅》中那位为避厄运而终日盘坐在匾子里的母亲，那个小有名气却未能治好妻子蛇伤的乡村蛇医身上有许多的"戏"可写。《藤榻》里于老太家那张老是被村人借去充作担架的藤榻又蕴含着那么多令人感慨的由头……可作者只是一笔带过，不动声色。作者只讲"事体"，不评说，不表态，就那样平实地白描着曾经的乡间人物、人间杂事。

是太熟悉的地方没有风景？作者认为这些故事都是普通不过的"事体"（不是"事情"），是无需赞扬、批评或者感叹的？是把"新写实小说"的"零度介入"策略移用到散文创作来？

作家有权确定自己的叙事策略。有时候，这样的确定是不需要理由的。

也许，这样的叙事策略是有一点风险的，至少对于缺少乡村经验的读者来说是这样。也许，作者选择叙事策略时，暗藏着农夫式的机智——把米给你，饭由你去做吧。

喜悦与悲伤，抑或甘甜与苦涩，作者都不说——不是不说，而是已经揉进"事体"里了。作者拒绝用概念的箩筐去分拣生活，就这样以非诗意的心境注解了他的乡村经验，就这样把一方方毛茸茸的生活诚恳地交给了读者，听凭读者品咂出一个"自己的村庄"。

读这样的乡土散文，就觉得和大地那么亲，和生命那么近，觉得简朴的农家日子原来是那样的从容淡定波澜不惊，却是那样的养心若鱼。

卫明就这样朴实地书写他的村庄，让我们的乡愁找到了一个可以眺望的远方。

· 目录 ·

第一辑 乡村音籁

蛇　魅 /002

酒药花 /010

浴　锅 /015

芦稷里的童年 /020

南瓜不是瓜 /027

藤　榻 /034

分　红 /040

乡村猪事 /047

擀　面 /055

芝麻馅 /059

第二辑 岁月投影

临别一座村庄 /064

一棵树的寓言 /070

蛙　声 /075

城里的黄鼠狼 /081

逝去的烟囱 /085

鸡这一辈子 /091

药　芹 /095

邻　居 /098

我的无车日 /102

乡间小饭店 /107

第三辑　浮生闲情

我只是部分活着 /112

渔对鱼的伏击 /119

此生如萍 /124

敬　酒 /129

打　的 /134

酒　客 /139

掼　蛋 /146

掼蛋与平民法则 /150

跑　片 /153

奥迪与别克 /157

第四辑 天桥风景

别人的风景 / 162

食堂表情 / 169

开水房的早市 / 175

教室里的电脑 / 179

天　桥 / 185

雄兔雌兔 / 191

远方的作家朋友 / 196

言子堤漫步 / 200

栗桂园品茶 / 205

青山绿水飘茶香 / 210

第一辑

乡村音籁

蛇 魅

蛇的名声，能让孩子惊厥。一次与蛇的遭遇，足以连续三天做恶梦了。这个读来顿挫有力听着晦暗的单音节词汇，如鬼魅一般，附着我记忆的视网膜，多少年以后仍在我梦境中反复闪现：蛇的体态，蛇的斑纹，蛇粗糙的鳞片，蛇的盘曲与游走，蛇吐着信子咝咝有声……

蛇闯入我懵懂的记忆，源于一场灾难。我一路蹦跶在放学途中，目光巡视田里熟悉的身影。有人尖叫着唤我：小子哎，还恁开心，你妈给蛇咬了！母亲给蛇咬了？我觉得好玩。母亲坐在囤圌中，一条腿盘曲架在另一条伸开的腿上，两手按着脚踝，木讷讷的眼神回应我的呼唤。她弓着腰，嘴角不时抽动。我探下身去看，她呻吟着移开手：这儿，这儿！她脚背靠脚踝处，血从两个针孔样的创口滋出来。小腿和大腿上箍着两道布条，肿胀得明显比另一条腿粗。母亲告诉我，父亲去请蛇郎中了。母亲的无助与痛苦让我无所适从，我想不出如何安慰她，也不去做家务，束手无策发着呆。这个时段照例应该在母亲毫无余地的勒令或咆哮的惧怕中，奔忙阡陌割草，回家烧晚饭。我的没心没肺，缘于对亲情的片面理解，她平日太凶了。

蛇郎中姓丁，五十来岁。他细心察看我母亲脚上的牙印，在她眼前晃动手掌询问。母亲神志尚清，视力有些模糊。她在田里拔草时踩上了蛇，以为踩到了树枝或豆萁，只觉得被什么东西扎了一下，提起脚，脚上挂着什么东西，蛇！一边惊呼，一边本能地把脚一甩。队长疾速冲过来，循着蛇行方向猛追，踩倒大片的稻禾。拔节的稻禾枝粗叶茂，蛇瞬间无影无踪。没看清蛇，又不懂辨识牙印，只能待在田头"留观"。丁郎中说，可能蛇比较小，毒液不多，但耽搁了三四个小时，蛇毒已经漫到大腿了，蛇毒进入心脏就没救了。丁郎中的话，让全家陷入恐慌，此时我才明白，这绝不是什么好玩的事。

丁郎中示意我们回避，民间医生祖传的绝技是不轻易示人的。父亲去厨房做晚饭，吩咐我烧火。事后听母亲说，丁郎中拿小刀切开伤口，顺着腿脚按压，挤出毒血。用绣花针在伤口周围扎出几圈针眼，敷上药泥。药泥是捣烂的草药，母亲只记得其中有半边莲、丝瓜叶，其余的她不认得。那一夜，丁郎中留在我家，只打了会儿盹，此后不时过来探望。母亲每天皱着眉头大把吞下黑黑的药丸，大碗喝下绿色的草汁，折腾得只剩半条命。求生欲赋予她超乎寻常的平静和耐受力，痛苦的记忆让她的余生变得喋喋不休，包括因此受损的视力。

母亲一直"住"在囤匾里，吃饭不上桌，睡觉不上床，父亲曾戏谑道，要不把马桶也提过来？——当然，母亲已日见好转。囤匾是囤积稻麦的竹制农具，不知哪一辈的遗训，但凡病因古怪，小儿发烧，居然作避邪的居所。如同孙行者金箍棒一划，一切妖孽都被魔力挡在无形的圈外。囤匾有个难于书写的俗名，因了它的谐音，才被神化的么？乡俗神神道道，说不清。父母的启蒙中，无相关诠释。不过，一向严厉的母亲，目光里开始重现母性的慈祥，就连割草的催逼中，也多了一句温柔的叮咛：小心蛇啊。

母亲说的蛇，专指毒蛇。水蛇、乌梢蛇、大黄蛇都无毒，赤练蛇微毒，咬不死人，红黑相间的横纹漂亮得让人心怵。咬母亲的是蝮蛇，俗名"瞎眼皮鞭灰"，母亲固执地认为，这个俗名就是她目糊的最好注脚，她振振有词的观点影响了我多少年。事实上，蛇视力严重退化，跟瞎子差不多，它们敏捷的反应全凭头部的红外遥感。蛇毒多属神经毒素，其他毒蛇同样使人"瞎眼"。

小心蛇！这句话似一道魔咒，卡在我成长的咽喉。让我超前品尝人世的艰辛，以畸形的早慧思考生与死的命题。乡下孩子喜欢打赤足，田间小埂一层细密的嫩草，足底毛茸茸痒丝丝的舒坦能沿着双足传递到全身，而我不敢赤足。割草时，我以孩童少有的警觉审视草丛，竖起耳朵，时刻提防蛇冷不丁蹿起来，在我手指上留下恶毒的牙印。我不敢走夜路，机耕路和灌溉渠是田间"官道"，茂盛的豆萁从两边涌向路中间，谁知道它们盘伏在哪里，伺机向我进攻。夏天别人趿着拖鞋去看露天电影，我脚上是不可思议的布鞋胶鞋。家里的手电是奢侈品，不轻易用。与父母一起赶夜路，我闹着点桅灯。孩子间流传着一句俚语：狗咬一蛇咬二。意为狗反应快，咬走在最前头的人，蛇不同，第一个惊动它，第二个遭殃。他们能举出好多道听途说的例证，推三拉四缩到队伍后面。按他们的逻辑，放单是不会遭蛇攻击的，但我依然不敢独行冒险。有次看电影掉队了，黑灯瞎火壮胆夜行，我卯足劲冲过几条田埂。坑坑洼洼的小路，嘲弄着一个少年慌乱的脚步和怦怦的心跳。

我们和蛇处在同一个世界，却对它知之甚少。蛇为了生存，在进化中修炼成灵异之物，本身并无恶，恶是人强加给它的不实之词。多年后，我逐步抹去一个乡村少年的狭隘与偏执，却始终无法清除心里那道魅影。不说私愤，世人的公愤足以证明人与蛇势不两立，它邪恶如鬼魅，令人毛骨悚然又咬牙切齿。见蛇不打三分罪，不管谁招呼一声：毒蛇！附近的人都放下活计，提了工具奔过去，一条条蝮蛇葬身在铁耙锄头铁锹扁担的合力围剿中。千刀万剐犹不解恨，且引申出一句经典：打蛇打七寸。多精辟！一群孩子遇见毒蛇要慌乱得多，谁也不敢当冲锋陷阵的排头兵。击不中要害，被反咬一口，或让它逃了。据说受伤的蛇会记住仇人的气味，寻机报复。这句谶语更令人害怕。能奋不顾身率先举起树棍的，是小伙伴心目中的英雄。夏日的田头，常常见到为首的竹竿上挑一条死蛇，后边呼啦啦一群孩子，颇有成人押着坏分子游街示众的气派。蛇是某某打死的！他们急不可耐到处发布新闻。路遇的随口问：真打死了？孩子把蛇放在地上，远远看着它，再补几下，直到蛇头捣烂，蛇身分为几截。

入学后，老师讲的第一个故事是《农夫与蛇》，寓言，却不像《东郭先生和狼》那么虚假，我从没怀疑它的真实。蛇衔夜明珠报恩的故事呢，老师肯定不知道，或不愿讲。否则，我该倾向哪一种是非观呢。让一个孩童过早承受尖锐的两难选择，有违师道。忧郁似雾霾笼罩着我的少年，母亲的遭遇，父母的争吵，萌生我亲手打死一条毒蛇的渴望。母亲的治疗费如白养了一头肥猪，家境更显困窘。父亲一直叽咕母亲不小心，心疼被蛇医喝掉的两瓶白酒。母亲苦着脸流泪，急了指桑骂槐，骂蛇，骂我们。一切罪魁祸首都是蛇，我的怯懦为强大的报复欲望所替代，我要亲手杀死一条蛇。

我不再惧怕放单，低洼地，乱坟岗，秆稞帐，旮旮旯旯，专冲蛇可能出没的地方。自以为概率很高的地方，见不到蛇影，连蛇蜕也没有。是我方向不对，还是蛇灵异的感知预见到一个少年志在必得的复仇？反正运气太"好"了。与蛇的遭遇来得很突然，那天，我跨过一个细流潺潺的缺口，正待落脚，发现一堆土有些异样——蛇！似突然被点了穴，跨出的一只脚僵在半空，不能落地又来不及收回来，背部噌然发凉，大脑一片空白，一屁股跌坐地上。我与蛇只隔一个缺口，视线始终没有移开那堆与泥土难辨的黑色。它盘着的身子作旋转式微微蠕动，圆心中稍稍昂起的头正对着我。它的定力让我担心,是没受惊动,还是在估摸突袭的胜算?我手里只有一把短柄镰刀,没有长武器,哪怕有半块砖也好啊。人和蛇对峙着,空气凝固,心跳骤停。但见它转过头,身子一松,尾巴一摆,想溜?我猛扑过去,手起刀落。蛇没有立马毙命,镰刀的威力孱弱了些,但毕竟有一截钢铁,而且灌注了一个少年毕生的怒火。蛇的中部遭到重创,后半截身子瞬间瘫痪,拖住了它的前半截。困兽犹斗,蛇竖起一截身子,把嘴巴张开到极限,我能清晰地看到它上颌两颗尖利的毒牙。不知哪儿钻出一只打屁虫,在蛇身上爬动,坏了!孩子中传言,打屁虫是蛇的救星,它带着黄色黏液的臭屁能为蛇疗伤,伤愈的蛇变本加厉寻人复仇。我轻而易举解决了这个不识时务的帮凶,将蛇斩为四截,用镰刀在田埂上挖四个泥坑,分埋,踩实。蛇肚子里居然有几条小蛇,蚯蚓大小,还没来得及出世害人就成了母亲的殉葬品。成就感开始占据我的内心,那一瞬的紧张与恐怖恍若隔世。晚风带来的凉意,提醒我该回家了,我耽误了割草,回家见到的每一张脸都会拉长,不管父亲母亲,连弟弟也瞎起哄。我摸摸脑袋,以往挨打第一反应是护住头部,这回,我底气十足。

母亲狐疑地看着我,没出声,对我毫无添油加醋的壮举并无多大兴趣。"拖身"的蛇,出洞的蛇最毒,咬了没救。父亲同样没有表彰我,他的话有些离题。他们早忘了当初的咬牙切齿,还有几个月的不睦。父母没有责备我一句,也算是一种奖赏吧。晚饭我吃得安稳,睡得却不踏实,半夜,蛇清晰地闯进我的梦里。我在田埂上与蛇狭路相逢,转身就跑,它呼呼地追着我。我边跑边回头看,腿软得迈不开步,眼看就要被追上了,一个猛拐冲入稻田,稻田里突然直直地竖起一条大蛇,挡住去路。一声惊叫,醒来全身湿透,我张着眼睛再无睡意。梦境在暗示我什么?是善后工作有纰漏。几截残体埋得太近,给打屁虫接活了?一大早来到那里,远远望着田埂上凸起的地方,新土完好,没什么异样,我悄悄走近,挖开,一股奇臭扑鼻而来。昨天疏忽了，四截残体从头到尾按着原始顺序。我打乱顺序，移远一段，埋得更深。我像中了蛊一般，每天割草途中都会拐到这里，远远看上几眼，直到堆土瘪塌，硬结与田埂一体。

　　大寒时节，父亲帮邻里迁祖坟。迁坟是大事，人多才隆重。胆小的怕沾晦气借故推诿，父亲却每求必应。并非百无禁忌，他义气，关键能混一顿酒吃。大孩子喜欢看热闹，睁大好奇而恐怖的眼睛看父亲他们刨开坟头，挖空四周，开棺后，本家后辈将遗骨捡拾进预先准备的氅里，然后起棺就地解体，扛回去晒干。老坟都在干燥的高土上，木板棺材几十上百年了还能做门板，做家具。乡下人有不少穷讲究，唯不忌讳祖坟里的棺材板。人多活少，父亲他们嘻嘻哈哈，似闲庭信步。待掀开棺盖，懵了，棺材里有蛇，一窝呢。花花绿绿，有几条缠在一起。似天空突然撑过一片阴云，嘻嘻哈哈瞬间变作目瞪口呆。统统消灭！有人提议道。没人附和响应，众人把征询的目光转向本家老者，老人捻着山羊胡须摇摇头，脸色凝重。他说，去请丁郎中吧。丁郎中？蛇医还会捕蛇？

　　西天剩下半个太阳时，丁郎中才磨磨蹭蹭过来。他探头看了看，捡根树枝在棺底拨弄几下，随手抓起蛇，扔进竹篓，动作很快，最后一把竟是扭结在一起的几条蛇。蛇仿佛死了一般，在冬眠呢，就算醒着也冻僵了。这个季节丁郎中终日窝在家接近休眠，他不愿来。不费吹灰之力的捕捉有违猎手的尊严，也可能还有别的江湖规矩。信使讲尽好话，还承诺一瓶粮食白酒，才勉强把他弄过来。早知这些蛇没个危险，费那个周折干嘛？山羊胡子老头瞪着眼说，那会儿，你们谁敢？后来听父亲说起，祖坟中的每一种活物都如灵异，招惹不得，更甭说屠杀了。是敬畏祖先，还是敬畏神灵？我不懂，兀自以为他们敬畏的就是蛇。记得那口棺材没有一处窟窿，蛇怎么进去的，是临时借住还是长久安家？那窝蛇非一个家族，蝮蛇、赤练蛇，还有罕见的菜花蛇，如何能相安无事？我至今不明。

上初中时要走很远的路，每天必须穿过一片野地。荒坟散布河滩、树丛，秆稞帐里若隐若现的露天棺更令人胆寒。一年暑假过后，秆稞帐又添了一座露天棺，是丁郎中的女人，死于蛇口。女人在大豆地里解手时遭到毒蛇突袭，咬的很不是地方。丁郎中出诊从不拍胸脯说满话，也不危言忽悠。一旦有闪失，病家也不会怪罪。他每每告诉家属只有七成把握，实际上他手里没死过人。乡民猜测，女人蛇伤部位尴尬，不在郎中平日拿手的手足部。丁郎中确实尴尬，一代蛇医，救死扶伤无数，却没治好自己的女人，医术就大打折扣了。丁郎中不再出诊，专司捕蛇。多年后，我见他在邻近几个小镇摆摊卖药酒。他安坐在小方凳上，支起的门板上盘着几条做广告的蛇干，排开三个大玻璃瓶，微黄的液体里半浮着各色的蛇，那些蛇早就变色变形，让我联想到福尔马林浸泡的某些东西。玻璃瓶上贴着价码，最贵的一斤酒二百元，里边是竹叶青、菜花黄和眼镜蛇。蝮蛇酒也有，便宜一半。他从不吆喝叫卖，逢人杀价便闭目不语。药酒有多大药效，只有他知道。有人说，头泡酒都让这老头喝了，他身上比蛇还毒超，蛇胆敢咬他，他不死蛇死。年长些的认识他，交头嘀咕，大概在兜他老底吧？丁郎中一脸漠然。

几年前，我在城里一家特色餐馆吃请，餐馆以野味为主打，招牌菜是蛇。厚玻璃箱里陈列着各种各样的蛇，让客人自己点。越毒越鲜，越毒越贵，无毒蛇最便宜——服务员提个铁夹子吆喝着，眼珠子滴溜溜在客人堆里逡巡。同行的还在犹豫，蝮蛇！我一锤定音。眼镜王蛇是极品，为何选了这价位中不溜秋的蝮蛇？众人准以为我怜惜主人钱包，谁知道我早年的不共戴天。一盘炸得微黄的椒盐蛇肉端上来，我第一个动筷。肉柴柴的，没觉出鲜美，都是调料的味。很多人木坐着，举箸维艰，好奇地看我呲牙咧嘴啃蛇肉。一蛇四吃，炒蛇皮丝，蛇胆，蛇血都紧跟而来。按规矩，蛇胆、蛇血留给主宾，一般人无福享用。主宾直摇手，一桌人推来让去，最终都让我消受了。见我毫无异样,他们才迟疑着举起筷子,但浅尝辄止,毫无大快朵颐的痛快。席间,众客连连咋呼,花几百个大洋吃这东西,不值不值。我的吃相与菜品不太相称,容易误导别人。论性价比,我也觉得不值。

我心里一直藏着一条蛇呢,他们不知道。

酒药花

我家的老屋，永远以酒药花为前景，或者说，我家的酒药花，永远有老屋为底色，有风时摇曳，无风时静立。多少年后我才知道，酒药花有个很雅的植物名：辣蓼花。一个俗透俗透的土名对应着它，就是不知道如何书写。我翻过"镇志"，请教过收集方言的老先生。老先生说，没听说过那个什么土名啊，该不是你记错了吧。我问母亲，母亲摇摇头，又点点头。是那么叫的，可是，你现在打听这个干吗？我也几十年没见着了。哦，灭绝了。母亲在立交桥下清理一枝黄花，年年斩草除根，年年茂盛得像是上足了基肥，还按节按令给它追肥，尿素啦，磷肥啦，碳酸氢氨啦。它娘的，这桥下只有风，没一丝阳光，天知道这——叫什么黄花的中了邪一般。我说，那东西是长在地里的癌细胞，你给青菜萝卜的肥料都给它们抢走了。母亲舍不得老屋前一块"种熟"的菜地，立交桥的一个桥桩正好钉在昔日的菜地中间。那时候，种什么，兴旺什么，没一根杂草，土蚕想临时安个家，都休想。

酒药花不用施肥，不占寸土，扎根屋檐下"石脚"缝里。是种的吗？不是。没种？不是。第一次见到它，粉红的花，细长的叶，高高的秆，在三里开外的外婆家，还隔着一条望虞河。第二年，我家老屋的景致和外婆家的老屋变得差不多，外婆家的老屋更老些，就像外婆比姨婆更老些。酒药花也老些，不如我家的粉嫩。外公喜欢喝酒，父亲也喜欢。外公家用一百斤糯米做米酒，我家做六十斤。外公难得来，我父亲也难得去，但父亲一去，就叫上四个连襟，我四个姨父，呼啦啦涌过去。谁让外公外婆生那么多？酒瓮抬出来，摆在台脚边，吃一碗舀一碗。大舅分家另过，管不着，小舅跟我一般大，巴不得亲戚到。外公不悦，外婆边埋怨他小器，边帮他逐客。别喝醉了，夜露冷，快带孩子回家，摆渡船一收工，这儿可住不下。姑爷们酒馋，脸皮不厚不行。我们可以不睡床。睡哪里？鞋子里，或者，灶窝子。又不是没睡过，稻草一铺，像北方的炕。

背着草簏割草，不走大田埂小田埂。窑厂车来车往，没有一块地不在车轱辘碾压下。窑厂上有草？没有。有外公。小赤佬，叫外公去吃晚饭？不是。啊……是。外公平日严厉，外孙男女没一个不怕，他在人前慈爱无比，我喜欢陌生人堆里的外公。外公抠，不抠不行，十几个外孙外孙女，拿什么疼爱，小孩子就知道吃，吃就是爱。外公到，急煞我妈。有酒就好，外公老酒鬼。这酒做得好！外公脸上泛红光。酒药花做的酒药？那当然，六十斤米用了八十斤米的酒药。酒老，有后劲。外公吃得踉踉跄跄，妈让我送他到渡口。我帮外公提藤篮，藤篮里有饭盒，旱烟管，还有装旱烟的小方铁皮盒。

夏阳红，人脸红，桑果果不红，绿得让馋嘴的孩子跺脚。田野里的草，都有桑果果一样的穗头，红红的，但不是桑果果，也不是酒药花。母亲说，桑果果长在树上，不是草上。酒药草种在屋檐下，第一年随手撒几粒籽，第二年或是以后若干年，石脚缝里的种子变成草钻出来，没有种子，草根上也能长一丛。太蓬勃不好，看谁茁壮，茁壮的草才留下。酒药草知道主人心思，霸道。以前的凤仙花、鸡冠花、夜来香，躲在酒药花的腋窝下，委屈成侏儒。花花草草自生自灭，侍弄它要时间，母亲没有；要雅趣，母亲没有。老屋什么季节就该什么样子，下雨，屋里盛脸盆脚盆，西北风，拿破布堵窗缝墙缝。吃着晚饭，一阵芳香过来。唷，有没闻到香味？母亲不接茬，父亲，全家人都不响应。老屋什么季节也该什么味道。父亲在问母亲，酒药花可以采了？母亲走到屋檐下，酒药草比她高，她伸出手，酒药草低头弯下腰，穗头正好凑到母亲开始昏花的老眼，花芯里黑黑的一点，那是成熟的种子，草那么高大，种子才一点点大。芥菜籽肚肠气量小，芥菜籽大十倍。

自己做酒药？老头走街串巷卖酒药，酒药是他一年的收入。老头白头发，白胡子，寿眉也是白的。以前不种酒药草，年年买老头的药丸。谁家做酒，谁家做多少，老头有本"板油账"，走不错人家，搞不错药量。都像你家，自己做酒药，我不得饿死？老头坏坏地笑。都饿死了，还笑。酒药不要，留两颗做药引子，给现钱。以前可以赊，等大年小夜，米酒喝得差不多仅留一瓮待客，上门收钱。赊的账不好打折，酿坏了酒药白送。老头贼精，进门找酒瓮，舀半碗一饮而尽，不客气。这家，那家，老头一个季节甭买酒喝，尝尽百家。酸了，甜了，淡了。老头说个子丑寅卯：粢饭没凉透发酵过头，所以酸了，水化早了所以淡，是不是把甜酒药混进老酒药里，甜得粘嘴巴，可别让小孩子偷吃光了。父亲给老头递烟，很恭敬，想从他嘴里掏一点窍门，老头闪闪烁烁。不问这个，他很健谈，年轻时风流事都兜出来。你真想让我饿死啊，嘿嘿，嘿嘿嘿。

秀才嗜酒，自做的酒，自做的酒药，说是从古书里看来的方子。父亲跟他讨教，虔诚得像学生。父亲要超过外公，酒药第一关。酒药的粉料得用籼米，前季稻都是籼米。糯米酿酒，籼米做药，这叫什么，生生相克，不信你拿糯米粉试试？父亲吩咐母亲，把半干的酒药花捣烂，拌入米粉，搓捏成一个个鸡蛋大的团子。老头的酒药碾成粉，让团子在粉末里打个滚，铺排在小匾里。团子底下垫一层稻草，上面盖一层稻草，药团窝在被褥里，睡上一天一夜。有酒药香吧？有，有点。不能去偷看啊。为什么？哪来那么多话，反正不许看，一看酒药里仙气跑了。哦。轻轻揭开稻草，团子焐出毛，长长的，绒绒的，白白的，像老头的白胡子，白寿眉。慢慢晾干，团子萎缩成丸子，白毛萎缩成一个个霉点。秀才来串门，带着他按古方做的药丸。有酒香。秀才问，你家的药丸子里，怎么还有花香？父亲说，酒药花的香。秀才摇摇头，不对不对。父亲窃笑，加了桂花，做桂花酒。哦，南瓜花丝瓜花加起来就是桂花酒？小猢狲，瞎说什么！父亲怕我泄密，脸都红了。秀才说啥稀奇，好多花可以作酵母，不要耍小聪明，桂花酒不是你这样子做的。

父亲开船回来，第一句话问母亲酒做了没，怎么没一点酒香。做了，昨晚做的，可能天太冷了。酒缸的窝做得结实吗？有没暖缸？都照你过去的样子，谁让你晚了两天回来，糯米浸成粥了。一昼夜很漫长，闻不到酒香，这缸酒基本废了。再等一夜，开缸。酿酒缸冰冰冷。不像酒酿，像粥。父亲跳母亲叫，父亲火母亲恼。六十斤糯米啊，队里就分了一百多斤，还得留着廿四夜做汤团，来年双抢开早工捏几个粥里团，才扛得住。糟蹋了，馊粥一样的东西猪狗都不吃。那就重做一缸，我和孩子廿四夜不吃汤团，也不管来年双抢了。父亲吼道，说得轻巧，烧一锅水！母亲不叫不闹，乖乖去柴灶烧水。父亲用开水泡"汤婆子"，热水袋，盐水瓶，焐在酒缸边，上面盖三层棉被。他救活了一缸酒，酒劲折损小半，但总算像酒。父亲一端起碗，说喝的河水，母亲拿白眼瞪他。没人指点，父亲是无师自通，还是狗急跳墙，死马当活马医？卖酒药的老头拈着白须，说酒药有问题。秀才说酿酒这活儿，女人一碰，酒神不保佑。母亲乐得管闲事。

吃新年酒轮流坐庄，初一吃哪家，初二哪家，预先排着队。女人在乎菜，男人在乎酒。菜老八样，比不出丰盛，比手艺。酒呢，比清，比口感，比劲道。我父亲救活的酒能吃不错了，浑得像淘米水，一碗肚子胀，两碗三碗才有点意思。外公说，一个祖宗做的酒，差距咋那么大。父亲以牙还牙，你一窝女儿，俊的俊，丑的丑，不是一个祖宗？父亲怀疑自制的酒药，次年先拿十斤米作试验，实在不行再买老头的酒药。十斤，好，再做五十斤，还是好。父亲干脆留着几丸做来年的药引，做了好多酒药。送外公，送姨夫，村里有人要，半卖带送。

  老屋拆了，老父走了，酒药花没了。没了酒药花，还有酒药，没了酒药，还有酒。没了酒，日子没法过。啤酒红酒白酒，有什么喝什么。一年四季，只有大冬天才能喝到地道的米酒，母亲做的。我一直忘了问母亲哪来的酒药。母亲不会喝酒，父亲无缘喝酒。母亲仍记得年年做酒，超市里有酒药，要多少有多少。酒药花呢，在老屋的底色里。

浴 锅

晚饭时,母亲一个劲催我,吃完了去烧浴汤,我连连点头应承,口里含着一大口饭。

转过墙脚,我望见这边烟囱上方升起一团白烟。脚不停蹄奔向桥东,见到二婶的小儿子在井边提着一桶水正吃力地往另一处小屋走,那是另一口浴锅的所在。

村里只有两口浴锅,桥东桥西各一口,分别置于两任队长落脚屋。与他们场角的两口公井,与穿村而过的小河,同属公共资源。有浴锅是方便,但一般农户置不起,铁锅、砖块、人工,而且毕竟要占据一些地方。有了借口,队长家的下屋理所当然比别家大一些,下屋兼作柴房,还养着牲口。

三面墙,围一口铁锅,铁锅支在正方形的凹宕里。浴锅,我们一般唤作浴缸。浴锅支在墙角,占地少,也借助房子的两面墙壁,再砌一面半墙,半墙不到顶,但能遮挡视线,半墙下方必是一个灶口,添柴、退灰。一方没有墙壁的豁口供浴者出入,浴锅就隐秘了。

入秋,被小河冷落了几个月的浴锅开始有人光顾。农民干体力,或多或少会出一些汗。秋收时节,洗浴的更是拥挤。母亲一直埋怨我跑得慢,总被人捷足先登。捷者全家拥有优先权,一家老少浴完，才轮得上后来者，而且往往排着长长的队。浴者排队，无须像市场上一个挨一个站着，或坐或站或蹲，或斜靠在猪栏，也有随便找个地方，用带来的柴把随处一放，席地坐着。按照先来后到，什么时候轮上自己，彼此心中有数。秩序一般不会遭到破坏，但队长或者队长老婆一露脸，总有一个或几个提议让他们插队，他们故作谦让一番，回屋去取换洗的干净衣服。这样，每个人轮到的时间又得依次后推。你道每个人都乐意？本来沉默的以更沉默把不满闷在心里。有的一脸堆笑嘴上附和，心里责骂拍马屁者拿大伙的时间充好人。也有确实由衷的谦让，多是老人，他们觉得早早摆在床上也睡不着，多等一会儿也无所谓。能轮到加塞的不光队长一家，在外当干部的偶尔光顾也能享受村民谦让的殊荣。父母没这个资格，我可以把排好的位置让给他们，把自己换到队伍后面。

浴汤不可太满，六七成正好，否则人一下锅，水就溢出来。大半锅的水，也不更换，几个人一洗，汗水污垢都留在水里，水浑浊到发稠，升腾的水汽中隐隐有臭味，但还有人接二连三赴汤蹈火。浴者一边直呼水脏，一边拿一句俗语自慰——浑水里洗出白萝卜。也有直摇头而打退堂鼓，回家将就弄弄。有的排了几个小时的队，于心不甘，于是淘出脏水，重新提水烧热。每逢此时，母亲嚷嚷道，就让我钻一下，钻字极言洗浴之快，很形象。她一面自嘲末汤葆元气，一边麻利地脱衣服。浴伴嘻嘻哈哈笑着。母亲舍不得浪费柴草，也想早些回家做些家务。

也有我抢了先机的时候。母亲笑着对我说，试试水温怎么样？你烧的就让你浴头汤，头汤水清澈得冒着香气。我可以随意招呼母亲添火，母亲窸窸窣窣在灶前忙乎。半躺在浴锅里，热气从锅底冒上来，浑身惬意。锅底烫人，拿"乌龟版"垫在屁股底下。母亲常说，庄稼人一天劳作，热水里一泡，解乏舒坦。陆陆续续有人来排队，母亲催我快起。不等我坐起，兄弟已经脱得赤条条地挤过来，兄弟浑身冒着热气从浴锅下来,父亲就跟着下去了,最后轮到母亲。排在母亲后面的浴客坐在灶门口的小凳子上为我母亲添火,嘴里兴奋地唠叨着,称赞我们一家的高效,懂得照顾后来者。母亲喊停火,烧火的站起身准备脱衣服。排她后面的接着坐到凳子上,准备烧火。等轮上烧火的,下一位自然会接替。

候浴的心里着急,嘴不闲着,都是家长里短。谁家的闺女相中了哪里的后生,家里不同意。哪个村寨的分红好,村上没光棍。说着说着,说到锅浴。二嫂是出名的老汤,也就是耐热,排在她后面的遭罪了,有一回队长老婆躲在锅沿上冻得发抖,一个劲儿往身上撩水,下不了锅,后来叫人添了半桶冷水。三婶不够麻利,她坐在浴锅里没一点声息,连带脱衣穿衣,半个小时都不够。德胜爷抠门,总不带柴禾。春哥讲的更发噱,说有一个上海来的女插青刚来时,人家给她烧好浴汤,她就疑心会把她煮熟了,再看灶膛里熊熊的大火,死也不肯脱衣服。她说屁股底下就是火,隔了一层铁皮,不煮熟也会漏下去,吓煞人。以后老人一直拿春哥的素段子取笑上海人。上海人竟然对锅浴大惊小怪,多少有点肤浅。长大后,我才知道,铁锅洗浴只在望虞河两岸不太大的地方盛行,同是常熟的高乡也拿我们锅浴当笑料的。

乡里相亲抹不开脸,背后的嘀咕从不移到当面。一次,几个正使劲说某某抠门,德胜爷铁青着脸闯进来。兴头上的几个浴客马上刹车。我妈说,德胜是单身老人,队里分的柴禾总是不够烧,老人又不讲究,就混个末汤,也很少让人添火,以后谁都别计较了。收获时节,烧浴汤的可以堂而皇之到队里打谷场抱柴草,从队长到村民都默认这种公款消费。过了这个时节,柴草分到各户,场角仅有的柴垛留作牛料,谁都不敢碰。

我生性邋遢,觉得几个小时受罪换来几分钟的享受,不值。我能承受猪圈飘过来的阵阵异味,耐心极其有限。轮到我烧火了,却给人加塞。妇人们陪着笑脸招呼我,一个挨一个过去,我又不好意思跟女人挤。有的招呼都不打,忽略我的存在。我气不打一处来,狠命地往灶膛添火,浴锅里的女人嚷嚷别烧了,我兀自把一大捆柴禾叉进去,女人终于逃也似的从浴锅里爬起来,作势拧我耳朵,她大概忘了此时赤条条的没了隐私。小屋里仅一盏15瓦的电灯,十分幽暗,停电时就在半墙顶点一盏煤油灯。半屋子的人,凭声音很清楚浴客在干什么,浴客贴墙站在豁口,别人是看不到的。也有大大咧咧的男女不注意,从他背转的身子能给人一个囫囵的后背。也许他们觉得,背后又没长什么重要物件,曝光也无所谓。夏夜水栈上,我就经常碰见从小河里起身的男女,裤衩胯前一遮,趿着拖鞋晃悠着赤条条的背影拾级而上。

三婶家率先支了一口浴锅。她家条件好,老头和两个儿子做手业。她受不了别人的奚落,觉得洗浴理应慢慢享受。自有自便当!她人前人后炫耀。三婶的浴锅分流了不少浴客,她不太在意浴客带多少柴禾,只要每次让她头汤。她坐在浴锅,时而精工细作,时而在锅里窜动,嘴里嗤嗤地低吟,很享受的低吟。

有一阵子,母亲不再去三婶家,也吩咐全家别去。母亲为了一点小事和三婶有了抵牾,好一阵子互不理睬。过年前,三婶特地差小儿子来我家,说喊我母亲去沐浴。母亲有点犹豫,父亲说去吧,还要三婶亲自来请你么。三婶破例让我母亲头汤,还亲自添火。说说笑笑间,恩怨烟消云散。黄昏,三婶的小屋又聚了一大帮女人,她们是来乘汤的。三婶早不养猪,小屋里只堆放农具和柴草,收拾得很干净,还摆放了好多凳子,凳子像一队杂牌军,高低式样材质都不一样。

没几年,家家户户陆续支了浴锅。我家小屋里支不下,就在小屋边搭一间,仅能容一口浴锅。洗浴是方便了,但母亲不是每天升火。晚饭后,还是抱着干净衣裤满村转悠。今天谁家烧了浴汤,老妇们都知晓。就像轮着请客,那帮老妇隔一阵也光顾我家,年轻人不再去凑这个热闹。

　　队长家的浴锅早被冷落。一次看见他家在宰羊,宰杀后把羊拖到浴锅里浸泡去毛。母亲说,宰过羊的浴锅都是骚味,想着就恶心。我说,那时队里杀了猪不都在浴锅里刮毛的,那两口锅少说也接待了几十头猪,猪没骚味?宰牛时桥东的浴锅里还煮过牛头呢,牛没膻味?母亲语塞,狠狠白了我一眼,只是叹了口气。

芦稷里的童年

我认识它的时候，以为它就是一棵树，以致老长一段时间，想不透它跟村头屋旁的楝树、槐树有多大区别，就知道往嘴里送，有着爽口的甜甜的汁水。我还没文化没心机去琢磨它的写法，却很清楚它的意义。后来母亲多久没种，以为它已经从世界上消失了。一次回家谈起这个话题，她眯着眼看我道，哪年没种啊？我以为你们早不稀罕了呢！母亲不会诳人，但我每每回家，目之所及，屋前屋后只有几棵枇杷树，柿子树，枣树，桂花树，还有斑斑驳驳的树荫下，一块块被分割得形态不一的菜畦。母亲从我四下张望的神情里看出我的疑惑，补充道，窑场那块自留地，统统都是芦稷，想吃暑假里回来拿。

母亲什么时候变得如此奢侈，竟让它们占领大片的田地？我的记忆中不曾有过。芦稷是高粱的远亲，但没有硕大的穗头和饱满的种子，无法像高粱一样进入杂粮的家谱，用以弥补口粮的不足。它们的穗头和种子显得寒酸，寒酸得只够繁衍子孙。它们也比不上四季轮换的菜蔬，为餐桌上难于下咽的籼米饭佐餐。母亲曾说，这东西既不能当饭又不能当菜，只当吃着玩玩。吃着玩玩的东西大概懒得一本正经侍弄，至少不会让它浪费紧俏的自留地，哪怕自留地的边角，它们的身份注定只能在场前屋后的闲地上落脚。

我见母亲在场角翻土，这块一贯以来被耕作忽略的土地因人为的踩踏更显得僵硬。母亲一锄头下去，只能刨起薄薄的一层土，然后下一锄跟进，要翻开一尺厚的土不知要经过几番接力。母亲蹲下身子，清理着盘桓的草根，捡去砖块瓦片。在我知道吃芦稷之前，在母亲嫁到这个地方之前，场角一直荒芜着，除了厚厚的一层马绊茎草，或许还有张牙舞爪的马齿苋。母亲在这里种植，无异于垦荒。芦稷苗还没长高，地底下窜起的杂草早爬满新土，攀住禾苗。荒地上的杂草生命力惊人，根扎得很深，母亲早晚浇水施肥，却都让它们抢了先机。父亲说，地太瘦了，种不熟的。母亲兀自忙碌着，拔草，浇水、施肥。芦稷拔节后万不可浇粪的，否则芦稷就不甜了。那年的芦稷大概不会有好收成，又细又矮，我不知道它们究竟本该是什么样子的。母亲用牙齿一条条撕下外皮，她自己先尝了一口，然后把剥尽皮的一节芦稷递给我，问我好吃吗？我说很甜。她说，地太干了，水分少，好歹自家有几棵，省得你看别人吃眼馋。

这年冬天，母亲早早将这块地深翻，细细地择尽草根，并在地里埋上羊窝灰。来年下种后，投入了更多的关注，她的关注不光是侍弄，早饭时端着粥碗，在场角转悠，有时蹲在地上出神地研究。这块地没有辜负她的心思，就像她逐年蹿高的儿子，芦稷也粗壮到应有的姿态。

后来有了弟弟，弟弟也跟着我"芦稷芦稷"地叫唤。母亲觉得这块场角已经难于满足兄弟俩。我家后面有块邻村的洼地，不怎么出产，只象征性种一季水稻。它地处边缘，邻村农民只有在播种和收获的季节才光顾这里。母亲看准了洼地一人高的土坡，在坡上开出几阶一掌宽的梯田，一掌宽，足够种一排芦稷。母亲花了好些时间，将土坡上茅柴灌木清理干净。梯田上的芦稷，浇水极其方便，母亲只须站在坡底田埂上，轻而易举把粪勺伸进田里舀水，不像场角上栽种要用水桶用肩膀。

等待的过程异常漫长。我看它们慢慢拔节，孕穗，看它们抽穗，依稀的红色由穗顶慢慢向下蔓延。母亲说，都变成紫黑才能吃呢，她不应允，我等万万不敢擅自下手的。惟恐看走了眼，趁着母亲不在，兄弟俩偷偷扳过芦稷，把穗头弯到眼前细看。每天看着它们就在嘴边却到不了嘴里，一定是件折磨人的事。就像母亲一直挂在梁钩上篮子里的一碗红烧肉，一天我看她把肉炖在饭镬上，我很开心能吃到肉了，谁知母亲拿灶布小心擦净碗的外围，放进篮子盖上毛巾，又挂在梁钩上。兄弟俩贪婪的目光跟着母亲默默的动作而移动，忍不住咽口水。母亲说，外公不准什么时候闯来，吃啥？母亲抠，不近人情，那碗肉自春节过后把我们戏弄到麦熟，直炖得肥肉统统化作一层厚厚的荤油。它属于外公，或者哪个不速之客，但芦稷属于我们。我们从场角转到屋后，希望有新的发现，而梯田上的芦稷似乎更考验我们的耐心。

母亲在屋后哇哇大叫。她下午歇晌回家吃点心，忽见得梯田上一片狼藉，好多芦稷不见了，有的拦腰折断耷拉在水田里，剩下几棵瘦弱的在炎日中孤独地打颤。低田站满了拔草的邻村男女，他们低着头，不出一声，似乎没听到我母亲的叫喊，直至叫喊变成非常难听的诅骂。有个胆大的男人说道，我怎么知道是你种的，还以为是野生的呢！母亲一股怒气找不到明确的发泄处，言辞更是激烈，野生的？你眼瞎了，看看坡上都长什么？那人也不示弱，这是你家的地？"母亲一下被戳到软肋，停了一会儿，终于骂声转为连哭带骂，最后纯粹是哭声了。你们也有孩子，糟蹋芦稷，作孽啊！母亲的哭骂灌满了这块稻田。她冲回家，提了镰刀，刷刷地把余下的芦稷全部砍到，抱回场上。我和弟弟急不可耐捡起来，母亲道，馋煞哉？不好吃的！果不其然，芦稷太嫩，一股淡水味还略带酸涩。母亲骂骂咧咧，将它们摊开，在烈日下暴晒。后来，晒干的芦稷与草干一起挑到加工厂，轧成喂猪的糠料。

　　吃完晚饭，全家四口挤在屋前长桌上乘凉。母亲忽然宣布，芦稷熟了。眨眼间，两棵芦稷横在长桌前地上。母亲扯下叶片，循着节用菜刀斩断，洗净，长长短短粗粗细细的一节节芦稷在长桌上滚动。母亲开始分配，你一节我一节，直至剩下老根和顶梢。根部有些咸，梢太嫩，这些归母亲。父亲并不吃，看着我们吃，只关照小心剥皮时划破手。我和弟弟把属于自己的捧在手里，数着。弟弟还数不到十，他一节一节放下，然后收起，几个来回还不知道究竟有几节。母亲说，省着点，不要一下就吃完了。弟弟总择出最好的先吃，我正好相反。母亲不再为我剥皮，她给示范，告诫我手指要巧妙避让。弟弟闹着也要自力更生，撕了几绺皮正得意，突然大哭起来，手指上渗出血。母亲把弟弟的手捉过来，看了看，含在嘴里，嗔怪他任性。咔嚓一口，咬下一截，边嚼边唧，甜得清澈。弟弟还不熟练嚼和唧的配合，总有汁水从嘴角淌下，流到手上，滴在胸口，黏乎乎的。有时嚼几口，没吸尽汁就吐渣，母亲用毛巾为他擦着。我说连吃也不会，弟弟真笨。母亲横我一眼，道，你也不是天生就会的。夏夜难熬，屋子里如蒸笼一般。很多时候，芦稷没吃完，弟弟就睡着了，有时他手里还捏着半截，嘴里含着一口没嚼完的渣，母亲为他打着扇子，驱赶蚊子。

　　芦稷不会同时成熟，说来也怪。它们似乎排好了队，慢慢地安慰我们的口腹。每天一到两棵，母亲总能在夜色里把最熟的芦稷找出来。哪天吃不上，弟弟在长桌上翻来覆去，嚷嚷。母亲让我把隔天的储存作奉献，我老大不愿，谁叫他只顾痛快呢。母亲说，他叫你哥哥的。我仍不依，母亲脸一板，年纪活到狗身上了？最终，弟弟得逞，龇牙咧嘴嚼着我的份子，偷眼瞅我。

　　一天下午，我趁父母不在家，私自去场角砍了根芦稷。我把善后工作做得很到家，叶子喂了羊，皮渣和穗头扔得远远的。母亲从田里回来，眼睛一瞪，抄起笤帚疙瘩抢过来，说，是不是偷吃了芦稷？我想都吃到肚子里了，死无对证，便拼命抵赖。母亲越打越来劲，你个杀千刀，还学会撒谎了！原来，我枕着凳子斩断芦稷时留下了刀痕，吐在地上的芦稷渣没有彻底扫净，引来一队蚂蚁。再说了，母亲虽不识字，记性出奇好，一共栽了几棵，吃了几棵，送了别人几棵，还剩几棵，她心里有本账。挨了笤帚不算，作为后续惩处，母亲还罚我不准吃芦稷。我身心俱伤，只能用更多的殷勤换得母亲早日撤销处分。

村上小伙伴喜欢到旱地里割草，草茂盛。旱地离村寨远，划作各家自留地，红薯黄瓜为这帮馋嘴的孩子所觊觎，但我们不碰自家地里的东西。伙伴们一直交流自己的见闻，谁家地里的生瓜大，哪块地的玉米秆甜得赛过芦稷。一日他们忽然发现了芦稷，藏在大片的高粱中间。还没吐出穗头，大家将信将疑。一个伙伴说，看叶子中间的主脉，白色的是高粱，青绿的是芦稷。他侧过头，隔着外皮轻轻一咬，舌尖一啯，很肯定。我们一直留着心，果不其然呢。许是那家太忙，好一阵没去探望，或者自以为藏得隐秘，等他们觉察的时候，早就惨不忍睹。晚饭时，那家女主人举着十几个穗头，挨家查问，重点排查有小子的家庭。母亲用狐疑的目光审视我，问我有没有参与，知不知道谁干的？我一个劲摇头。孰料小伙伴中出了叛徒，我们几个很快被一网打尽。我们都挨了揍，心有不甘，游泳时，设计把叛徒拖到深水区，按在水里，呛得他翻白眼，以后他一直被我们孤立。

外婆种的黄糖芦稷比我家的好吃，肉质绿中带黄，汁水释放着淡淡的糖香。队里发动积肥割草后，四野光秃秃的，我背着草篰晃荡到外婆家。外婆心疼我的空草篰，帮我割满草篰，还砍了几根黄糖芦稷。她把芦稷拴紧挂在草篰边，还送了我一阵，再三关照路上别贪玩，芦稷要和弟弟分享。

　　叛徒家的场角也种了一大块芦稷，他家靠河，浇灌便当。大白天不知谁偷了他家三根芦稷，那时他远远跟着几个往日的伙伴在河里摸螺蛳。他从河里上来的时候，偏巧我和弟弟在嚼芦稷，就吃准了是我们兄弟干的坏事。晚上，叛徒母亲带着他上我家兴师问罪。我百般辩解，但他们就是不信，母亲也不信，因为我有过前科。母亲到场角挑了三棵最大的芦稷，砍到，把芦稷根端递我手里，呵斥我给叛徒家送去。我自然不干，一投降等于既成事实，窝囊死了。母亲气呼呼地拖着三根芦稷，另一只手揪住我耳朵，直把杂乱的脚步声连同芦稷在地上拖动的声响送到叛徒家门口，抛下芦稷。叛徒母亲倒是很大度，啊，本来就是猢狲食，小孩子么，何必那么认真。也不管那女人假惺惺还是真惺惺，母亲陪着笑脸，一个劲说软话。

　　母亲捏一截竹梢抽我，我死扛着，没干的事情咋能承认呢，我知道辩解的徒劳，只默默流泪。次日母亲一早去了趟外婆家，此行给了她足够的底气。晚饭后，她又拉着我赶往叛徒家，她指名道姓对叛徒母亲说，你冤枉我儿子做贼，你家儿子做贼还做叛徒呢！那女人也非善货，破口对骂。母亲说，不管三七二十一，你把我家芦稷还出来。女人说，吃到肚子里了，吐又吐不出，谁让你自己送上门的！"母亲猛地跳起来，冲到她家芦稷地，也不知哪来的力气，一下扯下三根，拖回家。我嗫嚅着，太细了，不如我家拿去的大。母亲狠狠地盯了我一眼，你懂啥？以后再偷鸡摸狗，敲掉你的牙齿！

　　谁也没能让我痛改前非，我就是在棍棒和恐吓里长大的。那个季节过后，我真开始掉牙，不过与母亲无关，我换牙了。队里开始栽种甘蔗，一整就是一大片。相比甘蔗的伟岸，芦稷算什么？这种带有全民性的蔑视导致芦稷一下子从地头场角消失。我用依次残缺的牙齿咀嚼每年队里分给我家的甘蔗，直到乳牙换尽恒牙。我的牙齿细密而结实，母亲说，一口好牙首先是一个人的福分。我或许早忘了昔日换牙的疼痛，忘了嚼着甘蔗，吐出甘蔗渣里带血的牙齿时的惶遽，但一定记得母亲栽种的芦稷。我去母亲说的窑场，寻找一片叫做芦稷的青纱帐。

南瓜不是瓜

去东乡装南瓜的船靠上水埠,岸头和桥上站满了一村男女。十分钟前,挂桨机拖着一条木船从村北小河拐角探出船头,也不知谁先发现的,只一声惊呼,全村人像被一根绳子牵着鼻子,一扯,都牵到河沿。小孩喜欢轧闹猛,大人出现的地方不乏他们的叽呱,此时拉着大人的手,一反常态的沉稳。今儿,村民如过节。

率先跳下船的是副队长。在村民的心目中,出去买南瓜的船民不亚于凯旋的英雄。副队长摇头晃脑,述说此行的艰辛。哪里也买不到南瓜,这一船都是他们挨家挨户上门收购来的。东乡不是南瓜的产地吗?村民嘀咕着。副队长白了一眼,说你去试试看!船上几个也咋咋呼呼。几个小伙伴开始兴奋,父亲的自豪很容易激发他们的兴奋神经。我跟在母亲身后,只懒洋洋地看着两船南瓜,我的父亲没去,自然没能给我一丝一毫的兴奋。

分瓜了,按说应该让集体的猪优先。队里仗着集体的猪,有了这次东乡之行。人要借助牲畜的名义从牲畜口中分到杂粮,这在每个生产队算不得秘密。牲畜不会告状,说人抢了它们粮食,但饲养员会觉得全村人亏欠了他的臣民,理当竭力弥补,要求队长每天安排劳力帮助捞猪草,小河里长满了水花生、水葫芦。

东乡南瓜和自家种的不太一样。不是翠亮的青皮，有些灰暗，表面似上过一层蜡，还有呈金黄色的。瓜形也奇特，除了两头大中间细的米袋形，还有灯笼状、葫芦状的。个头虽大，口感不怎样。南瓜讲个脆，瓜刨一拉，皮跳得老远且不成型的大多是好瓜。如葫芦皮样整条奀下来的，品质差远了。煮不烂，味也不好，只能喂猪。每人五十斤！队长在船头呼喊，指挥着把瓜装入挨家排队的箩筐。只准许分瓜的拣，不让箩筐的主人动手，有时主人眼疾手快，看准了几个自己抱进筐里，遭来一阵斥责。跟平日分鱼分甜瓜不同，谁都不想早拿。靠前点到名的，大多老实巴交或与队长关系疏远，此时，每户在队长心目中的位置很微妙。村民凭着眼光，觉得品相好的都在后舱和船艄。正副队长，使秤的会计，船把式都排在后面，况且他们的分量也没人监督，反正余下的都归了猪棚。

一担挑不完，瓜排在岸上由我看管，等父亲返趟。父亲在堂屋铺一层柴草，小心翼翼将几十个南瓜排放在柴草上。母亲关照，明天开始早饭吃南瓜。刨皮，切开，挖南瓜籽，刮清瓜瓤，剁成片……记不清什么时候开始，这些活就归我了。傍晚，父母从地里回来，吃着我煮好后凉在长桌上的米粥，检查我的家庭作业。瓜籽淘洗干净，摊在小篮子底部，这些瓜籽要挂在门口竹钩上暴晒，几天后收拾到陶罐里，一个瓜也就几十颗籽，几十个瓜积起来，够春节待客了。父亲捡起我切成片状的南瓜，看是否切得薄，太厚浪费柴草。最要紧的是看我选瓜的眼光，用手一掰，就知道脆不脆。我说选了好几个，都不好。母亲又嘀咕，说遭人欺负，那么多不好的瓜，猪也吃不了，人又不够吃。好在自家也种了几棵。家里一年要喂三头猪，全家只能从嘴里给它省出口粮，粮食总是青黄不接，一年到头，高粱、红薯、南瓜，吃得脸皮发青。

母亲极其看重她亲手栽的南瓜。瓜种是她选的，每年挑最大最好的南瓜，留着瓜子来年培育。她在屋后一条狭长的闲地种下十几棵瓜秧，离瓜秧不足一米就是一条大路。拖蔓后，瓜藤一个劲疯长，如衣带样狭长的地根本容不下那么多瓜藤。她往四处牵着藤，引导着它们向空中发展，到夏天，大树、柴垛，连小屋屋顶都爬满南瓜藤。开花，结瓜，瓜日长夜大，她几乎每天都要去察访。爬高的南瓜越来越大，吊在半空，母亲怕瓜藤受不了，拿个草绳拴住破鞋子把瓜托住。屋顶和柴垛有斜坡，也很容易滚落，用草把垫平。近根的长得最快，她揣测着瓜的重量，采摘的最佳时机。

晚饭时，母亲从地里回来，一路嚷嚷，声音从屋后渐近。有两个南瓜不见了，也就是给人偷了。那两个瓜长什么样的，她细细描述着。亲手种的瓜就像自己孩子的长相，深深烙在脑海。她唠叨了一顿晚饭，忽而骂开了，搞得全家都不开心。一个南瓜抵全家半日口粮，她越说越来气。父亲说，谁知道哪个贼手干的，别骂了。母亲便骂父亲，连带我们兄弟，似乎责怪我们没守护好。父亲叹了口气，说总不能在屋后拴个猴子看管吧？父亲原想缓和一下气氛，母亲咬牙切齿更是恼火。

母亲在田头干活时，忽然与"小白菜"吵骂。"小白菜"也是村妇，长得白净美貌，村人便从戏文里借来外号按在她头上，日久，她真正的名字很少为人知晓。常年风吹日晒下繁重的农活，一般村妇都黑不溜秋，或如干柴，或像男人一样健壮。"小白菜"是另类，拿时髦的话叫天生丽质。她文静娴雅，毫无一般村妇的泼辣粗野。她的丈夫长期在外做手业，隔一阵回家总能带回一沓"大团结"，还有一些村民没见过的零食。尽管她不惹事，也不和别人争高低，但她的美貌和滋润，时常引得村妇们莫名的嫉妒和贬损。她干活不是好手，队长罩着她，男人们暗暗护着她，这就更让女人们恼火。

母亲起先话中有话，看"小白菜"毫无反应，大概觉得无法收场，干脆指名道姓，说"小白菜"偷了我家的南瓜。乡下人有不成文的规矩，香瓜、芦稷之类的"活食"不太在乎，但菜蔬、副食类的谁都不敢碰，那会被视作手脚不干净而极受鄙视，这种鄙视殃及子女，连家人也抬不起头。偷南瓜？这还了得！"小白菜"起先并不反驳，红着脸继续手中的农活。我母亲骂声愈发难听，"小白菜"忍不住辩解几句，最终都淹没在气势汹汹的声浪里。

"小白菜"是这样的人？村人持怀疑态度，我父亲也不信，就连母亲心里也没底。隔天晚上，母亲去她家借针线，留意房门口滚着几个南瓜，觉得有两个那么眼熟，看瓜柄还是新摘的，截面渗出细小的青汁。母亲一个激灵，似乎突然在某个角落发现了走失的孩子。南瓜又不是孩子，看它面善，唤它却不应。村人选的瓜种都一样，瓜的长相也大同小异，除非当场逮住，怎么就能肯定哪个瓜就是长在我地里的呢。但有一点可以肯定，"小白菜"的南瓜秧早旱死了，她哪来的收获？而且，堂屋里有几个队里分的瓜，干嘛不放在一起。母亲的嚷嚷至少有五成的把握。

村人也议论着。他们的判断基于"小白菜"平日的为人，她身子柔弱，农活不太麻利，人还是不错的，不嚼舌头，手脚干净。再说了，她与妇女们一起出工收工，偷也没机会。她两个孩子，儿子刚会走，女儿拖着鼻涕，也才五六岁。

表婶也嚷嚷着少了几个南瓜。表叔是村里的农技员，上过高中，那时初中生已经难得，高中生简直算国宝了，农技员非他莫属。平日他一个人蹲在库房浸种配农药，去洼地养绿萍，有时摇船到镇上买化肥农药。他难得与男劳力一起下田，"种田经"却一套一套，还把自留地侍弄得很兴旺，村民多有闲话，说他一定偷用了集体的化肥。队长一贯护着他，总说这人是人才。表叔的工作决定了他的作息与众不同，有时整日看不见他的身影，有时半夜去库房测试温度湿度，去地里查看灭蛾灯。表婶是个草包，往常表叔脸一沉，屁也不敢乱放了。可巧这天表叔又去镇上，她嚷嚷完了，偏巧也在"小白菜"家看到了疑似自家丢失的南瓜。表叔回来后，被表婶问得哑口无言。

一天夜里，二里外的学校操场放露天电影。难得一场电影，除了实在走不动的老人，全寨都挂上门锁，就连抱在手里的孩子也带出去了。大约十点，电影散场。走到村头，却见闹闹哄哄，我钻在人堆里像听故事一样听他们七嘴八舌。电影开场后，我表叔趁着夜幕偷偷溜进"小白菜"家，不料被队长发现，队长去电影场悄悄叫回几个男人，设下埋伏。具体的细节我不清楚，只记得表叔被他们几个揪出来的时候，藏在土灶后的柴草里，样子十分狼狈。怪不得呢！许多悬案一下迎刃而解了。

队里出了这样的大事，闹哄哄了半夜。表婶更是气急败坏，指着表叔哭骂。

"小白菜"男人回来了，听说是队长写信让他回来的。往年总要等十一月秋收才回家，这次提前了近两个月。村民以为有好戏看了，满以为第二天"小白菜"一定会鼻青脸肿，至少脸上有泪痕。他们密切关注着"小白菜"，看不出忧伤，甚至看不出什么表情，仿佛先前的事情从没发生过，她男人也未曾回来。脸上看不出什么，好事者仔细端详"小白菜"的身形、步态，竟然腿不瘸，手也不拐。他们觉得更失望，猜想"小白菜"男人一定不知情。

母亲要父亲把被表叔抱给"小白菜"的南瓜抱回来，父亲觉得不妥，他说其实"小白菜"蛮可怜的，一个女人带着两个孩子，也没人真心帮一把。母亲脸一横，你倒是想去帮一把？也不照照自己模样，人家连队长也看不上呢。那时我还没成年，父母说话不避我，但绝不允许插嘴。这件事怎么又扯到队长了呢，队长不是抓了一对干丑事的男女吗。大人的事我不太明白。父亲冲我说，快去收拾南瓜，明早我们开早工，你还得烧番瓜呢。我们这里习惯把南瓜叫番瓜。

我不喜欢吃南瓜，煮南瓜就更没劲。一个多小时，急火、文火，干烧、水煮，还得用铲子反复翻炒，否则锅底焦糊了。南瓜自带甜味，但远不够，得放糖精。糖精的甜度是蔗糖的几百倍，但甜味并不纯真，还带有苦味。据说，用蔗糖煮的南瓜非常好吃，我只是听说，谁也没真吃过。买蔗糖凭卡，全家每年也就两三斤，母亲藏得非常隐秘，生怕我们兄弟馋嘴。平日舍不得用，指望着农历廿四做芝麻馅汤团，春节煮红烧肉。我就一直以为煮南瓜就该用糖精，谁会想到还能用黄灿灿的蔗糖呢。第一次听小伙伴说起时，大家曾猜想谁有这等口福，过去的皇上，还是大地主刘文彩？也未必呢。却不知，我们村头小商店的老头，不但经常吃，还与人分享过。

  村头小店是我们大队唯一的商店，商店的选址与我们村所处的中心位置有关。十几个自然村，两千号人口，平日油盐酱醋都从这里买回家。看店的老头不到六十，秃顶泛着油光。这个不起眼的老头可是实权人物，连大队干部都拍他马屁。老头平日点头哈腰，能说会道，总是眯着一对小眼。村民畏惧他的实权，也认可他的为人，与他甚是融洽。农闲时候，他的商店门口，柜台边总有唠嗑闲坐的村民。他爱用小眼珠滴溜溜地盯着女人，说些荤荤素素的瞎话，人家也未必当真。

  春节后，店里换了一个姑娘。姑娘说，老头因贪污去吃官司了。村民甚觉突然，大队干部在社员大会上公布，确有其事。他一向口碑不坏，他贪污的事实令人难以置信。随着姑娘的到来，往常为村民所忽略的一些细节才慢慢明朗。比如说零拷酱油，老头从不短斤缺两，只是在酱油中兑了盐水。难怪从上海带回来的酱油味道纯正得多，还以为上海货好呢。那时的蔗糖也是散装的，分一斤或半斤用一张厚厚的牛皮纸包装，外带包扎绳，其实每包克扣几钱，一般也称不出来。一年下来，秤利不下几十斤。他自己交代，煮南瓜从不用糖精，都用蔗糖甚至冰糖。难怪这老头满面红光，头顶发亮啊。村民感叹道。在村民看来，蔗糖也是不可多得的滋补品，老头一年吃几十斤，赛过人参呢。

此后我们再没见过老头。他咎由自取，村民也慢慢将他淡忘了。也有人暗暗伤心，当然都是有缘享受糖煮南瓜的那几个妇人，年龄最大的不过五十，三四十岁的也有。令她们黯然伤神的，是可怜老头的牢狱之苦，还是此后无缘的口福呢？她们中不乏浅薄嘴快之人，难得的享受让她们按捺不住沾沾自喜的冲动，也让自己的裤腰带一次次放弃管束。当然，她们在私下炫耀的时候，隐瞒了一些对她自己不利的主要情节，但彼此之间心照不宣。有几个正是为了领教糖烧番瓜的滋味，抹黑送上门去。这几个馋嘴的女人，竟让老头罪加一等，最终没能活着走出牢门。

听说"小白菜"没吃过老头的美食。老头最觊觎"小白菜"的美貌，曾托一个老相好递口信试探，未果。他可能觉得"小白菜"也非节妇，一次逮到一个机会，调戏"小白菜"，吃了一个耳光。

队里又要分南瓜了。这次有人提出，把所有南瓜运到打谷场，搭配好了再分。几个占惯了便宜的愣是不同意。一队的人，僵持在河边。吵闹之间，矛盾的焦点转移到吃过糖煮南瓜的几个女人，她们拉破脸面相互攻击。全村人哄笑着，眼看一场闹剧中无奈地掺入了喜剧元素。队长老婆向来颐指气使，刚想帮男人收拾一点尊严。几个妇人斥道，你当我们不知道啊，糖烧南瓜你也没少吃。队长老婆蔫了，队长也闹了个红脸。他咬牙切齿说道，不分了，统统给队里喂猪！

此后，队里真的再也没分过南瓜。所幸母亲在一向抛荒的祖坟开辟了新的瓜地，栽种的南瓜收成一年好似一年，我们也无需仗着畜生的名义，指望东乡南瓜了。

藤榻

于老太抖抖索索从藤榻上起身，拿块破布摸索着擦抹藤椅。姑妈急病要送镇上的医院，我自告奋勇跟着表哥去于家借藤榻。整个村子，就于家有一张藤榻。那几年，村上所有送医院的病人和产妇都用过这张藤榻，它是于老太的私产，却与公井、水栈一样，履行着公共资源的义务。

我俩踏进门槛时，她就轻声唤着我们的名儿。于老太眼睛基本瞎了，耳朵却好使。她说阿珍（我姑妈的小名）也太勤劲了，不晓得身体不是铁打的，似自言自语，似冲我们唠叨。于老太此消彼长的听觉，让我们省却了来意的陈述。尽管我们知道，她平日大部分时光都在这张藤榻上度过，老旧的藤榻早已成为老人余生中贴身的陪伴，而在邻里急需的时候她总是二话不说慷慨出借。在我的视觉里，她手里脏兮兮的抹布不会比这张老藤椅更干净，心里笑她多事，却终究没表示什么。她摸索了一阵，手扶小方桌站着，让我们把藤榻抬走。出门时，我听她在连声叹气。

藤榻是乡间古老的家具，式样与名儿都具备文物级的资历，它与如今的躺椅差不多，严格地说，应该是后者与它很相像。现代的躺椅，材质各异，功能多样，再眼拙的人也不难从古老的藤榻上找到它的遗传基因。我和表哥一前一后抬着藤榻疾行于村间，在拐弯抹角处，在弄堂里，路遇的村民侧身给我们让路，他们以探寻的目光注视我俩，揣摩着大致的前因。自有自便当，乡间崇尚置物。但没有哪户人家会备个担架藏在屋里，藤榻实际替代了担架的功能。藤榻下半截平上半截斜，顶部有半圆形突起如枕头。姑妈就势半躺在藤榻里，脸色苍白，闭着眼哼哼着，身上盖着厚厚的被子，使她愈发显得单薄瘦小。

从我记事起，于老太就不再下地。她住一间坐西向东的老式厢房，先前与东厢房是正房的两翼，围成完整的宅院，俩儿子出宅到村前，给她留下这间残屋，残屋配孤老，乡间多的是。

老屋基成了废墟，作基础的块石没起走，断砖残瓦东一堆西一堆。马齿苋、狗尾草、野艾、牛筋草，还有好些叫不上名儿的杂草，葳蕤着，繁荣着。如果再细心留意一下，在草丛里隐没的南瓜藤蔓，了无生气，最后攀爬到瓦砾堆的藤头也是蔫耷耷的，只种不管，任其自生自灭，这样的藤蔓上能结几个瓜，结多大的瓜，没人会理会。

这里与邻居至少隔着三十米，场头布满杂草，中间有一垄稀疏低矮些，依稀表示通往外界的路，不难看出踩踏的频率很低。

每有老妇嘶哑却吵架一样高分贝的话语声从荒芜的窗户传出，准是王老太在此。王老太是于老太唯一的常客，眼睛还行，至少晓得白天黑夜，摸得着来去的路。她耳背，用百分比描述她的听力，大概不会超出一个百分点。于老太的声嘶力竭可以理解，王老太那么大的分贝大可不必。"因为听不见自己讲的话，她说给自己听呢。"村里人连猜带侃，在她们看来，一个瞎子与一个聋子的交往蛮有戏剧性。

话题琐碎简单，作旁听也需要万分的耐心。比如于老太说，坐啊！王老太扯着嗓子问，你说啥？于老太嚷道，叫你坐下！王老太文不对题道，问我上午在做啥？我没干啥。于老太干脆不招呼了，咯咯几声，瘪嘴瘪脸的笑声里搀和着气喘和咳嗽。王老太不知于老太笑什么，只管跟着笑。总结多次我有意识的聆听，她们从不谈生死，也不谈恩怨，对于她们而言，生与死的界限已不足半步，活着的每一天都是赚来的"外快"。每有村里出殡，她们俩竖起耳朵听上半天，也没啥表示。至于恩怨，媳妇晚辈的一切态度不足引起她们情绪的波动，浑浊的老眼早没了悲喜。

屋里只有一个绳凳子，草绳缠绕的凳面凹陷下去了，坐着硌人。她们的屁股干瘪得早没了形，就像两条麻杆腿直接安在身躯上。于老太有时会很大方地把藤榻让给王老太，任凭她坐着躺着。刚见面，扯几嗓子，绝大部分时间，都是在沉默呆坐中度过。依靠迟钝的感知获取的信息十分有限，她们在小辈眼皮底下近乎与世隔绝。

王老太颤巍巍来颤巍巍去，手不离竹杖。她走时从不向于老太告辞，两位惺惺相惜的老太雷打不动的聚会没能持续几年，终于有一日颤巍巍的身影一劳永逸地消失在于老太门前的土路上，丛生的杂草更少了脚底的踩踏。

我和表哥第二次去于老太家借藤榻在一个月后。就在姑妈住院期间，王老太死了。满打满算她九十还缺一岁，乡间谓这样的丧事为"老喜事"。王老太生前寂寞身后风光，子女到孙辈到玄孙，五六十件孝服，走在田埂上一溜气势。而这些，于老太是无法见到的，王老太最后岁月的就伴儿就数她了，理应去作最后的送别。没人叫她去，所有人都把她遗忘了，她想去也摸不到场子里。王老太白天还好好地跟于老太唠叨呢，夜里就睡过去了。"说不定前天走的时候还跟于老太道过别呢，说我在那边等你。""于老太回答道，快了快了。"素宴上，大碗喝酒的邻里拿出喝喜酒的劲头，胡言乱语的调侃引得众人直乐。

推开虚掩的小门，空气中有一股奇怪的味道，似馊味霉味与尿臊混合的气味，也是孤寡老人家里特有的气息。屋内极其昏暗，没了玻璃的窗户胡乱钉了几块木板，亮光从屋顶一方天窗透下来，形成一道光柱，穿过慢条斯理游走的微尘，恰好投在于老太的脸上，就像舞台上追身的灯光。于老太躺在藤榻里，没有反应，也没有像前次一样主动招呼我们。我们站了一会儿，她微微抬了抬眼皮，吃力地从藤榻里爬起来。我犹豫着，有些不忍。在了解这张藤榻来历后，更有一种说不出的酸楚。

听姑妈说，于老太不姓于，她老头才姓于。于老头在我不懂事时候就过世了。于老头早年是村里一户地主的长工，白天下地，晚上住在牛棚。夏夜，于老头给主人搬出两张藤榻放在牛棚下的打谷场，地主和地主婆躺在藤榻里，摇着芭蕉扇磕瓜子。于老头还得去牛棚绞草料喂牛，升起"蚊烟"驱赶蚊子。地主的藤榻是绝不让外人坐的，一次于老头趁着主人不在，偷偷在藤榻里躺了会儿，遭致地主的训斥，差点扣了工钱。

土改时，村民分了地主的家产，仅给地主留下两间厢房，堂屋变成了一所小学。村民把地主家所有的柜子、桌椅、农具、布料、坛坛罐罐都搬到打谷场上，用抓阄的方式分给各家各户。地主早就失去了往日的威势，木木地看着村民喜气洋洋地搬走他的家产。地主把藤榻藏在屋后草垛里，企图逃过一劫。于老头站出来揭发，带人屋前屋后查找，挖出藤榻，还有些细软。细软值钱不好分，由队里集体保管，后来不知去向，藤榻留在小学里。一年下来，藤榻让孩子折腾得缺胳膊少腿，于老头把它们捡回家，拼凑成一张完整的藤榻。他手巧，不时买些藤皮，修修补补。于老头躺在昔日地主家的藤榻里，心头会不会涌动农民翻身作主的自豪感？

我细细地研究过这张藤榻。它老了，一个瘦弱的病人的担负就闹得吱嘎吱嘎直响，随时有散架的可能。扶手和靠背部位有几个窟窿，磨损老化蛀蚀，再也无法修补，似于老太一样即将走到生命的尽头。

于老太的死是她女儿发现的,她就这么个幺女,嫁得远,日子并不宽舒,也不常来探望母亲。油尽灯灭,于老太安详地躺在藤榻里,身边扶手上还有半只咬剩的苹果,发黑的牙印上长出一层霉菌。姑妈让我们还藤榻时捎给她两个苹果,还有一把水果糖。

于老太女儿一路悲戚,去叫两个哥哥。她平日不上哥嫂的门,从出嫁至此也有十多个年头。当初村里人传言,老地主极不老实,还藏匿两瓮银元,墙壁、菜园、茅坑、水埠……凡是可疑的地方好多人如寻宝一样去勘察过,最终未果。于老头在地主家干了那么些年,脱不了嫌疑,地主早被改造得灰溜溜的,吃了亏也不敢声张。女子出嫁时,有一个樟木箱子死沉死沉,竟把缚箱布生生绷断,一定是那些东西作了陪嫁。女子曾经申辩过那不过是一箱子母亲织的土布,哥嫂说什么也不信。就为这无凭无据的传言,俩哥嫂一直和小姑不睦,并殃及老母。女子沉默寡言,平日总是在凌晨悄悄地来,给母亲捎一点吃的,说几句就匆匆回家,还要赶好多路,回去干活。拿哥嫂的话,如做贼一般。

女子硬着头皮与哥嫂商量母亲后事。乡下的规矩,先去的老人在长子家发丧,这回轮到二子。二哥二嫂死活不依,说了好多理由,似乎再坚持放他们家反而不近人情了。兄弟间顿时反目,女子的哀求声里,有悲戚,有无奈,有愤懑。

于老太在破屋里发丧,除过草的场地上搭起了凉棚,排开十来个桌子。女子的哭丧里夹杂着泣诉,她把所有的委屈,变成有腔有调的哭吊,昔日闷在肚子里的苦水,终于找到了倾吐的机会,母亲不在了,娘家的路也就断了,无所顾忌使她的愤懑显得勇气十足。两个媳妇,装腔作势嚎上两嗓子,免得亲友指责,她们从小姑的哭诉里辨出火药味,借着嚎叫予以还击。不知哪里惹毛了对方,最后妯娌间相互攻讦,场面有些滑稽。

死者的遗物将葬身火海,随身衣被,还有一些没有价值的东西趁机扔进火堆，藉以驱除晦气。那张老藤榻本不在火化之列，因了它特殊的遭遇，早被抛在场角。村上单身老头说洗洗干净还能用，从火堆里抢出藤榻，于家由了他拿回家去。

　　那位捡了便宜的老鳏夫，再无人向他借过藤榻。他不但没沾上晦气，后来的日子反倒滋润，直至寿终正寝。村民怀疑他拿到了藏在藤榻竹架里的存款单，或者别的什么宝贝，据说于家兄弟去找过他。好奇心也驱使我和一帮毛孩子，想拦路从他嘴里掏出点什么，他诡谲地笑笑，在乡村的暮色里，留给我们一个谜一般的背影。

分　红

　　一进腊月，父母便板着手指算计分红的时日了。日子如懒散的阳光，上冻的田野放慢了农民的生活节奏。这个季节，农活可干可不干，农民习惯了劳作，凭空歇一天都有犯罪感。他们在刚刚蹿出新叶的麦地里敲麦，不时把手笼在袖管里取暖。言谈中离不了分红这个主题，今年工价几何，谁家分的最多，哪个生产队的形势最好……

　　队长和会计早几天就不下地了。平日里他们与普通农民没什么区别，垒田挑担罱泥收割，都是一顶一的主劳力。每天出工前，队长在桥头吹三遍叫子，吆喝道：出工了——最后一个字拉得很长，喊过三遍，背着手去打谷场，点一支烟，骂骂咧咧等派活。偶尔去大队开个会，不会如走亲戚特意换了簇新的行头，回来半道上踏进田里，就加入到男劳力里。会计那里有几本硬封面的账本，一直放在他家里，队里没有办公室。会计比队长待遇高，有专门的办公桌，实际上是一张地主家的老柜台，专政那年，队里将它派给了会计。每逢结算，会计可以不出工，堂而皇之趴在这张桌子上拨弄算盘，用黑笔红笔在账本里写字，内容一般人见不到。他儿子曾把空白活页偷偷拿出来当练习纸，折纸方宝。纸很硬实，粗细不等的红绿线组成许多细小的格子，写作业不合适，掼纸方宝很给力，我不知输了那小子多少个方宝。

张榜公布，如今叫公示，分红方案贴在仓库走廊里。手工绘制的表格，复写纸的印痕很清晰，数字密密麻麻。左边是生产队全年的收支明细，收入包括稻麦生猪土坯，支出有农药化肥电费等等。村民稍稍瞅几眼，注意力集中到农户来往账目，确切地说，只关注自家那一串阿拉伯数字，顺带看看乡邻。挤在前排的男人指指戳戳，后排的踮脚踮手。挤在前排的和缩在后面的家境不同，底气也不同。女人不便挤到人堆里的，只支起耳朵从哄闹中获知一鳞半爪。那时我已经放寒假，喜欢凑大人的热闹，发现有几个男人从来不去看榜，连他们的女人也躲得远远的。父母闲谈时说过，他们都是一些老透支户，诸如张木匠、陆干部，下放户老谷。

分红大会上队长兴奋得唾沫乱飞。这年，工值达到五角多，在全大队排得上前五。一般夫妻档家庭，刨去口粮款、借款，能分到近二百元。老余头家三个儿子都已成年，结婚一年的大儿子还没分家，没有"吃死饭"的，他是队里卫星户，分了七百多。在乡亲羡慕巴结的目光里，老余头的眼睛眯成一条缝，把钱小心揣入怀里，背着手回家去了。表格上的户主顺序基本是固定的，按住宅位置，由前村到后村，由河东到河西。会计逐个招呼户主，他早把钱按户分开，整数开了存单，零头给现钞，精确到几角几分。

透支户也来了，分红没他们什么事，会计招呼领钱时不得不跳过几家，等桌子上只余下账本时，开始报他们的名字，今年收支明细，加上陈账，一共透支几百几十几元几角几分。他们因共同的原因而划为一类。那时我还单纯，哪里知道透支户的名与实，只觉得透支就是困难户，不管什么原因，总是一件极不光彩的事。

陆干部早先当过小队长，讲资历队长得叫他声师公，出去后在很多单位干过，村里人也不知他具体的职位，干脆称他干部。他三个孩子最大的刚上初中，光靠老婆一个人的工分还缺一截。缺口不是不大，只需他把每年拿的工资补上百十元，还不至于出现红字。队长当面对他还算客气，婉言催他交齐今年的往来。陆干部掏出卷烟散给队长会计，只说在外费用大，一年到头拍拍手。他抽飞马牌香烟，逢年过节还有大前门、凤凰牌，孩子的口袋里不缺零花钱。

不等队长开口，张木匠早就一番哭穷，似乎再逼他就不近人情了。他带几个徒弟常年在上海郊区做装修，农忙时节外出工作的都要回来支农，就他没影，队长恨得咬牙。春节前，我见他在村里露脸。按规定，他要交钱记工，按日交队里一元二角记一个工分，明摆着，每记一个工分损失近七角钱。他死皮赖脸，说不是天天都有活干的，最后勉强交了一百多元。比起队里五大三粗的农妇，张木匠老婆纤弱得多，平日跟一帮老妇混日头，隔三差五锁了门躲到娘家。她会享受，穿着花花绿绿，脸上抹一层上海生产的友谊牌雪花膏，屋子里经常飘出肉香。每当她出现在集体场合上，女人们撇嘴嘀咕，投去鄙夷的目光。背后，又不得不羡慕她，少不了数落自家男人。张木匠走过三关六码头，他的精明足以对付以精明著称的上海人，夜郎式的村里人压根不是他的对手。

老谷本是城里人，七十年代初，全家下放到我们队里。那一批分到我们大队有十几户，差不多每个生产队一户。队里特地给老谷造了三间平房，配齐了生活用品。春上，老谷带着读高中的女儿和读小学的小儿子下来。他还有三个儿子在别处，不常过来，一大家子聚在一起时住不下，队里临时腾给两间仓库。乡下人对城里人的一切都感到新奇，得空去老谷家转悠，乘机窥探到一些闲扯的资本。我和同学课间聚在一起，话题中少不了各自队里的下放户。但凭我一口气报出老谷全家的姓名，就足于引以为荣了。新奇过后，村民慢慢地对这家城里人有了想法。老谷夫妻在五十出头，这个年龄在乡间还是主劳力。队长给老谷家送去全套的农具，老谷第一次出去垄田，手心就起了几个水泡。新农民都要挺过这一关，手上的老茧，是一个合格农民的标志。老谷一连几日不出工，队长去看他，他龇着牙把手摊给队长看。老谷干一天歇几天，拿村民的话，那么一点点活儿，手指头伸伸长都顺带完成了。队长让他帮饲养员做下手，几天下来他又趴窝了。重活、脏活、累活，老谷一概不干。他的老婆更邪乎，说有严重的关节炎，一天到晚不出门。队长心里窝火：他娘的，请来个祖宗让我供着？队里一位老高中生说得更绝：寄生虫！第一年分红，老谷家就欠了队里三百多元。村民太善良了，只在背后嘀咕，当面还给足面子。老谷没分到钱，跑大队、跑公社，上面给队长写了条子，事关上山下乡政策，队里还是借给了老谷五十元钱过年。

我家透支了五六十元，在我记忆中仅有这一次。这个春节，新衣服、压岁钱都与我无缘，走亲戚没了往日的劲头。父亲得病后，工分还不如女劳力。从大人口里得知，外婆所在的生产队，一个工分一元多，几个阿姨那里也有七八角。我们大队分配水平普遍低，平均不满四角。传说有一个地方工值负数，也就是说，工分越多越扣得多。那个生产队在什么地方，大人们说不准。芥菜子落在苦地上！母亲慨叹道。同样日头下晒一天，同样割一垄稻子，收获咋那么悬殊。工值高的生产队，副业搞得好，而且藏着"黑田"，实际田亩数远远超出上报数，"黑田"不交公粮，不抽提留，都打到收入里了。对张木匠式的耍赖户，队干部手腕子硬，扣着口粮逼他们交钱。一般村民只会蛮干，只会自怜投错了地方，哪里了解其中的奥妙。

村里人跟老余头家没法比，也学不像耍滑耍赖的透支户，拿老丙家一比，心里都平衡了。老丙是个孤儿，四十上下才娶了个笨媳妇。媳妇笨到什么程度呢？比如一行六株插秧，她数不准六，别人给她起好头，让她照着插，插着插着就变成五株四株了。她只能算半个劳力，生孩子却不含糊，一口气生了三个女儿一个儿子。一个半劳力，四个"吃死饭"，老丙在队里一直垫底，透支得货真价实让人同情。一家人像难民一样灰头土脸，从没见得光鲜的时候。

转眼又到"小熟"，麦子在阳光里哔剥作响。村民照例可以向队里借几元钱，添置一些农具，镰刀、铁耙、铁锹、插秧绳……顺带割上一块猪肉，给干瘪的肚子补充点油水，也为即将到来的农忙预支些慰劳。农民没有按月的工资，难得见到几个钱，从票子里本能地闻到肉香。节俭的农户只借三五元，或干脆不借，生生将口水咽回肚子。借款不是过节费，得在年终分红时扣除。队里对一般农户并不限制，多借五元十元也可以。而对透支户，就不那么客气了。张木匠倒还明智，陆干部不参加农忙也无所谓，老丙么，村民默认了。老谷连农活也不干，自然没人通知他。他鼻子灵，早早坐在会场，很有耐心地听完队长前言不搭后语的农忙动员，看村民到会计那里签字借款。老谷也要钱，有几个村民愤怒了，愣是不同意。老谷搬出领袖语录，大谈响应号召，村民说，毛主席让你到我们村接受再教育，又不是让你来吃白食。

老谷的成分是摊贩，并非真正的工人阶级，算不得根正苗红，村民被他一口一个工人阶级唬了十年。他给村民的影响不可小觑，走后很长一段时间，还有人拿他说事，拿影视里的角色与他比照。日头最毒的夏天，农民玩命似搞"双抢"，我见他在树荫里拉好网床摇蒲扇。在夏天从不打赤脚，他家有海绵底的拖鞋，我和小伙伴偷偷试穿过，很软和。冬天躲在屋里，他全家围着煤炉取暖吃黄豆炖猪爪。队里分柴米菜油红薯西瓜时，他总是第一个出现在仓库场，挑挑拣拣，眼珠子骨碌碌盯着磅秤。他女儿高中毕业后，又不好好下地干活，大队安排去小学教书，让她为家里弥补一点窟窿。女老师小小年纪即继承了父亲的精明，经常向学校里预支工资，年终转回队里的所剩无几。后来才知道，他三个儿子都有工作，一个留在城里，两个在社办厂子里。老谷偷偷在家糊纸盒，隔一阵坐客轮去城里交货领钱。他家的日子不知比农民滋润多少倍。

又到分红时节,队里爆出大新闻,会计被抓走了,他被举报贪污七百元钱。七百元绝非小数目,能造四间平房。公社派人把队里的账本拿走了,大年夜还不见会计回来,财务大臣不在,分红落空了,余老头闹得最凶,他二儿子春节娶媳妇,指望着分红呢。队长只好请示上面,先给每家预发几十元钱。队长劝道,白纸黑字,队里不赖谁的。钱没到手,余下的钱款谁知道会不会泡汤,该不会给会计贪污了?这个春节谁也没过好。

春节后老谷家被盗,据说,盗贼破窗而入,偷走了老谷家二百多元钱。队里好几个男人都被叫到公社询问,接二连三出现怪事,一时人心惶惶。村民静下心来,还是从中猜出一些端倪。那年队里卖过一头水牛,队里公示栏里却没有这笔收入,谁也没在意,细心的老谷把这事捅到上头,究竟忘了入账还是真想吞了这七百元,只有会计自己明白,反正超过半年没入账就算贪污,他吃了七年官司。老谷似乎给队里做了件好事,村里人并没感激他的意思,反而更讨厌他。所谓失窃案,最后不了了之。蒙受莫名之冤的,都曾得罪过老谷,包括我父亲。老谷失了面子,再三要求保卫组(相当于现在的联防队)人员来队里排查,让村民互相揭发。会场里,他仗着保卫组的威势,铁青着脸,诉说村里人种种不是,最后嚷道:不获全胜,决不收兵!村民不买他的账,吼道:不是透支户么,哪来那么多钱?老余头家,尚且拿不出二十元现钞。

老谷家经常锁着门,是去城里了,还是在哪个儿子家?没人细究,他的存在与否跟所有人无关。难得见他回来,也没人搭理他。其时,返城政策开始松动,老谷以他特有的本事,成为第一批回城户。走的时候没人送他,没人与他道别。那天,我和几个孩子捡了瓦片在小桥上打水漂,看老谷背着包袱过来,走过井台时,他干咳了一声,试图与井台上洗涮的村民说话,井台上的人只顾忙活,连眼皮都懒得抬一下。他见老丙提着两大篮子萝卜迎面过来，尴尬地冲老丙笑笑，想让这个憨厚的庄稼汉搭理自己，给个落场，换了以往他从不拿正眼看老丙的。老丙龇着一口黄板牙冲口道："老谷啊，我和你是同龄的，你看上去比我年轻二十岁。今年开始我摘帽不透支了，你拍拍屁股逃走，还欠队里一千几百元钱呢！这些钱我家也有份的。"想不到老丙能如此理直气壮，老谷的窘态没法形容。

　　会计出来已经是七年后了。队里完全变了样，不再分红，连队长也不存在了。透支户宕在队里的陈欠款，也不知如何处理的，就算还在，千儿八百早已微不足道了。

乡村猪事

一

乡下的孩子听惯了牲口的叫声。农户养不起牛，猪顺理成章提拔为牲口中的老大。我们这里没有散养的习惯，猪总待在圈里，唯一的任务就是长肉，狠命吃，吃完睡，把喂给它的食统统填进肚子，转化为瘦肉肥肉，没有人责备猪的贪睡。睡醒了，偶尔在有限的领地踱步，叫唤几声，表示它的惬意，或则打发点寂寞。猪的语言并不丰富，音律也颇单调，几声短促的鼻音，很少真正动用声带，在受到攻击时，仅仅提高些频率，附带几口喘息。它发出尖利的嚎叫时，大多情况不妙。

在乡村的晨光里，全村人围着自家方桌呼噜呼噜喝热粥。谁家卖猪啦？当猪的第一声嚎叫翻过错落的墙院传到餐桌，我会停了碗筷，侧耳凝听。凭方位和距离，给声源作大致定位。父母对每户猪的熟悉程度不亚于对村上孩子的了解，一说一个准。猪的嚎叫一声紧过一声，在它同类听来撕心裂肺，"猪"心惶惶。人的耳膜的反应却兴奋实在，全无惨烈悲壮。猪的忌日是农户的节日。一头猪的出圈意味着立体效益：一向干瘪的兜里鼓一鼓，集体按猪口补贴口粮，用作基肥的猪窝灰还能记三十个工分。孩子显得更现实，再抠门的父母卖了猪也不会空手回来，割回几斤肉全家开次大荤。

终有那么一天，父亲翻过栅栏跳入猪圈。我们和猪隔着栅栏彼此观望了几个月，从不侵犯它的领地。它觉得来者不善，警惕地审视着来者，随我父亲的靠近慢慢后退，直至被逼到墙角。父亲迅捷伸手抓住它的前脚，把它按倒，双膝跪住它的身子，腾出另一只手抓住它同侧的后脚。猪为突如其来的袭击惊恐惶遽，只得玩命地嘶叫。父亲将整个身子的分量牢牢地压在猪身上，身体随着猪的挣扎大幅度地颠簸着，他把它两个脚牢牢地卡在一起，呼我进去拴住猪脚。待拴紧绳子，父亲突然松开手脚，猪本能地翻滚挣扎，父亲顺势翻过猪身子，从另一面将猪的前后脚扎住。猪的分量与成年男人相当，单凭蛮力，算不得强悍的父亲未必是它的对手，但猪回回束手被擒。如果一鼓作气不能将猪拿下，猪和人就玩起一场游戏，它在有限的领地里奔突窜跳，压根不会乖乖待在墙角，猪拼了命，什么事情不敢呢，冲撞，咬人，弄不好冲破猪栏逃出去。女人和孩子是帮不上忙的，只有干着急，惊叫，搬救兵围捕。

猪哼哼唧唧躺到在地上，由于麻绳的束缚，猪扭动的身体显得有些滑稽。父母连拖带提，把猪转移到两个畚箕里，农家常用畚箕挑泥挑土坯，对口一拴组成一副临时担架。不知是被畚箕硌得不舒服，还是它自知大限已到，它嘶叫得更是惨烈，一路叫过去，把悲凉抛洒到沿途村落田野。

母亲在前，父亲在后，长扁担扛着百多斤的猪疾行于田间土路，赶往蒋巷的肉砧墩。吭哧到半道时，体力开始不支，尤其是母亲，父亲一再把分量移到自己肩膀上，并密切注意猪的表现，倘半道挣脱了，哪里去追它？猪闹累了便哼哼，撒泡尿屙坨屎，痛快地挥霍着体重。父亲咂嘴痛惜，催促母亲渐渐跟跄疲惫的脚步。一小时前，它还狼吞着父亲特地为它准备的"断头饭",干稠,加量,还抓了一撮盐巴,谈得上丰盛。只要不拉出体外,排泄物跟猪肉同样称分量。父亲嚷嚷着,猪猡!你把我一顿肉给屙掉了。母亲侃道,拿针把猪屁股给缝上。

二

蒋巷的肉砧墩就在靠河街市的南端,它沿街的门面卖肉,后面依次是屠宰场和临时猪圈。六七只猪横陈地上,此起彼伏哼哼着,待价而沽。这里只有一位工作人员,所有人都唤他"小弟",小弟是他大名,毫无不敬之处,最多在后面拖一个"师"字。他不太在意称呼方式,懒得理睬一张张献媚的脸,不时接过卖猪户递来的卷烟,随手架在耳廓。收的烟多了,两边耳廓架不住,夹满左手的指缝。小弟身兼多职,收猪、杀猪、卖肉,在蒋巷片区可是个实权人物,连大队书记都敬他七分。卖猪户围着他,耐心而着急,希望早些出手,免得耽误农活。等砧墩前稀稀拉拉顾客断档了,他才过来收猪。他端详着猪,弯腰在猪肚子上一摸,一捏猪肩,朗声道,二等,45块7!他嘴里的一串数字有着跌宕的音调,尤其最后一个7字拉长尾音。他在拉长的尾音里扬起脸,似探问主人态度。见无异议,小弟操起剪子,随手剪去猪身上几道猪毛,过磅结账。45元7角,每担生猪几乎没有悬念的普通价格。听说还有一等特等,级差两元左右,但仅仅限于听说,我家前后养的几十头猪从未获此厚遇,倒有那么几回被无情地判为三等(即不合格),单价更低。小弟历数猪的种种缺点,比如肚子大出肉率低,猪毛长品质差……最终父亲与他达成共识"杀卖",也就是宰杀后按照实际出肉量结账。千万别指望这样会让我家拣便宜,那有损小弟至高无上的"金口"。几头猪关在一起几天,迟迟不给你宰杀,都掉了膘,父亲还得贴上几天脚步债。

父亲不敢得罪小弟，以后还要养猪呢。十三四岁后，我常跟着父母去蒋巷卖猪，帮着扛一段路，也为以后的接班做见习。少年气盛的我，看不惯小弟的专横，赌气不卖，宁可扛回去，过几天把猪卖到冶塘。我们村地处蒋巷、冶塘两个集市中间，村上老辈说距离都是3里，如今很容易精确计程，我觉得距冶塘稍远些，且隔了一条望虞河。等渡船浪费时间，渡资每人2分，摇渡船的还要我们给猪支付渡资。最终相比，是赚了，亏了，还是平手？说不清。但对于小弟，少我家一头猪就损失几元钱，随着生猪收购船的到来，开始含混的认识逐渐在每个人脑子里明晰起来。

有一年年末，市肉联厂接不上货源，破例进村收购生猪，每担猪收购价都在50元以上，而且没有不合格等级。无须大汗小汗扛3里路，不必看小弟的脸色，每头猪还能多赚6元钱，村民的欣喜和感激都写在脸上。闲聊中，才知道肉砧墩收的猪仅宰杀部分，余下都卖给肉联厂，并赚取差价。"赤佬，心真黑啊！""他哪里是杀猪的，简直杀人！"乡民恨得咬牙切齿，对小弟谩骂中夹入了咒诅。

6元钱抵得我初中一年的学杂费。市里太远了，空身步行得两三个小时。几个卖猪户摇了船去市里卖，偏巧那天不收猪，白白浪费了一天。

三

猪出圈后，马上掏净猪窝灰，运到田头。猪圈空落落的，墙壁、猪栏显出一截潮湿的泥渍。以前人没开饭，猪首先闹腾，父亲总是开玩笑说别急别急，却催我们快吃，他要等吃剩的菜汁洗锅水拌猪食。没了猪的催促，全家人吃相稍许从容优雅。父亲照例用生石灰给猪圈消毒，铺一层敲得细细的干土，迎接下一位住客。

父亲在饭桌上大谈他挑选苗猪的学问，以示目光的精准。小小年纪的我也濡染得一些门道，比如腰长脚壮为好猪，容易长个。而真让我去集市挑选一定会看走眼。在我眼里猪的长相都是差不多的，你让我家的猪混入猪群，就再也没本事找出来，这点我远远不如半文盲的父母。父亲还特别在意猪的头脸，喜欢相貌堂堂的，在他的潜意识中，是否将相由心生的古训迁移到对牲口的甄别？尖嘴猴腮的人多心术不正，猪呢，不是拱土就是啃栅，不会安分守己长肉。父亲把拌好的猪食小心翼翼倒入食槽后，并不转身走开，细细观察小猪进食，看是否爽快，能否吃净。有的饭前闹腾得迫不及待，吃时吊儿郎当，口鼻埋在猪食下吹气泡，甚至把食物拱出食槽。小畜生还听不懂父亲粗鲁的辱骂，时常招来一顿追打。父亲拿搅猪食的板子隔着栅栏挥舞，造出声势。他不会真打，猪打伤了更不长肉，猪们哪里懂得这些道道，满圈乱窜，龟缩在角落惶恐地哼哼着。猪一拱土，拱得满地窝坑，就要动真格被"穿鼻孔"。父亲剪一截粗钢丝，一头磨尖，抓住小猪夹于两腿间，硬生生将钢丝扎进猪的鼻翼，用老虎钳叠合钢丝两端拧两圈麻花，并特意把钢丝头往里弯。父亲干这活儿时，我乐得打下手，递工具，拉住猪的腿脚。小猪撕心裂肺惨叫挣扎，点点腥红甩落到我手上。猪一拱就被扎疼，还敢拱么。

  这招也有失灵的时候。或是野性太重，或是痛觉不甚敏感，我们家曾有过一头小猪，穿了鼻孔照样拱，口鼻上总挂着血痕。养了它一个月，反而折了一斤。父亲说这畜生不"服圈"，把它背到集市低价转让。内行一瞟，随口问"过圈猪"？毫无商谈的下文。后来终于出手，胆小实诚的父亲与顾客如何谈拢的？他只说家里出了点事，没法继续养猪。对方看我父亲不似奸诈之徒，而且价格便宜。父亲如送走瘟神，亏了几元钱还觉得庆幸，怕对方反悔，他不敢久留。等下一集去买苗猪时，父亲发现那个人脚边放着草篼，草篼里的小猪很眼熟，甫说，新主人也管束不了那小畜生。直到猪养大出栏，父亲仍牵记着那头"问题猪"，也该在一次次的转嫁中慢慢长大了吧？他以善良的企盼反省着自己的愧疚。

猪生不逢时，远远没有如今同类的福分。那时，人尚且与大鱼大肉无缘，至于山珍海味只在书本里见过。麸皮细糠就算精饲料了，只有在它们少儿时期才得以享受，随着成长逐渐被粗饲料替代。猪的大肚子是吃出来的，每顿一大桶，柴糠青草撑大了肚子，提供富裕的卡路里。在很小的时候，它们就失去了至关重要的性别特征，终生与风月无缘。它们温驯，饱食终日而不思淫欲。我无端地怀疑，那头被父亲半道转卖的小猪没劁净，俗称"走花"，这种猪不够安分，宰杀后肉有异味。小时候我吃过公猪母猪肉，任怎么烧煮，总有难闻的气味。队里的种猪退役后，同样难逃被宰杀的命运。它们比肉猪幸运，算得高寿，而且真正做了一回猪，不枉此生。

四

队里也养猪。养猪场远离村庄，在田头河浜旁。刮南风时，阵阵臭味随风钻进村里。除了队长，村民不会无事去猪棚转悠，连贪玩的孩子也把它排斥在活动场所之外，出去割草也远远绕开。

饲养员走马灯似换了几茬，只有阿苟任期最长。脏不说，一天到晚见不到一个说话的伴，孤寂。顶着日头巴在稻田里也难熬，但农活爽快，不像养猪无休无止。阿苟就是他大名，我一直以为是阿狗，他父母也太马虎，连个名都没好好给他。我在队里分红榜上第一次看到他大名，还不认得苟字。既然他父母文雅地避开了狗字，又何必弄个易遭误解的苟字呢。

阿苟神出鬼没，很少暴露在公众的视野里。平日见到他时，多在河浜里割水花生。水花生铺满大半条河浜，阿苟割得愈勤，愈发疯长。他一趟趟往猪棚里担，用机器打成草浆。阿苟身前挡着过膝的皮围身，终年穿深筒雨靴，走到哪里，"扑通"声响到哪里。他标志性的装束时常让我想起肉砧墩上的小弟，两人的职业密切相关，性质完全不同，一个杀生一个养生。

队里卖猪了，阿苟偶尔在村里露个脸。养猪场五头十头出栏，他跟着扛猪的队伍护送到水埠，也算为猪们作最后的告别。阿苟养的猪毛滑顺溜，长势快，出栏很少超过四个月。年终分配时，队长给他说尽好话，他工分靠最强男劳力，超过一般青壮年。他还是那个典型的行头，闷头抽着旱烟，老树皮样的脸上没什么表情。他边上的惊呼道，阿苟身上有股猪粪味，众人也咋咋呼呼，拿话损他。众人心里不服。

一天大队书记突然光临队的猪棚。书记撑着两条麻杆腿，背着手满世界转悠，文雅的话说是视察。他爱站在田埂上，看弯腰田里衣衫歪斜的年轻女人，到打谷场跟年龄相当的徐娘们扯点荤素咸淡，兼带做些正经事。比如看看禾苗长势，调解邻里纠纷。书记背着手，踱着麻杆步，依次看着一圈圈猪，嘴里啧啧称赞。书记是这片领地接待过的最高首长，阿苟激动得无所适从，只好跟在书记身后唯唯诺诺。书记说，阿苟啊，你养猪本事大咧，成本低，产出高，来日大队到你这里开个现场会，把16个队的队长饲养员都叫来，听你介绍经验。阿苟说，哪来什么经验，我是瞎弄弄。书记一本正经道：别谦虚了。阿苟没上过学，一时弄不清谦虚一词的含义，连连说一般般一般般。书记兀自嗫嚅着，阿苟你谦虚，你谦虚……阿苟听听味道不对，他有点知道心虚的意思，只有做了亏心事的人才会心虚，这谦虚莫非就是心虚？他涨红了脸冲口道，谦谦谦……谦虚个屁，你横声谦虚竖声谦虚，算哪门子意思？我又没偷队里的糠！这段笑料足够让书记在茶余饭后消遣一帮听众，并传播开来。

阿苟误解的谦虚确有歪打正着的心虚。细心的村民发现，阿苟家从不去加工厂轧猪饲料，每年照样出售三头肥猪。田头歇晌间，村民小声议论着，无凭无据，任何怀疑都仅仅停留在背后议论的层面。一个风雨交加的夜晚，阿苟背着一袋细糠从猪棚回家，给队长堵在村头。队长曾去加工厂查过账单，留意过阿苟家的猪食槽，并在一个个夜深人静的夜晚注视着养猪场到村口的土路，他在不动声色间拿到铁证，完成了阿苟由谦虚向心虚的实质性转换。那时，偷盗集体财产不是一件小事，恶名会连累到一个人走入棺材，影响子女的前途和婚姻。念他这几年的功劳苦劳，队长动了恻隐之心，这个细节一直没有公开，口传有多种版本。但至少那一刻，阿苟很狼狈，远比心虚尴尬。

　　饲养员做不成了，阿苟蔫巴巴地回到田里。他经常慢吞吞落在大部队后面，竭力避免人多的场合，怕遭大伙奚落。后来，阿苟干脆不大出工，窝在家里做竹器，日子蛮滋润，他是祖传竹匠，那件皮围身恰好垫膝腿。

　　队里又换过几轮饲养员，没一个超过半年。养猪场越来越不景气，出栏的猪渐稀，年底宰杀分给村民的猪从两三头减至一头，解馋都不够。村民念叨阿苟的好，却有些困惑：受阿苟亏待的猪怎么那么争气呢？其实阿苟心里有底，他以粗饲料和青饲料作补偿，以勤快和精明弥补了心虚。

　　多少年过去了，猪的叫唤声隐藏到我们的记忆中。吃猪肉不再是普通百姓的奢望，贵族们开始把猪肉从菜谱里删除。传统方式喂养的猪大受欢迎，肉价是普通猪肉的两三倍，昔时的一担猪价45元7角，如今能买一碗肉。

擀　面

如今年过六十，或稍许年轻些的乡下人，都会擀面。昔时，乡下摇面店很稀有。机轧的面条，粗细均匀，如流水线上下来的工艺品，品相佳，但口感差，缺乏劲道。乡下人的脾胃并不娇贵挑剔，能吃饱就不错了，最现实的考量还是钱，两分钱一斤的加工费不算贵，但不划算，也不舍得。

不说地里摇曳的麦穗成为盘中餐要经过多少演变，单说面粉做成面条就有好几道工序。面粉的颗粒细微得肉眼看不真切，手感有些说不清，滑爽，带点黏稠，软乎乎的，很容易让人联想到婴儿粉嫩的肌肤。把平日洗脸的脸盆擦洗干净，去储存面粉的瓮里舀出面粉，加水，和揉擀切，挂脸盆边晾开，只待升火。

可能有人嗤笑，擀面乃"开眼活"，雕虫小技，甚至连"技"也算不上。恰是人人会干的活儿，才有高下之分。譬如煮饭烧菜，同样的食材，同样的佐料，同一台锅灶，同一副厨具，却味味不同。一两次是偶然，回回做得好吃，那就是手巧。巧的不是手，是心智。

先说和面。谁计算过面粉与水的比例呢，全凭眼光，总不会像做实验一样试上量杯秤具吧，村上不缺笑料。舀一"广勺"水置于灶台边，边和面边添水，能一步到位不添不减的，大师级。水可以添加，多了拿不走。一般人和完面，黏糊糊的满掌满指，甚至弄到手背上，有人却干干净净，我父亲就是后者。带三分硬，揉面时反复按压，直到劲道十足。接着把面团移至方台，开始擀。擀面杖是一截一米多长粗细均匀的竹管，削平竹节，打磨得滑溜溜的。一张浑圆的面皮，卷住擀面杖反复滚压，慢慢变大变薄，直至铺满方台。初学者常对着面皮摇头咂嘴——不圆整，厚薄不均，这里缺一角，那里有个窟窿。因为揉得不够劲道，或是擀时用力不均，再不，技术不精。最后，把面皮折叠成长条，置于砧板。切面砧板是特制的，长条状，一侧伸出两个竹钉，卡住桌沿，防止滑动。一手按面皮，一手执刀，在节奏紧密的嗒嗒声里，刀口处似变魔术般瞬间淌出细细的面条。刀工不可小觑，跟厨艺有关联。父亲切的面条，细而均，毫不比机器逊色。他吹嘘切面不用砧板。乡下人"爱件"，桌子上一道指甲痕就心疼半天，颇似现代人爱车。有一回没找到砧板，他不徐不疾，落刀无声，照样手下生华，桌子上却没有一丝刀痕。父亲偶尔帮厨"撑工"，力道拿捏很准。我提起面条查看，底下有几处"连刀"的没切断，奚落他还欠火候，其实心里早服了，我一辈子也修炼不到那个境界。

　　乡下人不分面粉和面条，都唤一个字——面。晚饭是天天寡淡的粥，吃顿面也是改善伙食。偶尔光顾面店吃，排骨大肉爆鱼浇头与我们无缘，吃碗阳春面就不错了。客面爽爽净净毫不含糊，汤汁是另制的，清而鲜。自家擀的面，足够管饱，自留地摘把菜权当素浇。把水煮开，放两把青菜，菠菜、白菜也行，咸菜还凑合，滴几滴菜油，等水蹿边再下面，呼呼猛烧一晌，第一碗面尚能分出面和汤，吃出客面吱溜吱溜的爽心，呼哧呼哧，额头鼻尖沁出一层细汗。第二碗面条焐烂了，青菜变咸菜，面汤如糊如羹，混沌一片。若有剩余的面食，在锅里镇一夜，次日凝固成冻胶。拿锅铲分解，与冷饭一起煮成"面夹粥"，风味独特。乡下人下面远没面馆讲究，煮面水与汤料合为一体,囫囵一饱,所有汤汤水水全填肚子里了。

面脚板和馄饨皮子,可以看作手擀面的衍生品。面脚板与刀削面类似,揉成面团后,按成长条,把案板架于锅沿,边切边拨入锅里。面脚板随沸水翻窜腾跃,酷似窜条鱼,大概是它另一个俗名"面窜条"的出处。面脚板抗饥,故而比面条费料,有违农家节俭之道。馄饨皮子的成型与面条只差最后环节。眼光如一把尺子,方正大小一致,馄饨排在桌子上,齐赞赞,似一个模子浇注的。青菜馅主打,夹点肉,能吃出年味。有时,全家动手,各人排一溜,相互评说,这只太鼓,那只太瘪,还有馅儿放偏了,歪在一边。母亲笑,全家笑。母亲说,吃到肚子里一个味。我说,青菜馅馄饨跟青菜面条不是一个料,干嘛折腾来折腾去。母亲又笑,她说嘴里不是一个味。

母亲擀面的技术比不上父亲,她只认为手劲不够。每次包馄饨,就提村里老丙的笨媳妇。笨媳妇不会包馄饨,隔壁老太给指点,说猪头长什么样,馄饨就是什么样,中间包馅的像脑袋,两边扑闪的皮子像耳朵。笨媳妇一天到晚跑猪舍,一天丈夫收工回家,她骄傲地跟丈夫说包了馄饨,已经下锅里了,丈夫安坐桌前,等了大半日,不见媳妇端过来,便问道,馄饨呢?媳妇说在拔毛呢!原来她就包了一个馄饨,一个碗盛不下,滑到地上,沾满泥尘柴屑,此刻蹲在地上收拾呢。故事真伪无从考证,真那样,她并不笨。

我几岁时学会擀面的?不记得了。起初好玩,从父母手里抢着,作为家务就不好玩了。父母也懂得半扶半放,言传身教。看看容易,一上手笨手笨脚。隔好久才吃一顿面,脸盆台子面杖都要弄干净,台缝里的垃圾得细心清理。心里没底,水总是放多了,越揉越黏手,不得不掺入干面粉,面团忒大,面皮还没怎么擀薄呢,台面上就铺不下了,面条多得够吃两顿。母亲常说我没个准,给我预先备好面粉。水又多了,切好的面条都黏一起了。父母就要收工了,怎么办？耐着性子把面条一根根撕开。父亲回来一看，二话没说，把我撕扯半天的面条拢在一起，揉成面团重新擀。不吃苦头没法长进，吃了苦头还不长进是真笨。撕面那些个糗事，初学者无所谓。据说老丙家笨媳妇每次擀面都撕面，村民爱奚落人，笨媳妇一直挂在他们嘴边。老是拿笨媳妇做参照，也不怎么长脸吧？

尚未成年的我，活儿渐入佳境。正待发扬光大，父母突然丢了擀面杖，有滋有味吃起机轧面来。如今，几十年过去，擀面这活儿也失传了。

芝麻馅

芝麻香，糖油香。别心急。不信试试，含在嘴里咽不得吐不得，把嘴烫歪。视觉欺骗了你的急吼吼的口舌，被糖油猪油裹住热气的芝麻馅，就像吸溜吸溜的扬州汤包，冒冒失失的人，不付点皮肉学费是不长记性的。邑人称汤团为团子，芝麻馅叫芝麻芯，以此类推，"芯"替代"馅"，不失精准，也不乏生动之处。

廿四夜，吃汤团。大人忙着做汤团，孩子也忙，忙啥？串门。直到各家烟囱里升起炊烟，廿四夜的香气游走在村庄的黄昏，如无形的缰绳牵走身边一个个玩伴。父母从我串门回家的口中，打听点不便亲自探听的事。比如，谁家做了多少汤团，什么馅的，有没有请亲友？我多半答不上。每家每户，筛子里一圈圈白花花的汤团，馅裹在白花花的汤团里。孩子都在井台场角玩耍，谁探头探脑关心人家厨房里的细节呢？

芝麻馅、肉馅、萝卜馅，甭猜。三种汤团都有固定的标记，滚圆的是肉馅，椭圆的是芝麻馅，带把的是萝卜馅。母亲怕混淆，把特点肆意夸张。如果还有第四种馅，不知做什么标记，好在只是奢侈的假设。吃汤团论个，放开肚子吃，吃得多标志着长大，还是吹牛资本。但对芝麻馅，家里严格执行计划经济，每人两个。爷仨都嗜好甜食，谁都不肯谦让。先吃芝麻馅，再吃肉馅，萝卜馅放在最后。而母亲相反。从吃葡萄的次序中，衍生出微妙的葡萄理论，吃汤团牵不上理论，全凭喜好。弟弟吃完两个芝麻馅，意犹未尽地把筷子伸到母亲碗里，母亲一边嗔怪他，一边让出半个或一个芝麻馅，很长一段时间，弟弟的食量徘徊在两到三个汤团间。看我撅着嘴，母亲脸一板，做哥哥的年纪活在狗身上？

母亲小心地把余下半碗芝麻馅放在厨柜里，关照我们万万不可偷吃，否则下一顿汤团都吃萝卜馅了。她既是给我们打预防针，又是警告我们。有一次，我发现父亲在取碗盛饭时，偷吃了半匙芝麻馅，嘴唇上沾着黑黑的芝麻粉，此前我以为芝麻馅包进团子煮熟了才能吃。父亲能吃，我也吃，弟弟也吃。明着吃，偷着吃。几天后母亲想用余下的米粉再做一次汤团，半碗芝麻馅只剩沾在碗底的一个黑圈。慎独对一个孩子是不可能的，这怨父亲的榜样。

何不多种一点芝麻呢？家里就一点自留地，四季蔬果不能少，玉米高粱贴补口粮，留给芝麻的领地少之又少，仅仅水埠边树荫里巴掌大的一块，收个三五升，给来年留种，春天做粢团，全在这三五升里。芝麻长得慢，从种到收得小半年时间，寻常蔬果能收几茬呢，就为了芝麻馅，乡下人舍不得这份奢侈的浪费，仅在不太出产的边角地，稀稀拉拉撒几颗芝麻种。母亲说，你们喜欢芝麻馅，唯一的办法，垦荒。上哪去开辟芝麻的领地呢？坡坡坎坎，荒坟野地，凡与私字沾边的，甭想。

割草转悠，我开始留意荒地。秆稞巷边的河岸坍塌得厉害，形成一个坡度，稍加平整，面积比水埠边的芝麻地大一倍。从未耕种的土壤，茅草根又深又茂，互相缠绕，清理茅草就是一个宏大的工程。母亲说，地太瘦了，就像你们爷仨，得上足基肥。播种前，准备工作花了整整一周。秧子钻出地面，细小得几乎看不见，渐渐地，有马兰大了，如小青菜了。芝麻的生长过程中大半时间在拔节，从匍匐在地到齐腰高，得两个月时间，正好在我暑假里。倾斜的河滩护不住水土，叶片在毒日头里蔫巴巴的，看着心疼。母亲说，也不能天天浇水，把土壤浇糊了，会闷死的。

芝麻开花了，从底下到顶部，依次开出淡红的小花，像孩子粉嫩的嘴唇。花还没到顶部，底下四棱的蒴果依次挂在枝上。我在河滩边小坐，忍不住掰开蒴果，果子里有白色的果浆，模糊一片。我的作文中开始频繁使用丰收在望和喜悦这类词，当它们与自己的成就感连结在一起时，我闻到了芝麻馅的香气。

谁会料到，半年的辛勤竟遭贼手。河滩上一片狼藉，只留躺倒的芝麻萁，萁上裂开的空蒴壳。我傻傻地站在河边，似梦境一般。秋收前夕，农民都在望虞河边掼土坯，孩子们都在坯塘帮工，田野里见不到人影，我的芝麻地又很偏僻，让人钻了空子。窃贼在光天化日下把它们放到，摊在地上晒几个太阳，堂而皇之把里边的果实掳走。芝麻萁不会说话，蒴果壳不认得主人，河滩虽无主，难道这芝麻是野生的？哪个昧了良心，到孩子的嘴边抢食，遭天打！母亲从前村骂到后巷，她找人拼命般的怒气，让知情者噤声，也让那个人遭受良心的折磨。母亲把芝麻萁挑回家，挤出蒴壳里残存的芝麻，竟然有一升。一天早晨开门，一小袋芝麻突然出现在家门口，我们知道是怎么回事了。母亲说，真怕天打啊？父亲说，人是咒不死的，我看他良心还没坏透。我觉得收获远不止这些，耿耿于怀的我反而对那人不依不饶。

母亲表现出少有的阔气，破天荒满足我尽吃芝麻馅汤团。老师常说，享受自己的劳动果实是最甜蜜的，从味蕾直到心里。这话只对前几个汤团有效，我吃腻了，最后想吃萝卜馅。母亲大笑，多吃少滋味，少吃多滋味。那话不是母亲的原创，但我从她口里第一次听说。

以功臣自居的我表现异常积极，全程参与了芝麻馅的制作过程。

在锅里炒熟，用舂杵在石臼里把熟芝麻捣成粉末，加砂糖拌均，做汤团时特意在馅里滴小半匙荤油，那个香啊，满口生津。母亲一边做汤团，一边问我，知道为什么廿四夜一定要吃汤团？我摇摇头。那为什么一定要有芝麻馅？我说因为好吃。母亲说对一半，芝麻开花节节高，讨个吉利。

第二辑

岁月投影

临别一座村庄

一

二婶家所有的东西都在打包。棉胎蓬松，拿了几道布条捆扎，码在墙边，像一个个炸药包。衣服堆放在铺开的被单上，拉起被单对角拴紧，已经打了四个大衣包。二婶一边收拾一边嘀咕，平日出门找不到一件像样的衣服，这么多衣服是我家的吧？二叔在厨房里，碗碟筷匙，坛坛罐罐，收拾到纸箱木筐，有些不便装箱的，统统堆进四个大箩筐。

二婶忽然对着衣柜落泪。衣柜是她的陪嫁，她不知花了多少心血，流了多少泪才争取到它。她是家里幺女，父母对她说，你几个姐出嫁时都没衣柜，做父母的要一碗水端平。她说，十个媳妇十样娶，十个女儿十样嫁，没有衣柜，我就不嫁！那时，一口衣柜值百多元，抵得两头肥猪，村巷看新媳妇嫁妆，先数有几条被子，再看有没有大衣柜。嫁妆寒酸，受公婆奚落，在村里也抬不起头。二婶硬生生晚嫁了一年，没日没夜做花边贴补，终于争取到一口衣柜，为此，她没少遭哥嫂和姐几个的白眼，还连带了父母。

衣柜以实木打就，暗红色基调，门面五彩的雕花，门框里嵌着镜子。二婶每天站在镜前端详自己，看脸上的皱纹一条条增加，看身形慢慢走样。雕花里富丽的鎏金早已淡褪，镜面也有些斑驳。她舍不得。儿子说，那边都是整套的家具，新房子里放这口破橱，实在不协调。

我父母也在收拾。小屋里一大堆农具，说没用就没用了？不说锨啊锹啊锄啊，光铁耙就十几把，大小模样都不一样，各有各的用处。父母一生与农具为伍，农闲时，父亲会把这些铁耙排在场上，细细地检查，榫针松了，换厚实一点的，竹把开裂了，用藤条缠结实，哪些不常用的，清洗干净上好油，我家的铁耙比别家更耐用。如今，它们将纳入家里的破铜烂铁，等收废品的换几个小钱。

父亲看着一副粪桶发呆。粪桶是农家必备的灌溉工具，要用上好的木料打造。分家时爷爷传给我家的旧粪桶经常漏水，最后散了架。置副新的得几十元钱呢！坏场取土时，刨出一口无主棺材，木料挺厚实的，父亲把棺材板扛回家，打了一副粪桶。它在地下埋了几十年，该烂的烂了，没烂的材质愈发沉实，就是不上桐油，随便扔在烈日下，西风口里都不碍事。用了几十年，与它搭配的粪勺换了几把，粪桶还丝毫没有走形的迹象。

很多人家早早把农具送了亲戚，有的干脆让邻近村巷毫不相干的人过来随便拿。把这些东西带过去吧，搁哪儿呢？每家一个小车库，光摩托车自行车电瓶车就挤不下，就算有搁的地方，又何用？

二

德胜爷没啥可收拾，他全部的家当一担就挑完了，这话不怎么夸张。他反剪着手，在自留地里彳亍。茄子已经挂果，西红柿枝头缀满点点黄花，花萼底下已可见豆大的小西红柿。河沿，两行黄瓜开始拖蔓，他早早就把瓜棚竖好，藤蔓缠着两侧斜靠的竿稞向棚顶攀登。自从定了搬家日子，大家开始抛荒，已经下种的也懒得去管理，可德胜爷一如既往呵护着他的自留地，人家对他说别瞎弄了，吃不上的，他似乎没听见。有点耳背不假，他倔呢。

早先，这里是集体的坯场，坯场停产后，分给各户当自留地。不管人多少，每家一块。一片开阔的场地被分割成大小形状完全相同的正方形，方块间的界线就是角上插的荆条。荆条易活，如今横看成行，竖看成列，外人还以为这是刻意栽种的荆林呢。地和地紧挨着，日子一久，就挨出些主人的心气，有的懒散，撒些豆类听凭天意。有的心凶，边界上密实的玉米、高粱、芦稷，侵犯到别家领空。吃亏的也不言语，乡里乡亲扯不开脸，再说了，一点小便宜算啥嘞。

队里照顾德胜爷，划给他靠河的地，省得他挑水。他四季的蔬果比任何一家都赶茬，一人吃不了，叫人家随便摘。他从这些人的脸上看到了感激，这种感激会带多远，多久，他没想过。

祥保叔蹲在竹林里一根接一根抽烟。他祖上曾传下一片竹林，父亲去世那年竹子开花，老鼠横行。按老辈说法，竹园衰败意味着家道败落。祥保叔翻土施肥，硬是将竹园唤起生机。他拿三分上好的水田换了西侧闲地，绵延的翠色改写了昔日的贫瘠。屋后竹园，屋前的菜畦，篱笆里的小院就有了农家的气象。

他篾匠出身，家里堆满劈成各种规格的新篾，农闲时编篾席，做篮子，打箩筐，一把好手。祥保做篾具都选择五六年的壮年竹子，竹子太嫩，篾具不瓷实，太老又不细腻。随便指棵竹子，祥保一瞅就能报出它的年龄。要他把这片竹林统统砍了，他不忍心，尤其是才两三年的新竹，他怎么下得了手哇。

谁也想不到，他一个老党员当了钉子户。最后人家提到党性的高度，他对人说，旧房子换新房子，我不亏。让我住高楼，我实在不习惯。他说的不假,去年被女儿接到城里小住,两天就逃回来了,说吃不惯,也拉不惯。他说女儿家的卫生间实在太干净了,宁可上自家的茅坑。

三

晚饭后,我爸,二婶,德胜爷,祥保叔……不约而同去井台。今夜月色皎洁,树头的风早把白天还不太尖刻的暑气赶走,还没到乘凉的时节呢,他们手里没捏蒲扇。

早先,村上就两口井,桥东桥西各使一口。那时河水还能用,夏季时这井水可是农家免费的冷饮。大冬天河水刺骨,井台上断不了有人洗洗涮涮。井台边一排木槿,农忙过后,姑娘大嫂到井台上洗头,随手抓一把木槿叶子泡在井水里,那是上好的洗发水,还不花一分钱。

夏夜,屋里暑气难挡,乡下人有乘凉的习惯。井台用大块方砖铺就,润湿的微风里渗着井口飘出的丝丝凉气。即便后来有了电扇,有了空调,井台还是他们精神生活的一个重要阵地。国家大事不大懂,他们东拉西扯,谁家嫁女了,谁家挣大钱了,谁家孩子有出息。没有新的内容,老话题翻出来嚼嚼,回屋的时候,心里盛载了一个夜晚的满足。

什么时候,话题开始沉重?大概有三年了。起先还以为是谣言,直到村里一家家发通知,一户户来评估。儿子富贵第一个签字,德胜爷直骂没出息。富贵平日不怎么勤快,守着父亲给他的三间破楼房,儿子都娶媳妇了,还"晨图三餐,暮图一觉"。如今他笑咧,这家那家勒紧了裤带,撑起别墅,还不是跟他差不多?连带父亲的老屋,富贵可以拿三套公寓房,他计划着租出一套,光租金就抵个壮劳力。像富贵这种情形的村上好几家,村里根本不需要做工作,他们盼呢。德胜爷恨得咬牙,数典忘祖的东西!当然,并不是每家都像富贵那么省心,房子的成色决定了村民的毅力,像剥茧抽丝一样,最后同意搬迁的是一家"财主",他的房子怎么说呢,光一块地砖好几百,村里人不敢踏进去。他做钉子户跟祥保叔可不一样,钱谈不拢。

新家在镇子边上。二婶三叔每逢赶集,都要去那里转转,晚上就在井台报道最新进展。打桩了,浇铸地基了,造到第几层了……大围墙里十几幢大楼,一幢十几层,那得多少户人家?以前一个自然村三四十户,来来去去各家场角路过,顺便打个招呼,拐进门唠几句,吃口井水,别看点点细事,乡民就是在不经意间维系着彼此间的和睦。将来都住在一幢楼里,住得近,人反而生分了,据说城里人邻里不来往的,两家对门几年还不认识。他们受不了。

好在离那日子还遥远。遥远的事大可不当回事,那些高楼似乎与他们无关。一次德胜爷突然说:"我最好早点死,到了那里开丧也使不开手脚。"我父亲揶揄道:"那里配套大礼堂的,一下好发五十桌酒席呢。"

七拉八扯,又扯到电梯。他们没几个乘过电梯,又无端地担心起来。祥保叔耐心地给讲解。以后乘凉的地方找不到井,任蒲扇摇得勤,风儿里再没了凉意。

四

村口影影绰绰,挖泥机,推土机,翻斗车。月光下黑魆魆的一片。这些房子已不属于这个村庄。明天,它们将被那些大家伙肢解,摧毁。门窗梁柱将在旧材市场寻找新的主人,断砖残瓦,水泥疙瘩填作路基,或直接推入小河。

小河啊!小河是这个村庄的坐标。乡民对陌生人介绍自己的家,首先说是在河东还是河西,再讲沿河第几家。小河还象征什么呢?河两岸每隔一段水埠相对。晨曦中,水埠上蹲满女人的身影,淘米、洗菜,棒槌使劲敲打着衣服。手不停,嘴不停,嘻嘻哈哈,穿梭交替。河水变臭后,小河变成了天然垃圾场。一个冬季,老队长发动全村男女,抽干河水,打上石驳岸。几个小老板愿意掏腰包,为驳岸安上栏杆,栏杆运回来了,没来得及装上。

　　老队长从工程队那里回来,他想让工程队保留这条河,保留这座石桥。他只能一厢情愿。村子将夷为一块平地,水埠,石桥,井台,竹园……都不复存在。若干年以后,这里将崛起一个现代工业园区。

　　月色如泻。村庄一如往日恬静,远处村庄飘来几声狗吠。井台边的木槿上,纺织娘吱吱浅唱,填补了狗吠的空当儿。它们对明天将要发生的事一无所知,也许它们不在乎,另一种离乡背井已经逼近这个村庄。

一棵树的寓言

吃完饭,老王非要我们去看看他的树,我相信他已经不止一次向客人介绍他那些树。按理,就算炫耀,他也不屑于我这种小人物的,但我的同伴中有一个相当级别的领导。听得出,对那些树,老王比对自己的企业还自豪。

出办公楼的电梯,是一片开阔的场地,以前兼做停车场,白线框就的停车位,将陆续停泊的车辆约束成整齐的队列,新栽的树扰乱了齐整的队列。十棵银杏,高高的堆土,淹没了一大截树干,每棵树又有斜撑和拉索将它们固定。我见过许多银杏树,早先工作的学校就有两棵,它们以前属于一所古老的寺院,上世纪五十年代,寺院的遗址上建了一所小学,那两棵曾经庇佑了一代代善男信女的古树,继而庇荫学堂里的子子孙孙。两棵树,硕大的树冠覆盖了整个操场,连教室的半边屋顶总掩映在它们的浓荫下。

高大的主干,没有与之匹配的树冠,树就缺失了应有的姿态。分展的枝丫只剩很短的几截残枝,只有残枝上零星的新绿似乎还能证明生命的存在。大树很能使人联想起根深叶茂这个词语,它们过去,或是几个月前,无愧于这个词语的,将来会怎样呢?银杏具有惊人的生命力,据说,广岛原子弹爆炸以后,在距爆炸中心一公里的地方，有五棵银杏侥幸地存活，它们的枝叶甚至主干都被摧毁，发达的根系，却让这些树涅槃般获得重生。有人说我们学校的那两棵树，根系长达百米，也太夸张了吧？一个夏天，我们发现它们的根从河沿的石驳岸伸出来，一经阳光，竟冒出枝叶，而河沿与银杏树相去不下百米。

  姥姥跟我讲，她小时候就住附近，几十年了，没见它们长大，还是她小时候的样子。银杏长得慢，广场上的这些树，没有遮天的华盖，从树干还能依稀觉得它们年龄不小，具体到是一百，两百，还是更多？说不好，我们有一搭没一搭猜度着。老王说，银杏有甚稀奇？一棵才三十万，我让你们到前面去见识见识。他引领我们，转到办公楼的南边。正门朝南，前面的场地更开阔，也更气派。场地正中见一巨型的雕塑，不锈钢材质，抽象，看不懂什么内容，飞扬的姿态，是否就是表示一种图腾的意象？老王说，说对了，雕塑底座上有字就是"腾飞"。场地南端横着一条小河，驳岸栏杆都很精致。建造厂房的时候，取土连带造景，将一条本来歪歪扭扭的河沟进行彻底整容。河边有两棵树，只有两棵。老王指着它们，猜猜看，什么树？

  什么树？我们搜肠刮肚，使劲抢答。老王总是摇头。紫檀！我说。我哪里见过紫檀树？就想着往高处说了。老王笑了，嘿，有点道道，是檀木，不过是铁檀！名木，我知道得可怜，就是本地常见的树种，也认不齐。铁檀？我可是第一回听说。两棵树不是很高，也就十来米，但很粗壮。老王带我们走向东边那棵，爬上堆土，上去抱了一下，两手间还差一截。这棵树似乎被剥了树皮，露出红褐色的木质，跟断枝的截面一个颜色。老王说，它的树皮就是那样的，它不像其他的树，树皮厚，粗糙。这树硬得不可思议，山里锯树枝的时候，坏了几把电锯，手工的锯子根本奈何不了。想在树干上打个钉，铁钉弯了，后来换了钢钉，结果钢钉也断了。铁檀，名不虚传啊。我们跟着老王赞叹着。

"这两棵树哪里来的?"我们好奇得像个孩子。江西,老王坦言,说是买来的,实际是山里人偷伐的。"买来多少钱?"老王没有爽快地回答,只说不贵。但从江西弄到这里历经曲折,说是个传奇也不为过。为了确保成活,起土时尽多保留树根和枝叶,树太大了,无法装上汽车,只得忍痛再次把树根树枝锯短,一辆挂车就装一棵树,还严重超载。知道这树有多少分量吧?几十吨。本来联系好了车皮,等把树运到货运站,再转铁路。一辆蛮顺利,一辆山路上翻车,连车带树滚入山沟,幸好司机没死。车报废了,抛在山沟了。他舍不得这棵树,山沟离公路几十米,根本无法再把树弄上去,亏得沟底有一条河,叫了几十个人,就势将树滚入河里,搭了木排,从水路运出来,再上汽车。

折腾了这么多天,还能活吗?厂里犯足了本钱。这么大的树,没有足够发达的系抓住泥土,是很容易倒翻的,总不能把树坑挖两三米吧?只能借助拥土,堆土像山一样。外围搭了一个庞大的井字架,将树牢牢固定,厂里有的是材料。眼下已是暮春,如果树还不放青,一个夏天过去,就是一堆枯木了。老王手抚树干,有些遗憾。突然,他像发现了什么,眼睛一亮,看,它开始爆芽了!我们凑过去端详,结节上真有细小的嫩芽。老王拉起电话,叫来后勤,让他上井字架,察看树的顶部。不一会儿,上面传来兴奋的叫喊。老王的情绪一下高涨,他指向西边,这棵早抽枝长叶了,山里人说,这两棵树一公一母,一棵死了,另一棵要气死的。不记得谁说过,老树是有自尊的,"人挪活,树挪死"那是伤害了它的自尊。

再次看到这两棵树,已是几个月后。为了避免阳光直射,厂里为它们搭建了凉棚,黧黑的布幔,将树的上空和周围遮得严严实实,只有走到树底下仰望,才能看清它们的现状。忘了说件事,树上挂着几根管子,定时出水,为树"打点滴",保持树表皮根部的湿润。

老王讲，一进入夏天，树叶总是蔫耷耷的，它的根还不发达，吸收的水分远远不足以供养这么大的树，就靠点滴维持，有的单位还专门为树搭了高大的彩钢棚，甚至还装了空调。有些树都成活几年了，还不准什么时候突然死了。我说，其实你何必要弄那么大的树呢？从小栽培，等它们慢慢长呗。老王说，那要多少年？我这么大的广场，小树实在不协调，大树才气派。你看那些树，像树吗？我这才留意到围墙边，办公楼前后都有一排香樟，单看，香樟也不算小，但在这个空旷之地，它们那么不起眼，甚至容易被忽略。

就算这两棵铁檀死了，老王也不亏。有人算过，光树材每棵就百万以上，若把树根加工成根雕，艺术品的潜在价值就更不好说了。老王不想轻易放弃，他觉得这两棵树是镇厂之宝，他每天数次徘徊于树下，心里老大不是滋味。

很多人知道这两棵树，它们是这个地界的稀罕物。不是自己的子孙，旁人的关心也只是礼节性的，"不死不活……"老王的回应中，总带有三分无奈。都过了两轮冬夏，树没有好好"上力"，还靠"点滴"，就像一个即将到点的病人，针管一拔，说不准就是两脚一伸。

镇上休闲广场那些树，还没这等福气。

广场落成前，几乎一夜之间绿化就全部到位。东西两侧排列着整齐的花坛，一米半见方，每个花坛只栽一棵。有了树，硬邦邦的广场便有了生命的气象，尽管刚栽的树还没发芽长叶。树从头到根，缠着草绳，很容易使人联想到重伤员周身缠满的绷带。什么树呢，看不出。它们顶部冒出一丛绿色，下面旁枝也稀稀拉拉长出嫩叶，是榆树，榉树，还是别的什么树？穿过广场的人在此驻足，免不了议论一番。白桦，我认得。初夏时，有几棵还没有成活的迹象，矗立在那里，一个主干，几个树杈，怪冷清的。夏天过后，几棵本来已经成活的，嫩嫩的枝叶还没来得及伸展，却在这个季节戛然停止了呼吸。几十棵树，渐渐凋亡，最后只剩下几棵。

  植树的工人来补种，挖开泥土，用吊车拎走死树，又种进同样大小的榉树，他们加强了灌溉，这次树都放绿了。好景不长，树又死了，又是补种……有人告诉我，反正绿化公司是"包活"的。

  广场前身是一家工厂，为了让小镇居民晚饭后有个休闲的去处，政府不惜重金，腾出这块黄金地。我告诉植树工人，施工时，原来的水泥场没有撬掉，薄薄的一层土，能把树种活，天大的本事。工人说，我们只管种树，工钱讲定额的。

  补种的榉树树越来越小，最后换成了拇指粗的香樟。几十上百的白榉，在这里前仆后继，他们不再以固有的姿态而挺立于天地之间，是按尺寸肢解，变成了家具，还是成了柴火？或许还堆在某处的一个场地，听凭风雨剥蚀。

  一日，我去朋友家，发现他家后门河沿多了几棵树。朋友说，就是广场上的，有几棵较小的树他们懒得运走，一直抛在草坪里，也无人过问。环境清理时，朋友的父亲设法运回来，本想劈了当木柴的，却发现树皮下还有树液，就把它们种在河边，竟然活了。

  这几棵树，在本该张扬的季节，它们的根曾经徒劳地匍匐于地下，又曾不堪折磨而被迫躺下。是小河唤醒了它们的灵性，疏通了它们生命的脉络。

蛙 声

在小区不太寂静更谈不上昏暗的夜幕里，我闻到了蛙声。我的居所处于城市中心地带，离地五十米的十七楼。第一声蛙鸣飘来，若有若无，以为是幻觉。那时，我在阳台抽烟，鼻尖下的烟头在城市变幻的夜光里忽闪着淡蓝的幽光。蛙声咽咽，急促而悠远，是稻田里最常见的小雨蛙吧，它们的模样和个头都很不起眼。在钢筋水泥为基调的城市，何来蛙声呢？

水塘边围着几个人，两位小区保安，一个打着手电，一个抄着网兜。当初买房时，这里还是一块空地，大幅广告上的效果图，"江南园林式"的承诺，把我的后半生钉在这里。所谓的园林，就是几棵矮树，一个浅浅的常常见底的水塘拖着一条水沟，水沟上一座能一步跨过的小桥。夏天水塘里浮着几片睡莲，或许还有一些肉眼看不见的孑孓打着旋儿。住户们吃完晚饭出来消化，好奇地看着保安捕捉青蛙，一个老太喋喋诉说着被蛙声吵扰的苦恼。这么小的池塘青蛙没法隐身，在手电光下奔突跳跃，不肯就擒。力量的悬殊竟没让人占据上风，围观的指指点点，热心地为保安支招：下水去捉呢？

小区的蛙声归于寂寥。我不清楚最终如何把它从小区里删除的，就像不知这些雨蛙从何时何处突然冒出来一样。雨蛙小得不起眼，因而在乡间土名"狗屎田鸡"。它非人类觊觎的餐桌美食，却是鸭子们游弋稻田水沟刻意寻找的猎物。鸭子的这些本事源于本能，也在于人类的启蒙。雏鸭尚不会捕食时，田里归来的主人手提一串用狗尾草芯叠穿的小青蛙，或从层层挽卷的裤脚里翻出几个雨蛙，用剪子铰碎置于食盆。忙碌时，侍田人不都能"顺手"抓到这些活物，喂养雏鸭的责任转嫁给了孩子。捕蛙捉鳅本是乡下孩子的游戏，一旦成为割草以外的另一项家务并与家长的赏罚挂钩，这游戏就有了悲壮的色彩。每天早晚，村上的孩子轻手翘脚蹒跚于田埂。他们大多提着一支短柄小鱼叉，而我，手里只有一块长方形木板，那是夜间闸鸡舍用的。我猫着腰，警惕注视着前方。蛙在白天并不鸣唱，静静待在光滑的田埂上乘凉，伺机捕捉低飞的小虫，遇有动静第一反应就是向田里蹦跶，窸窸窣窣消失在稻禾里。倘若不是我先于它发现我，大概只会收获一条跳跃的弧线。有几回，我收获寥寥甚至空着手，饥肠辘辘回到家，迎接我的不是热腾腾的晚饭，而是劈头盖脸的训斥：恁没用的小子，跟鸭子一起挨饿吧！乡下的孩子不得不早早培养敏捷的身手和细致的观察力。我发现选择田埂很重要，最好是两三米宽的拖拉机路。它弹跳力不强，也不会大青蛙"三级跳远"式的连续起跳，总是在一次蹦跳落地后，暂停片刻，就那么一两秒，成了它逃生的软肋。来不及发出任何惨叫，它瘫倒在我的板子下，只有两条腿轻轻抽搐着。每击中一只雨蛙，就减少一点回家的恐惧。

六月的夜晚是蛙的世界。赶夜路的行人踏着蛙声，倒头睡下的农民枕着蛙声，新栽的稻禾在蛙声里拔节。我和父亲或者兄弟，踩着噗噗破响的胶靴，打着手电寻找出洞觅食的鳝鱼。脚步声和灯光靠近时，蛙们扑通扑通四散奔窜，尔后短暂的静默。远处的蛙声继续着。我们走到哪里静到哪里，后面噤声的青蛙又开始鸣唱。夜幕下的水田，到处晃动着手电光，蛙类原本遍布田野的大合唱，被我们这些寻猎者切割成此起彼伏的轮唱、独唱、领唱。如广场文艺的群众歌咏。细听，在雨蛙喁喁喁的主旋律里，夹杂了呱呱呱、吭吭吭的蛙声，高亢激越，那是真正的青蛙。青蛙有着漂亮的斑纹和美女般丰腴的长腿，在我眼里，这个模样才够得上青蛙的称呼，不像灰不溜秋的小不点雨蛙，充其量只能占个贬义的土名。青蛙凭借天生的腿力，在我们低头寻找蟮鱼无意伤害它的时候，暴露了行踪，在水下潜泳一段，藏身于薄薄的水面下，以为那样就安全了。在真正的捕猎者面前它又缺乏应有的警觉，只须瞅准一滩浑水按下去。捕鳝的不都一门心思在鳝，青蛙会成为他们夜色掩护下附带或是替代的收获。

蛙声随着晨曦的到来而减弱，日出后基本停歇了。在偏僻的河浜，远离村落的低田，偶有一两个耐不住寂寞的蛙。若非为寻找割草的好去处，打单的男孩很少涉足这种地方。错落的地貌，葳蕤的草木，让人窒息的宁静，空气中飘荡着诡谲的气氛。蛙在人看不见的地方，它嘎嘎嘎的叫声也有些特别，孤独、单调而带有灵异的转调。养牛的老牛头说，那是修炼成精的青蛙，一般人见不到，更不能捉的。老牛头聊斋式的妄语，使我在很长一段时间担惊受怕，因为我循声见过一只特别的青蛙。它蹲趴在一丛睡莲上，个头很大，足有半斤，全身遍布黑色的颗粒状斑纹，有点像癞蛤蟆。小时候我眼尖，隔着半条河还能看真切，可惜不多会儿它就下到水里不见了。出于好奇和恐惧，我把老牛头的话说给父母听，并反复描述它的形象。父母始终说不出个所以然来。

乡间对青蛙的敬畏处于模棱状态。人人都会唱几句高调，言行却又分离。可能在潜意识里觉得，遍地都是青蛙，反正抓不完的。广播喇叭里宣传，村干部在会上吆喝，露天电影还放过《保护青蛙》的科教片。在我们的习惯中，所谓要保护的青蛙就是大青蛙，而非小雨蛙，因为老人说雨蛙只吃蚊子飞虫，不吃庄稼地的害虫。村民在田间劳作时，以鸡鸭家禽为幌子，顺手抓几个大青蛙，只要够不上一碗菜的分量，谁都眼开眼闭。孩子总拿老师的话当圣旨，不折不扣地践行，还教育自己的家人。好几回，父母偶尔偷偷烧一回蛙肉，我坚持不吃，目光里布满仇视。但这种透着盲从的单纯并没有坚守到我三年级。

馋嘴与从众心理的折磨，让童口最终没能抵挡蛙肉的诱惑。一旦捕蛙成为群体性的行为，遮遮掩掩变成了堂堂正正，连队长的儿子和老师的弟弟也悄悄加入这个群体。孩子间不再互相揭短，家长也默许了，并借孩子的名义隔三岔五尝尝鲜。相比大人残忍的叉蛙，孩子更喜欢钓蛙，在功利中仍带着游戏的性质。一截竹竿，一根线，下端拴着蝗虫、蚱蜢。在河滩上站定，轻轻挑动竹竿，绿色的虫子在毛豆地、水花生里跳跃。青蛙擅长捕捉移动的目标，它从远处跳过来，弄出很大的动静。等它靠近，我放缓速度，把诱饵置于它扑食的最佳高度抖动。它飞身而起，张口咬住虫子，此时稍稍放松，任它吞咽，等它拽紧线准备溜走时，提起竹竿将它荡过来，伸手一抓。钓蛙的技术浓缩在这一荡一抓之间，稍有闪失，前功尽弃。线端没有钓钩，它吃到肚子里来不及吐出来，或是嘴馋舍不得松口。技术不过硬的，用网兜抄。网兜也不稳妥，讲究左右手配合。

河滩上站了五六个敛心静气的小子，换一个阵地了，伙伴间相互比对着收获，比数量，比单个大小。没啥比了，研究斑纹。细看，每个蛙的斑纹都不一样，我们把电影和《十万个为什么》里学到的分类活学活用：金线蛙、虎纹蛙、黑斑蛙、花背蛙。有一回，一个小伙伴的网兜里有只奇特的青蛙，疑似老牛头说的不祥之蛙。众人恫吓、起哄，那孩子脸色刷白，恨不得把网兜都扔了。

暮色里，几个妇女在水栈上杀青蛙，脚边都有一堆被切了头的蛙身子。她们把蛙按在石板上，蛙鼓着声囊想留点遗言，尾音和脑袋就被菜刀切去了。一个女的说，啊，好大的劲儿！但见她刀下的蛙把后腿举到头顶,狠命地蹬着菜刀,她一松手,那只没脑袋的青蛙猛地跳起来,在水栈上蹦跶。另一个女的说,看看蛮作孽的,简直是罪过。还有两个嘻嘻哈哈,并不言语,麻利地剥着皮,撕开肚子掏净洗净。正欲登岸的一群鸭子围过来,抢食女人抛出的杂碎,其中一只伸长脖子试图把扁嘴插入篮子,眼疾的女人用手一挡,鸭子一声惊叫扑起一滩水花。篮筐里白净的蛙肉还在抽搐抖动。

比我稍大些的孩子去集市卖过青蛙,借此弄几个活络钱,据说镇上的居民喜欢吃蛙肉。当然,他们总是藏藏掖掖,不会光明正大叫卖。买菜的居民鬼精,能从陌生面孔中发现目标,密语一番,以最快的速度完成交易,似闹市区交换情报的地下工作者。市场管理员凭多年练就的火眼,直冲冲地从一溜菜贩队伍中揪出几个卖青蛙的,偶有漏网的也因蛙适时的鼓噪检举了他。十几岁的毛头小子,罚不上款,训斥几句,连带网兜一并没收。老牛头知道后,鼻子里哼哼几声,摇摇头。他在放牛的间歇经常偷偷捕蟛捉蛙,起初以为他仅仅满足口福,孰料他也去卖青蛙,他挨家送上门去,无须忐忑地守株待兔。我上初中的时候,有个很要好的同学,他私下跟我说常吃青蛙。他的父亲就是管市场的,几乎天天有青蛙拿回家,吃厌了,还送给亲朋。原来凶神恶煞的管理员把东西没收到他家里去了,带着威严的"没收"两字背后的玄机,哪里有人深究呢。

捕蛙是几十年前的事了。和朋友闲聊,他们都有相似的经历,如今蛙肉绝不上灶,但对饭店里烧煮的蛙肉并不太拒绝,他们给蛙肉取了很暧昧的雅号:美人腿。既然成为菜肴,谁吃不是吃呢。没人在意饭店里蛙肉的来历。忽一日,朋友得了一种怪病,仅一个多月,疾病吞噬了他牛犊一样的身体。医院诊断为肺纤维化,但至死没弄清病因。医生曾探究过病人的嗜好,我那朋友酷爱野味,其中包括青蛙。当时网传某地有一嗜食蛙类的猝死者,他的五脏六腑一夜之间被吃光,很恐怖。怕死的朋友谈蛙色变,都去医院检查身体。

后来听说，只要把蛙肉煮透，在90度的高温下煮10分钟以上，保管没事。忌口几个月的朋友又开戒朵颐，事前不忘去厨房关照：煮熟煮透啊！

　　一堂活动课上，我给孩子们讲授"蛙语"。我说，谁能模仿青蛙的叫声？孩子都很踊跃。我问他们是哪里听来的，他们说是电视里。我说田里没青蛙么，他们怔怔地看着我，似乎觉得电视里的农田与他们的生活无关。我挺纳闷，班上的孩子大多来自乡下，居然离开自然生态从媒体中获知蛙语。我在城市小区听到的蛙声，该不会是蛙们最后一声绝唱吧？

城里的黄鼠狼

晚饭后,我沿着人行道树荫下斑驳的光影散步。电瓶车和自行车从我身旁越过,悄无声息。一辆汽车鸣着号闪着灯从马路拐入小区时,在一个豁口驻足。城市的华灯把大街晖洒得如同白昼,在等待红灯的空当儿里,路面坦荡空寂。我突然瞥见,对面有一道黄色的身影贴着路面飞闪过来,是狗,是猫?不像。老鼠?没那么大。这道疾速移动的轨迹直直地横穿过来,到马路中央遽然改变方向斜插过去——它一定发现了我,在离我十米远的地方遁入绿化带,一截蓬松的尾巴倏尔隐入树丛,黄鼠狼!我疾步上前探视,随着一阵窸窸窣窣的声音,冬青树墙轻微抖动了几下,便没了动静。

我无法看到自己脸上惊讶的神情,但分明看清了那道影子的惶遽。马路上潮水般拥来的车灯刺得我眩晕,我用手背使劲揉揉眼睛,用手扒开结实的树墙,以冀梦幻一般的身影再次闪现。当然,我的努力都是徒劳的,不太厚实却错落丰茂的绿化足以给它匿身,何况,它鬼精得很,这会儿早就消隐到哪里去了。

昔日的乡下,黄鼠狼常常会出没在人的视野里。当我背着书包蹦跳在放学路上,或是放下草篓,弯腰去田埂边割草时,不经意间,稻垄里探出一颗黄褐色的小脑袋,警惕地向四周张望,然后翻过田埂，钻入另一片稻田。它的腿脚短，以致感觉不到它的奔跑。它轻灵敏捷，很少能让人近距离看清它越过田埂的全过程，更无以看清它真实的模样。田埂远远没马路那么宽，不到眨眼功夫，连惊呼"黄鼠狼"三字都来不及，只能见到它的后半截身子和一段尾巴，或者先于你发现它的时候缩回了身子。

黄鼠狼的名声不好，没有一个与它相关的成语、俗语不带着人类的刻骨仇恨，这些文字针对失德者的贬损和异己的攻击。在朴素的审美里，鼠和狼都不是好东西，它在俗称里失去了动物学意义的学名，估计很多人不会把黄鼬的雅称与它联系起来。

一个奇冷的冬夜，鸡舍里忽然一声惨叫，"嘎——啰"，父亲顾不得披衣，一个箭步从被窝冲出大门。但见鸡舍洞开，鸡鸭扑飞。父亲循着一地鸡毛疾步狂奔，终于在屋后麦地捡回一只死鸡。黄鼠狼能用爪子拨开门闩，尖利的牙齿咬断鸡脖，瞬间将鸡血吸干，并把鸡拖到荒野，食尽五脏六腑，然后享用鸡肉。吃不尽时，挖土掩埋，为来日备下余粮。乡下的鸡舍大多开口室外，为了对付它们，农户在鸡舍门口加盖一块石板，睡前不忘检查。百密一疏，又让它钻了空子。更可恶的是，如果主人睡得死，它一下会咬死所有鸡鸭，逐一转移出去。农户的严防和警觉，难得让它们寻到机会，幸运的先驱者还会唤来同伴共享。

黄鼠狼擅长夜袭，白天也不会安分呆在巢穴。秋熟前一阵子，借稻帐的掩护出没田野。此时，农家插秧前孵的一茬鸡仔长到一斤光景，无忧无虑地在田里觅食，对随时降临的危险缺乏警醒和防范。这群大小子羽翼未丰，来不及惊起奔命，早有一个同类充当了冤鬼。归巢清点时，主人发现少了一只，反复点数，失望地摇摇头。骂几句，关了鸡舍，一晚郁闷。

冬天，旷野裸露出原始的坦荡，黄鼠狼失去了隐身的植被，日子不好过。村里墙上到处是新刷的标语："抓住季节，捕捉黄狼。"

但凭蛮干，我们绝非它们的对手。黄鼠狼是獴的远亲，警觉性灵敏度非一般动物可比。有时在暗渠在柴垛发现一窝黄鼠狼，一群人围捕半天一无所获。也有一两只被逼得走投无路，凶猛的野性唬得人不敢近身，最后突破重重包围。但人会算计，在沟渠、坡岗、河滩按上捕兽夹，以青蛙鳝鱼为诱饵，布下天罗地网。除了专业猎户，很多村民家里也有捕兽工具。我曾在猎户家见过收回的夹子，得以近距离观察它们。夹住要害毙命的软塌塌一堆黄毛，夹住腿脚的吱吱哀鸣，也有夹子上沾着大块血糊糊的皮毛，准是在天亮前硬生生挣脱了。村里随处可见场头晾晒的黄狼皮，屋檐下竹竿上倒挂着整只黄狼肉，用竹片撑开风干，像一片形状怪异的紫褐色标本。小小的脑袋，眼窝干瘪空洞，只有暴露的獠牙残存零星的威风。

群众性的围捕和专业性诱捕并未将黄鼠狼赶尽杀绝，来年又卷土重来。它世世代代背着偷盗的恶名，在人类的围剿中艰难地传承血脉。谁会把黄鼠狼列入益兽呢？其实不到万不得已，它们是不会轻易袭击家禽的。它们的主食是鼠类，每天总有十个八个老鼠葬身"狼腹"，偶尔换换口味，搞些水产、小虫子。若非它滴溜溜的小眼偶尔瞄向鸡鸭，不至于臭名昭著，就像它们逃生时释放的一股臭气。但人类真能和它们相安无事么，狐狸不偷鸡，我们善待它们了么？裘皮拼织的衣帽，狼毫挥洒的书画，我们在尊贵与高雅的自我陶醉中，显得理所当然。

与久居城里的朋友闲聊，他们说黄鼠狼早就是城市的居民。滨河绿带，亮山公园，城墙，居民区，到处都有它们的身影。城市的扩张也是近几十年的事，比如我脚下的街道，若干年前，这里还是荒蛮之地，这只生灵的祖先曾经的领地，它的祖爷爷直立于土墩担任警戒，一群臣民在草丛里嬉戏，其乐融融……它们被城市化挤压了生存空间，一部分"人"不得不告别世代生息的村野，转为新市民。城里是没有鸡鸭的，它们大可堂堂正正卸去祖传的恶名，循规蹈矩归队到益兽的行列。它们习惯了在人类鄙视的目光里畏首缩脚，贼头贼脑。不像威尼斯的鸽子，大大方方落到行人肩头，伦敦的狐狸，如家狗一样与人各行其道。

黄鼬，为了生存承担了万年骂名。我从滴血的兽夹上开始，迷茫于祖传的结论：你就是恶的根源。人类有许多强加给兽类的邪恶，合法化了自己数倍于邪恶的掠夺攫取滥杀。

但愿城市的主人不只是我和我的同类。

逝去的烟囱

网上浏览时,偶尔看到一幅几十年前的宣传画。宣传语为醒目的红字,是盛行于那个时代的毛主席语录:"备战备荒为人民。"画面近景是一组高大的粮仓,中间是一片厂房,看样子像钢铁厂。背景是若隐若现的田野,田野不空荡,网格样的稻田,清澈的河流,还有依次渐远渐低连着几痕细线的铁塔。这幅画带着典型的时代特征,曾经家喻户晓,张贴于千家万户墙头,就像我们新春贴的年画。而今看它却很别扭,不说它的风格,单看钢厂一排烟囱。尽管烟囱里飘起的烟雾作过美化,几道的简洁弧线,只是写意式的勾勒,但还是让人想起浓烟滚滚、空气污染这类词语。

大烟囱,有着深深的时代烙印。它崛起于工业发展的初期,消逝于现代化进程的一定阶段。它是经济发展中必需经历的阵痛,30年来,在我们家乡,它功不可没。

记得上小学时,老师经常跟我们畅谈现代化,并要我们画画祖国新面貌。画着画着,觉得自己的画缺了些什么,就随手添上一座大烟囱,不冒烟的烟囱没有生气,再在烟囱口画几道对称的弧线,有了飘忽的烟雾,整个画面顿时灵动起来。在小学生的心目中,烟囱是繁荣与发达的象征,甚至是一个国家图腾的标志,尽管那时还没有见过真正的大烟囱。那时，乡野散布着零星的小窑，出于利用率的考量，都是三五成群地建于河道边，一座窑就有一座独立的烟囱，轮番冒着烟。我想宣传画上的烟囱也不过如此吧？老师说，你们的想象力也太差了吧。

记不清几岁时它出现在我视野里，是童眼目力不及，或者是并无在意，我所望见的第一座真正的大烟囱属大生窑厂，在距我的村庄有十里之遥的虞山脚下，它缥缈在我的视野里，上学途中，割草的间隙。它与我外婆家在同一个方向，任我走到哪里，它的形象和方位始终不会有多大改变。由于距离的遥远，人的运动对参照物的影响很细微乃至忽略。恰好学校组织了一次参观活动，走了几个小时，我们终于到达大生窑厂，终于站到烟囱脚下。一群孩子，围着一座庞大的建筑，在局促的呼吸中仰起脸，似乎近距离触摸到课堂上老师千百次引领的神圣之物。从此以后，当我回到乡村原点，再次引颈眺望它的时候，它已经不再缥缈神秘，在没到过那儿的伙伴面前，我以跑出几个血泡为代价换来的大生之行，足以让他们膜拜一阵。

上世纪七十年代，望虞河两岸开始建造窑厂，到八十年代，窑厂进入全盛时期。我在雨后春笋这个词语的理解中，总是莫名地联想到望虞河畔林立的烟囱，而不是屋后竹园。望虞河开凿后，两岸绵延着二十米高的堆土，再加上得天独厚的黄金水道，为窑厂的崛起提供了得天独厚的优势。我所在的冶塘，公社的窑厂就有一厂二厂三厂，望虞河沿线每个大队都办起窑厂，再后来，远离望虞河的地方也硬是创造条件盘建，窑厂成为走上田埂的农民们追求幸福的另一片天地。

窑厂附带土坯场，习惯上谓土坯为半成品，砖为成品。依然是露天作业，依然与泥土打交道，但在农民的心目，毕竟是工厂，身份也成了工人。能进乡镇窑厂的土地工名额非常有限，村办窑厂每户也轮不到一个，队里争抢得不可开交，最后靠抓阄决定。轮不上去窑厂的农民，耐着性子在田里，年终闹着要求队里重新抓阄。无权无势的农民，到了窑厂又能干什么呢，别说坐办公室和轻松的后勤岗位，就是烧窑、切坯这些收入好、稍有技术含量的岗位也轮不上，唯有卖苦力，装出窑、运土坯、钻泥塘。窑厂劳动强度不比农田轻松，但不会像农活无休无止，同样出一身汗，收入比种田明显高，而且每个月有几块钱的菜金。农民靠年终分红，平时口袋都是瘪的，几块钱绝不可小觑，它主宰了一家人的生活质量。每年冬季，窑厂总要停火一两个月。有一回母亲问父亲，什么时候上街割块肉，好久没开荤了！父亲说，等烟囱里冒烟。父亲的意思窑厂开工就有菜金了，可巧那年开工晚，把全家馋坏了。

我家与窑厂的直线距离不足千米，高大的烟囱，不再是儿时崇拜的那般神圣，却因为与全家人生活的休戚相关而变得亲切。每个人的审美受时代和处境的局限，烟囱在我心目中简直是一道风景。无风的天气，烟囱里升腾起的烟雾直直地蹿向云霄，与蓝天连为一体，如神话般美丽。如果是风很细微，细微到只有烟能感觉，烟囱拖着长长的烟柱，与大地平行，十几公里不散，烟的高度让人感觉不到它的流动，仿佛那是一幅凝固的画，有时烟柱恰好穿过我们村庄的上空，试想望虞河畔每隔两三里就是一个烟囱，每个烟囱都拖着一道望不见头的巨龙，而且是齐刷刷的一个方向，该是何等的壮观呢，当然这种天气更难得。母亲曾当过烧窑工，她一眼就能从烟雾的颜色和浓淡辨出使用的燃料，比如稻草的烟雾呈白色，煤是青烟，很淡，如果浓烟滚滚，还有难闻的气味，一定是垃圾燃料，来源于橡胶厂，石油化工厂。对于窑厂而言，世上所有东西都是宝贝，大气污染的概念还很陌生。我曾天真地想，那些烟雾永远消失在天上了，天那么高，那么深邃，那么碧空如洗。就像雨水渗入地下一样，了无踪迹。直到有那么几回，黑色的烟尘把晾晒在竹竿上的衣被弄得一塌糊涂，重新洗也洗不干净。那时的农民不会上窑厂去闹事，甚至不会抱怨谁，自责几句，转而往远处的烟囱看看，把晾衣的竹竿转移到廊檐下。

高大的烟囱是低乡特有的地理标志，据说还是飞机飞行的地标呢。看这岸，由北向南的烟囱依次属于哪家窑厂，都如数家珍；对岸一字排开的烟囱也都能报出它们的主人。后建的窑厂，烟囱朝向河的一侧都有醒目的厂名，建造时用青砖镶嵌在红砖里排成汉字，不会褪色。在望虞河边赶路时，常常有行驶的驳船扯着嗓子询问："某某窑厂在哪里？"我回应道："在对岸，再过几个烟囱。"走村串户的货郎，也将烟囱作为路标，问他哪里来，他向远方一指，说距离哪个烟囱多远的某村巷，他若问讯，我们也如此这般告知。我家的外婆与几个阿姨大多在望虞河沿岸，从我家的后窗能看到斜对岸窑厂的烟囱，我想象着外公家的庭院，想象着外公在望虞河里摇船摆渡，想象着外婆背着草篓翻过堆土，手里拖着几根黑穗芦稷，他们身后的背景就是一座烟囱。外婆家不远，却要等到农闲或下雨的日子才有机会去。乡间都是土路，望虞河畔的主干也是土路，只有窑厂的路都铺着砖，它的奢侈远远胜过如今的水泥路。一遇下雨，总有人扛着自行车艰难地跋涉在泥泞中，到了窑厂才能松口气。后来，窑厂提供砖头，为村里的主干道铺上砖，砖呈人字形竖铺，车轮骨碌碌滚过，砖路狭窄，会车时必有一方要下车避让。尽管这样，出行条件已得到极大的改善，村民总不忘窑厂的种种好处。

村里窑厂为全村农民建房提供平价砖，按孩子的年龄预定提货日期，孩子稍小的排到五年十年后。在农民的意识中，烟囱一直会冒烟到子子孙孙，没了窑厂的日子怎么过，他们从没想过。都以为望虞河岸边的泥山取之不尽，若干年的蚕食，高垄变成了平地，再后来，平地变成泥潭。等泥潭里深到流沙的时候，再无泥源，于是，挖泥机隆隆地开进粮田。

大大小小的船舶停靠在窑厂码头，候货的船民打着南腔北调的酒嗝，穿行在望虞河。遇上轮队，等十天半月很正常。这里土质好，黏土砖金属般脆响，冶塘的砖瓦小有名气。上海、苏州，乃至更远的苏北都稀罕。在上海，砖能换到紧缺物资购货券，比如凤凰牌自行车和蝴蝶牌缝纫机，凤凰牌自行车的身价不亚于今天的奥迪。职工廉价的劳动，再加上不可再生的土地资源，对集体经济的发展壮大，对周边地区建设的贡献功不可没。窑厂辉煌的八九十年代，跑运输是分田到户后大多数农民的选择。第一代平房翻建的楼房，主人大多拥有一条运输船。从最初十几吨的水泥船，到几十上百吨的铁船，第一代个体户凭着机敏的头脑和胆略，在勤勉与算计中迅速致富，挺胸凸肚于乡间获得了邻里的羡慕和尊敬。水路运输萧条以后，他们又是第一批农用运输车的拥有者。如果我不拿教鞭，估计这双手也会驾驶运输船运输车，往返于烟囱下。

九十年代以后，失去泥源的老厂逐步关门，厂龄短些的艰难维持着。许多地方依托窑厂效益的滚动发展，转向其他产业，本地人求学有成的年轻人在城市扎根，留守的农民也走向其他行业，窑厂的脏活累活由外地民工所替代。先前沿河的主干道已经不成样子，河岸遍布着大小不等形态各异的水塘，过路的在悬崖般狭窄的堤岸上小心翼翼地行走，由于水塘的坍塌，不时变换着路径，许多地段步行都困难，更甭说骑自行车摩托车了，走这样的路简直是活受罪。

1995年望虞河拓宽，工程量远远胜过58年开凿。机械化的作业，这么大的工程却毫不轰轰烈烈。那年，我在望虞河边的一所村小教书，有一天孩子告诉我窑烟囱要炸掉了。我们站在离烟囱几百米远的地方，只听几声沉闷的爆炸，烟囱轻轻一抖，直愣愣地栽倒下来，着地时引得地面也有轻微的震动，然后升腾起一股烟尘。我呆立在淡淡的烟尘里，第一次看到躺下的烟囱，竟滋生出莫名的酸楚。

煤灰砖，水泥砖，新型建材逐步替代黏土砖。作为最后一批强制关闭的企业，我老家的窑厂最终维持到2010年。如今的工厂都没有高耸的烟囱，废气须要经过处理。堂而皇之把滚滚浓烟排向天空的时代已经一去不返，我们，包括我们的后代，还有谁会对烟囱向往崇拜呢？

望虞河畔驱车，能给人享受的感觉。望虞河拓宽后，东岸铺设了水泥防汛道，两侧的香樟已有碗口粗，华冠在空中汇拢，给防汛道架起绿色长廊。笃悠悠地架着车，穿行在长廊里，听望虞河水声，闻着树丛里飘来的花香，恍若隔世。

鸡这一辈子

鸡要获得寿终正寝几乎是不可能的事。从鸡的先祖心甘情愿接受人类豢养起,就拱手让出了自己连带子子孙孙对命运的掌控。一只饱食终日的鸡要想长寿,首先不能长得太快,其次要有下蛋的本事,至于公鸡,那就看它的造化了。譬如,有贵宾级不速之客突然登门,农家主人犹豫再三,最终把目光转向还没长足的公鸡们,总有一只倒霉的公鸡率先赴汤蹈火。

鸡蛋能投胎成为鸡是个小概率事件。它们沉睡在混沌的种子状态时,大多糊里糊涂变成了各种花样的菜肴。鸡蛋攒够数了,还得看母鸡有没有孵窝的兴趣。母鸡只会下蛋还算不得一个真正的母亲,它真想做母亲的时候,还是尽职尽责的,抱窝的母鸡比母鸭更耐得住寂寞。一窝鸡蛋,未必都能脱胎为鸡仔,莫名其妙有三五个半途而废,定格在半鸡半蛋的状态。出壳的鸡仔毛茸茸,圆滚滚,在母亲咯咯的骄傲声里,叽叽作声,柔声细气,寸步不离,如母鸡用丝线牵动的一片云。母鸡一个月涅槃式的孵窝,毛蓬骨瘦,都脱了鸡形。二十来只鸡雏,从出壳起早分不清哪些是母鸡的亲生子女了。母鸡不在乎,同样负起监护责任,早早教会孩子自力更生。它不会喂奶,鸡来一到这个世界就得无师自通学会走路、啄食。

突然冒出的一群小不点，很容易成为猫狗袭击的目标。听说，夭折的鸡仔舍不得扔掉喂了猫狗，猫狗一旦尝过鲜吃馋了嘴，就开始贼心难改地伺机偷袭。主人在的时候貌似安分守己，眼光里难以掩饰贪婪和杀气。猫狗很有心机，一开始类似于嬉闹游戏，鸡仔还不知道这个世界的种种险恶，很快跟猫狗混得熟络，放松警惕落单的鸡仔悄悄进了猫狗的肚子。每每损失一个鸡仔，主人责备母鸡，或是无端地迁怒到黄鼠狼身上。直到无意间发现猫狗叼着鸡仔溜到树林里。对人，鸡雏更不懂得躲避，相反喜欢绕着人的腿脚叽喳，那么弱嫩，别说踩踏，碰都碰不起。我们这里有一种藤条扎制的斛，把受伤的鸡仔扣在地上，轻拍斛底，据说能唤活鸡仔。有时候也真灵，刚刚像中了蛊一样把头抵在地上打转转的鸡仔，一扣，一拍，竟若无其事跑开了。

母鸡沿袭了祖先繁衍的本能，也使它在与同类的生存竞争中获得了优势。它在被人宠坏了的庇护中，无须把种子藏着掖着，相反，它们学会了大张旗鼓地宣扬，绝不错过取悦主人和在同伴前表现的机会。每日一蛋的母鸡能得到主人的犒赏，绝无生命之虞。肚子不争气的母鸡，从主人厚此薄彼的脸面，意识到潜在的危机。下蛋鸡蹲在产房里它也蹲着，咯哒咯哒时它也咯哒咯哒，红着脸它也跟着红脸，主人一时糊涂竟分不清是谁的功劳。次日开鸡舍时拉住它们，伸手一摸，全露陷了。这种得不偿失的伪装，只会加剧主人的愤懑。鸡下几个蛋，有些忘乎所以，怕被别的鸡抢了功劳，把蛋下到后院小屋，下到别人家柴房里，害得主人像侦探一样到处窥寻。如果母鸡能颐养天年，它应该还有其他才艺，比如模仿公鸡打鸣，就像女孩模仿男孩站着小便。母鸡的角色反串，不是缘于无邪的童心，而是因为更年期内分泌的紊乱，它会引得主人莫名的恐慌，此时，离磨刀霍霍不远了。

公鸡比母鸡福气多了。鸡属于母系社会，公鸡没地位却自在舒坦。它们除了食和色，最拿手的就是打鸣。司晨时尚在逼仄的鸡舍，伸不开腿脚。白天，在自由的空间，它们完全可以完美展示打鸣过程：选一个高出地面一截的树杈或草垛，身子后仰，吸足气，伸直脖子打开声门，喔喔——如空谷绝响。它们声线有些单调，尾音因惯有的呃逆显得沙哑而草率，不过无损它凛凛的威风。公鸡的形象无可挑剔，一般不会引起母鸡的反感。它在打鸣中消遣在打鸣中求偶。它几乎没有恋爱的过程，一有冲动直奔主题。它和一只母鸡在一起觅食，刨着，啄着，忽然动了色心，扑开翼翅斜着身子如醉汉般包抄过去。相比而言，母鸡缺少激情，显得木讷些，在半推半就中成就了好事。母鸡对公鸡的喜新不厌旧，表现出宠辱不惊的泰然，是因了性别比例的严重失调，也是对雄性花心本质的认同。

在人看来，鸡有不少遗憾之处。比如它们没有牙齿，没有咀嚼，连带味蕾也退化了，任何东西都是囫囵一吞，食物千差万别的滋味，到它口里都是一个味。鸡有没有嗅觉？很难说。它没有像样的鼻子，只有喙根部马马虎虎如针眼大小的鼻孔，它小小的脑袋势必缺乏高密度嗅觉神经系统。以它某些食腐远亲看，嗅觉不乏灵敏之处，但肯定有所偏颇，囿于很狭窄的气味范畴。水稻灌浆的季节，为了阻止鸡的糟蹋，农户将碎米拌上农药，洒在田边，还特别贴出安民告示。这招不在吓唬鸡，意在警示鸡的主人。主人会将鸡圈在弄堂里或一片小树林里，秫秸秆和竿稞篱笆不太结实，鸡不安分偷偷钻出去。主人下工回来，一看鸡圈，惊呼不妙，发疯般在屋后村口寻找。一只只活蹦乱跳的鸡此时一片惨象，有的早断气僵硬了，有的紧闭眼睛趴在地上伸脖子，有的跌跌撞撞翻着白眼。主人呼亲唤邻，给鸡做手术。剪开嗉子，洗尽，缝好。主人叹着气，暗自流泪。一场浩劫，寥寥无几能活下来的，也已大伤元气。

鸡的一生与季节极其合拍。它们在春天孕育，夏天里生长。到秋天，母鸡们下蛋，公鸡们继续长膘。过冬时，农户只留很少几只鸡让它们过年，能吃上年夜饭的鸡都是主人反复剔选的荣幸儿。为了报答主人的厚待，母鸡细水长流勤勉不缀。公鸡呢，帮主人接待土地菩萨列祖列宗，它趴坐在大大的食盘里，身上散发出茴香葱姜混合的幽香，仍不失威武之态。

药 芹

陈武来常熟时,我带他到我练塘的家中小坐。喝茶闲聊半晌,便去小区边上的"贵宾苑"吃午饭。一个家坊式的小饭店,招牌却俗中透雅。陈武随和,我并不把他看作贵客,四菜一汤,随意得没点菜,厨师端来什么就吃什么。

吃着,聊着,陈武忽然对药芹炒肉丝发生浓厚的兴趣。他低头仔细端详,不动筷子,我说吃啊,他轻轻下箸夹一点送进嘴,慢慢嚼动,然后又夹一筷凑到鼻子下闻闻。他有些特别的举动让我不安。有什么不对劲吧?问他。他说是香菜吗?我说是药芹,你们那里没这个吗?他点头称是。我以为他吃不惯这个,或者不习惯药芹的气味。谁知他惊呼道,好吃着呢,你们这里还有这么鲜美的蔬菜!

他那么钟情,自然应该成全他。这顿饭,我一筷没碰药芹,他呢,也不客气,包揽了这一盆。小饭店不像大饭馆讲究品相,药芹切得长长短短,没择去叶子,肉丝切得粗粗细细,手艺也就一般的家庭主妇。他择出肉丝,拨到一角,尽挑绿色,攥着,嚼着,看着,咂着,直把一盆农家菜吃出山珍的享受。等菜汤里残留的星星点点枝叶再也夹不住,也顾不得风度,端起盆子把菜汁浇在饭碗里。我女儿看着他吃吃地笑,是惊讶于他的吃相,还是为药芹如此神奇的魅力感到不可思议？反正她是从不吃药芹的。

　　细细想来，药芹走上桌面成为家常菜，也不过二三十年。我在异地读书时，食堂里老是有这道菜。习惯了青菜萝卜的口味，一开始我也始终排斥它。排斥在我菜谱中的不只药芹，还有膻味腥味很重的肉类，但那些毕竟是荤菜，对于我从小缺乏油水的肚子，荤腥有着无法抗拒的诱惑，它们依次或不自觉或自觉地拓宽我的菜谱，尤其是日益稀少的野味，成为我日后吹牛显摆的资本。药芹？它只是蔬菜。它没有青菜萝卜的大众化，也没有韭菜蒜叶勾人食欲的异香。不说入口，它散发的阵阵药味，闻一下都受不了。我时常用惊异乃至敬佩的目光打量津津有味地吃着药芹的同学，同学让我夹一筷试试，我送到嘴里嚼几下就吐出来了。同学说，稍微夹几根再试试，你看吃下去会不会死？

　　在同学锲而不舍的鼓励中，我终于捡拾起接近负数的勇气。不知那几位直至毕业还受人奚落的外地同学，此后是否与我一样彻底接受了药芹？是否也如接纳西红柿那样惊心动魄。西红柿俗名番茄，它的故乡在西域。先人说它是毒果子，口口传承的训诫，让后人对随处可见的果子一直躲之不及。却偏有那么个人，吃了一饱番茄，躺在事先备下的棺材里等死，最终却安然无恙。他是饿极了不愿当饿死鬼，还是呈匹夫之勇，无须考证。鲁迅说第一个吃螃蟹的人是勇士。在第一个之前，番茄、螃蟹都是未知，而我在一个地域被多人证实的已知面前，竟然犹豫了多日，并且花很长时间完成由排斥到接受到喜好的转变。陈武老兄却仅仅用了一顿饭时间，严格说吧，他没有与我相同历程的转换，稍微疑惑一番，就欣然喜欢了。这个差异，上升不到一个文学爱好者与大作家间的悬殊，实乃人的差异。估计他走南闯北，接触过各种风味的菜肴，味蕾比一般人更具适应力。

　　半年后我和陈武又坐在湖边的另一家小饭店，有几位文友作陪。主客都让陈武点几个菜，意在尊重。他推辞了好久说，上什么吃什么，真要我点，就来个小药芹吧。主人连忙吩咐过去。"药芹炒肉丝"上来了，特意摆在他跟前。他饶有兴味举起筷子……他说觉得味道不地道，没有上回吃的好。我心想，可能他的期望值太高了，一个再普通不过的农家菜，又非山野珍馐。一品尝，果然差远了。估计它来自大棚，而且品种向西芹异化。这盆药芹品相不错，食材的都是茎秆，粗细长短一致，择去叶片，肉丝切得细如发丝。但没有药味，更无天然的鲜味。在转台载着菜肴来来回回的转动中，大半药芹最终仍留在菜盆里。

　　菜市场几乎一年到头都有药芹，但能买到品味纯真的时节不长。那种细细的，绿色中夹着白色茎秆的药芹。几个老头老太蹲在市场门口，身前一扎扎用布条捆扎的药芹，无须凑近去闻，淡淡的药香随行人的步履飘过来。在习惯了菜市场采购的几年后，我得知母亲和岳母的自留地也种上了药芹。一开始出于尝试，岳母只在屋后靠墙开辟了一小块空地，撒上种子。这块地极少享受的阳光，绝大部分都在房屋的阴影里。这里以前荒芜着，种其他蔬菜不会出息，药芹歪打正着正合适，细细的嫩嫩的。无意识的尝试让岳母总结出一套经验，药芹地不可过于肥沃，不可过多的光照，长得粗壮会变老，口感不好。我母亲更绝，把药芹种在树林子里。

　　汪曾祺的民俗散文中有不少写蔬果的，其中没见药芹。估计他那时，药芹还没盛行，或则还不曾流行到北京，否则他或许会写一写。我跟陈武谈起这件事，他说最近写了篇药芹，并念念不忘下回再来品尝纯真的药芹。跟他说这话时，我的这篇四不像的小文也弄了大半。即使对药芹一知半解，就凭才气，他文字里的药芹一准比我有滋味。

邻 居

和邻居相处时间还不长。十多年前，这里还是小镇边的一片农田。有熟识的朋友成为这个小区的先行者，我还蜗居在公寓房。其时，小镇边的地基地已抢手，在高瞻远瞩的亲友鼓动下，我终于成为这个小区的第二批住户。

一条南北向的村道把这个小区一分为二，西边成型得更早，住户都是镇上数得上的人物。东边稍晚，刚入住那阵子，屋后还有大片农田，蛙声咽咽，飞虫叩窗，兼得小镇的繁华与田园的宁静。几年间，一栋栋别墅填满所有的农田，连并不看好的边角地、坟地都有了主顾，最终没有一寸土的河塘也成了香饽饽，河塘是村里卖泥挖出的，很深，光填土打桩的费用就胜过土建。尔后，铺路，植树，种草皮，宜居一类的形容词，逐渐向小区靠拢。

小区的亮丽并没走向发扬光大，不久，屋前屋后悄悄冒出一块蔬菜。起初三四户，面积不大，不规则。据说草皮没种活，都干枯了，与其让它杂草丛生，还不如种几根葱，省得临时跑市场——其实，每家花盆、花坛里都有葱，作为可有可无的调味品，足矣。小区没有物业，应付检查时候，才弄几台割草机，叫几个打扫的老太突击两天。村里疏于维护绿化，草皮半死不活，正好给了闲着没事的妇女们扩张蔬菜地的理由。蔬菜地如蚕食般渐渐蔓延，几近全员性的种植运动愈演愈烈。削去草皮，清除砖石，挖出桂树，躲躲闪闪的小打小闹，终于为大片规整的新垦地所替代。蔬菜品种也不断完善，青菜、萝卜、草头、大蒜、菠菜、茄子、西红柿……乡下有的，基本不缺。旱地种不了茭白，老娘们儿并非没想到，或许去河边实地考察过，望着石驳岸心瘪了。

藤蔓类蔬菜不失时机占领时空，丝瓜、豇豆是要棚架的，乡下人讲究，棚架结实而有美感。此地缺少材料，捡几个竹片，布条、铁丝、包装带在墙壁、窗棂、电杆间胡扯。有几户本来跟风玩玩，种一塘葫芦，懒得管理，藤蔓隐没在野草间，只长藤不结瓜，最终成了荒地。不常光顾的亲友惊呼道，这里怎么也跟乡下集中居住地一个样了？我说能理解的，换了我母亲，同样要东垦西种。她们眼里，花香花妍都没有应时的菜蔬来得实在，城里人才去弄花花草草。她们配备了全套工具，翻耕播种没问题，上肥是个难题。没有基肥，靠化肥也不是个办法。密封的化粪池盖子一个个撬开，蚊蝇比乡下还猖獗。污水收集后，填了各家化粪池，她们以豆渣、剩菜自制发酵肥，奇臭无比，熏得倒人。邻里间张不开嘴，城里有房子的，暂且躲避几天。

住户来自四面八方。三四户"土著"，大多数从乡下搬过来。小镇在城市化进程中也是个不错的选择，成本轻，住得舒适，出入便利。住在镇上的农民骨子里还是农民，有的乡下还有农田，农民向城市居民的完全脱胎，要经历几代人。乡下邻里和睦的不多，近邻更紧张，一段篱笆，几棵被鸡鸭啄坏的青菜，孩子吵架，大人冲突，都会成为面和心结的积怨，甚至老死不相往来。搬迁过来的无宅基纠纷，没有宿怨，素昧平生，关系纯净得如一张白纸。日子久了，渐渐形成一些圈子。比如，爱种菜的老娘们儿聚在某家菜地边，交流"菜经"，喜欢唱歌的女人三五结群，常聚一家K歌。几家早出晚归的，独往独来的，难得见一面，招呼一声，与邻里始终保持一段神秘的距离。

男人在一起不唠家常，自有男人的话题。晚饭后逛出家门消食，凑在一起抽烟，你撒一支我撒一支。大多数男邻居止步于点头招呼，爱好、个性、地位、财力等因素，影响交往的深度，微妙得说不清。男人们有诸多圈子，牌友、麻友、茶友、酒友。炒地皮和掼蛋，只讲"精神胜利法的"牌搭子太稀缺，整个小区理不出一桌，往往招呼外援。麻友不缺，凑两桌三桌那是眨眼工夫，但赌注有大小，不同档位的串不了门。能游刃几个圈子，被戏称百搭的人不多。茶友不会独立存在，附属于其他圈子。酒友最挑剔，以功利目的的喝酒没劲，为喝酒而喝酒，才最给力最纯粹。邻居中固定的酒友就四位，除了我，一位公务员，两位老板。我们几个酒量差不多，关键是合得来，连老婆间，孩子间也能来往，所以四酒友小酌时常拓展为四个家庭的聚会。小区还有一帮大老爷们儿，有组队的欲望却因缺乏核心人物而处于松散状态，他们想加入我们。曾经有一个时期，号称小区"邻居会"的人员发展到十三四个，蜻蜓吃尾巴，轮流作东。众人一致推举张总为"会长"，会长自有会长的风度，无论男人们的大圈子还是四个家庭的小圈子，他掏腰包的次数最频繁，有时吃得我们不好意思了。人多热闹，团团围坐一大桌，其乐融融。人多凑不齐，好不容易约定时间地点，又有人临时爽约了。这样的热闹未能持续多久。

喝酒最能喝出感情，不常聚了，由酒垫起来的感情基础不会在短期内削弱。小区内一半以上同龄人，这几年孩子都到婚嫁年龄了，喜宴一家接一家。邻居是亲友之外必请的对象，吃了这家，过一阵涌到那家。小区住户多，一般只邀邻近二三十户，与原来自然村的户数相当。举家搬迁的乡下人，连同邻里相帮的习惯也带到这里。男男女女，一早自发集中到本家，女人拣菜洗菜，男人借台掮凳、只要家里有，脚盆、篮子、勺子、水缸、门板、冰柜都贡献出来，等几天自己去认领。

我女儿结婚时，也办了近50桌酒席。一般亲友都是"清吃酒"，吃完抹抹嘴，喝喝茶，逛逛街，本家不好意思差遣他们，几个至亲忙不过来，全仗这帮邻居。帮工的活儿，最难安排的是端菜，节奏快，工作量大，头席哪几个，二席谁负责，男邻居们自发报名，只需稍许协调。席间，亲友惊诧道，那个戴眼镜的不是医生么，怎么也来帮你家端菜？我说，不止有医生，还有干部老板公务员，在这里只有邻居。说这话时，我的得意和自豪都在脸上。亲友点头，惊讶中多了羡慕。

邻居在别处买了一栋房子，待装修完毕，就搬过去。这边的旧房找到买家，价格也谈妥了。如今再没地皮，买家不在乎房子新旧。言谈间，邻居隐含告别的意思，恍惚之间多有留恋。过了几个月，他说把那边的房子出手了，思来想去，舍不得老邻居。一晃十几年，新邻居变成老邻居，也在我们潜意识中纳入怀旧范畴。这条走惯的路，几个弄堂，几处拐弯，家门口的汽车牌号，闭着眼睛都能默写。

我的无车日

八公里，近四十分钟。为准时到校，我比往日提早半小时出发。同事问我，汽车坏了？我笑而不答。

我揉揉屁股，屁股被坐垫硌得老疼。坐惯了皮椅，屁股也娇贵了。想我年轻时，曾骑行苏州，一天一个来回，少说一百公里。

最难受的是两条腿，酸疼、抽搐、麻木。关键时使不上劲，那座桥并不陡，我曾带着二百多斤的货物疾行于这座桥上，也曾后座带着妻子，三角架上坐着孩子，眨眼工夫就冲过去了。今天单车，桥不高，也许无须"助跑"，但上坡不久，踏板似咬住了一般，车把也有些不稳，挣扎到坡顶，已是气喘如牛。

我对自己的体力向来很自信，从小到大，一直没有抛开农活。感觉体力退化时，我大吃一惊。十多年前，我骑着摩托去市里办事，车子半道上趴窝了，就去亲戚家借了一辆自行车。回来时我对亲戚说，这车子也太难骑了，亲戚说这车很"踏轻"的，该不是你变"修"了？

下班时，同事要带我，他打开后备箱让我把自行车塞进去。今天是我的第一个"无车日"，我不想让他的好意动摇好不容易下定的决心，跨上车回家……腿脚、屁股难受了好几天，连下蹲和走路都不自在，我暗骂自己不中用。

年轻时我很瘦。看着一个个兄弟发福，便有些羡慕。日子越来越好过，每顿都要沾点荤腥，平日也没啥重活，就我怎么不胖呢？在温饱迈向小康的进程中，发福标志着家境，主宰着一个人的幸福指数。亲朋聚会，总听得谁惊呼，哎呀，多日不见，白白胖胖，小日子蛮滋润么！然后互相吹捧一番。我缩在一旁，生怕人家拿我开心，你怎么还那么苗条，也没见你少吃，有病吧？是的，在场的就我，瘪肚子，麻杆腿，脸上皮包骨，一副穷相。什么时候我也挺腰凸肚，敞着不系扣的西服，招摇过市，一定很风光。

学校新分来一个小青年，壮硕，跟我一般高，比我整整重四十斤。我嫉妒他的好身坯，他说就是多吃肉，多吃饭。那一身肉，他很荣耀的，平日三天两头去体育办公室称分量，随着体重的攀升，不时发布最新消息。我不知道，别说那身懒肉要占用多余的资源，平日一走路就喘，大冬天吃饭头上也冒汗。

街上邂逅一位退休老教师，多日不见，自是寒暄一番。他端详着我，摸摸我的脸颊，说胖了好多。真的？我忍不住也伸手去摸自己的脸，仿佛不认识自己。每逢去菜市场，卖菜的老太招呼，大块头买什么？我一时反应不过来，左顾右盼，她又冲我招呼，原来"大块头"就是我，怪不得这半年食欲大增。不出两年，我也迈向了胖子的行列。

学校组织义务献血，此前我一直很踊跃，像我这样身强力壮的不去，总不能让病怏怏的女老师去吧？一个多月后，血站寄来回复，说血脂偏高，不合格，以后不要再献血了。似遭一声棒喝，我开始郁闷。我心犹不甘，来年又去。血站不再来者不拒，要求先初检。一量血压，就被刷了。

明明是病，还美其名曰"富贵病"。日本对公务员的腰围有明确规定，超过八十三厘米将勒令减肥，直至达标方可上班。这也太怪异了吧？肉胎身型爹妈所赐，胖瘦乃公民人权，何关政府？但日本人自有一套理论，说国民平均腰围增加一厘米，医保支出就上涨几个百分点，到头来每个百分点都要政府买单，从一定程度上讲，腰围竟与爱国相关联。前几年，我们军队里也对尉校级军官试行相关规定，考虑身高差异，计算方式似乎更科学，就是拿体重除以身高的平方，商在二十到二十五之间为正常。官阶越高，政策越宽，对将官不作规定。你想，三年一个官阶，熬到将军，肚子就是资历。你让丘吉尔也保持 V 字型的好身材，有点天方夜谭。

我开始讨厌自己的肚子。以前人模狗样人前一摆，左手扶着肚子，很有底气。如今，这肚子是累赘，我挺胸收腹，竭力将它藏着掖着，无奈两侧腰部又鼓出来，就像呱嘈的青蛙。体重指数一次次演算，很不幸。有时假想磅秤偏重，去掉一点，身高加两厘米，居然在合理范围，于是窃笑。超市的门口都有电子磅，投一个硬币，往上面一站，数据就出来了，还能打出一张单子。"你基本正常，再瘦点，更帅哦。"基本正常，就是基本不正常，电子称也有脑子，也懂得婉言安慰。

我决心减肥。同事说，时髦的说法叫瘦身。朋友戏言，猪肉尚且十几元一斤，你养出这么些肉，不知花了多少本钱，又不讨粥讨饭，将来油干灯灭，也比瘦子多扛一阵。昔时董卓死后，被"点天灯"——在他肚脐上插了灯芯，几天几夜不灭。

我会把一件小事做得惊天动地。先造计划，每天什么时候起床，什么时候出去，跑什么线路……还特意买了运动鞋，可谓雄心壮志。第一天，不到五百米，胸部像着了火，腿上拖着铅。总算捱到最后，大约四公里。次日腿部酸疼，更是迈不开腿，再坚持……锻炼难在坚持，有个"十五"理论，说从起跑至十五分钟时最疲乏，冲过这个关口，就进入惯性期。同样道理，能坚持十五天以上者，几乎就能常年坚持，这话的发明者综合研究过人的生理心理。我早就突破了两个"十五",但结果呢?天气不好,多喝了酒,太疲惫……当一个人开始为自己找借口时,离失败也不远了。

酒友说,你这样锻炼太枯燥,不如加入他们的行列。凌晨五点,我随他们出发,开车到虞山脚下,登山,下山,一身汗。然后去兴福寺喝茶,吃面。山道上人挤人,窝在家里的人不知道外面的世界,不去呼吸山间的负离子,焐在空气混浊的被窝里,简直是一种罪过。这种锻炼方式成本太高,汽油、茶水、早餐外加抽烟,平均一天得百十元。再说,每天一大碗的蕈油面,体重不降反增。这也算锻炼?自欺欺人的吹牛资本而已。

在无锡人民医院,我偶遇一位被医院退休留用的老先生。他身板硬朗,目光如炬,很难想象他已耄耋之年。我问他是否经常锻炼身体,他说从不锻炼,但每天上下班都靠步行,几十年了,不管什么天气,从不坐公交,也不会骑自行车。从老者身上,我似乎得到一点启示,我们每天上下班以车代步,早晚又排出专门的时间去跑步,这算什么?折腾。

家里有一辆自行车,还是女儿上小学时买的。撂在车库,锈迹斑驳,轮胎也老化了,送修车铺大修后,还能行路。以后出门,两三公里就步行,五六公里骑车,每天的运动量也在一个小时左右,无须刻意,将健身渗透到日常生活,乃至工作中。世界无车日每年仅一天,我也为自己设定一个无车日,每周一天。"把车烂在车库里!"油价日涨,博民们如是调侃——自嘲而已,车还是离不了的。

我能吃。乡下孩子,早年都把肚子撑大了,少吃一口,就觉得肠胃的哪个角落不舒泰。别说元谋猿人,就是山顶洞人离我们也好几万年了,人类漫长的进程中,肌体适应了饥饿与劳作。胡吃海喝而又四体不勤,只是最近几十年的事,除了非洲,还有中东的战争难民,全球大多数国家为肥胖而困扰,吃出来的病成为健康第一杀手,现代生物学家通过大白兔的实验,也证实"人类死于多食"。按照标准体重，我得减去二十斤，三十斤也无妨。平日，我为这些多余的细胞支付生命的食粮，行路像负重。低碳生活，我自己身上就大有潜力。吃完一碗饭，还应该添一点，我犹豫再三，极不情愿地放下碗筷。一位老中医告诉我，最好的养生，就是每周有一天不吃东西，好比"辟谷"。饿不死的，他笑着，当然他还有一套深奥的理论。

一九七九年，我学会骑自行车。那年，纽约的爱德华市长访华，他感慨我们京城的自行车流，回去后在曼哈顿专辟了自行车道，可惜他的做法太前卫，与机动车的隔栏最终在一片骂声中被拆除。

中国曾是自行车王国，也许并非单纯地为了挽救逝去的名号，各城市相继推出公共自行车。去年，虞城也开始分批安放，醒目的黄色与私家自行车迥异。我有幸成为"诚信借车卡"的第一批拥有者，黄昏时一口气骑行二十公里，觉得自己仿佛回到了从前。

乡间小饭店

乡间的小饭店，能坚持十年二十年的够得上老字号了。长盛不衰只是一厢情愿，能不温不火细水长流就不容易了。吃客如流水，从老饭店流到新饭店，吃过闹过就淡忘。若干年后如果还记得一家乡村饭店，念念不忘某一道菜，这大概就算特色了。熟客呢，往往是冲着特色去的，比如"地主"的红烧鸡，老正兴的猪头肉，老和弟的肠脏。

"地主"的饭店在冷落的街尾，夫妻俩从名字里各出一字组成"雪龙"店名，如今墙上只留一个"雪"字。顾客很少知道老板大名，都唤他"地主"。老板瘦瘦的，一点不像地主，像长工还差不多，倒是老板娘有地主婆的气度。我们见到老板的时候，他总在灶台前转悠，他也是店里唯一的炒菜师。大锅里炖着红烧鸡，坐在水池上的大四角篮里有五六只杀白的公鸡。老板很讲究选料，都买六七斤重散放的隔年公鸡，鲜美，有嚼劲。几个小时慢火煨炖，很入味。鸡块切得很大，筷头重实实的，一碗鸡你一块我一块如搬砖一样。不过瘾再添一碗，一桌人吃掉一只鸡没什么大惊小怪。

"地主"早年做过厨师，烧的其他菜也有特色，爊鸡爪，炒时件，红烧白条鱼。他以红烧为基调，迎合了大多数农村食客的重口味。就说炒时件，他习惯用青辣椒，满满一大盆都是鸡胗、鸡肠、鸡睾，又辣又香，又咸又鲜，吃得食客额头渗汗，吐着舌头嘴里咝咝发颤，那才叫舒服。有意思的是，男人都喜欢吃鸡睾，靠店里宰的那么几只公鸡远远供不应求，他有特殊进货渠道，食客不怕吃腻点整盆鸡睾都可以。一则小幽默，与这家饭店有关。一次，市里来办事的人要请本地人到市里吃饭，本地人说，别去市里了，随便吃一点吧，就把人领到"地主"饭店。市里人结账时咂舌：唷，小洞里摸出大蟹！他想不到乡村饭店吃出四星饭店的价格。饭店里常备野生甲鱼，两三斤四五斤都有，偶尔有七八斤的。渔民偶尔捕到甲鱼，菜市场卖不掉，就送到这里，来者不拒。"地主"会做生意，见有贵客，随口问：吃甲鱼么？要面子的主人一愣神，咋呼道：当然当然，不吃甲鱼，来干嘛！野生甲鱼乃稀罕之物，三斤以上更是大补，吃到最后汤水都不剩，差点舔盆子了。物有所值，小店不失档次，本地有身份的吃客也绝不小觑"地主"饭店。

与"地主"的浓油赤酱绝然不同的是老正兴。老正兴唯一不可不用的作料是盐，敢用最少的作料讨得食客回头，没有过硬的本事和上好的食材是糊弄不了的。老正兴的名字就是饭店招牌，当然老正兴不姓老，低乡不习惯连名带姓，喜欢在名前冠老字以示亲热。老正兴仅用一个男店员，每天只备五六桌菜肴，颇有私房菜的作派。食客再多，他也只能抱歉说声"明日预定"。节假日是饭店的忙档，他却给自己放假。老正兴实在，食客点到十个菜时，总是劝说"差不多""够吃了"。没有花里胡哨的炒菜煲汤，大号盆子的家常菜。一盆猪肘子少说四五斤，盐水鹅大半只堆得像小山。

啃着猪蹄的时候，早有猪头肉香飘来。乡下人早先过年祭祖必备猪头，猪头肉非稀罕之物，全仗加工。劈开腌制，慢慢风干，晒十几个太阳。这些工序须得腊月里完成，天热里边的肉腐败，阳光强烈晒得出油，易致酸败生出哈喇味。精明的吃客无须上口，能从第一缕气味中辨识猪头肉品质的优劣，甚至能闻到腊月阳光的原始纯正。肉香勾得食客嘴里的馋虫随旺盛分泌的口水咽下去，又沿着消化道逆行到口鼻。猪头肉一起锅，趁热切开码整齐，底下卧着整块颌骨、颊骨。火候刚好出骨，不烂不老。猪头肉的香是猪身上任何部位都不具备的，口感绝佳，肥肉不腻，瘦肉不柴，猪鼻子等特殊部位亦肥亦瘦，更是妙不可言。于是大快朵颐，腌制时没有足够咸度难保品质，口渴，就多喝几口茶水吧。

慕名而来的食客，摸着滚圆的肚子步出饭店，饱嗝里都是猪头肉的香气。医生告诫，"三高"人群不宜多食猪头肉，盐分多，胆固醇高。没有口福焉有命福？说这话的医生说不定也是老正兴的常客。

山湖饭店与老和弟齐名，它隐没在绿化带中，酒香不怕巷子深，见过好饭店去马路上拉客的么。老和弟姓于，没人称呼他于老板，别扭。父亲给他起的名儿很随便，长得可不随便，他一表人才，做这行当有些屈才。食客当然不是为一睹他堂堂的仪容，他有拿手的肠脏。模特厂有个日本客商，每次来念念不忘吃肠脏，不喜欢市里大饭店。以前吃年酒，肠脏作为蒸菜碗面，与肉糕或蛋饺搭配，豆芽、白菜或笋干做底子。肠脏很普通很平民，老和弟把它作为当家菜在饭店多次迁址中保留下来，他只想着顾客喜欢，未曾有经营理念、食客心里的揣摩总结。他以一道平民菜为媒介，在传统与现代，怀旧与时髦间，寻到了一个很好的契合点。

缘于在猪生命中承担的角色，肠脏带着与生俱来的特殊异味。所以一般的饭店红烧或做大肠煲，以调料的浓烈掩藏异味。老和弟的白切大肠毫无怪味，相反带着本质的肉香。别的饭店也有这道菜，一上盆却是皱巴巴的，如老太太脸上的皱褶，而这里的大肠滋润饱硕，想必火候把握得好。太烂，还没品出滋味就滑到喉管了，太老，"叽咕叽咕"如拉皮筋狼狈。用三四成力气去咀嚼，才能品出味道，才有成就感。我曾虚心求教过，他嘿嘿一笑：乱烧烧。我知道是客套,也因不轻易示人的秘笈。肠脏的表面有一层网络油,清理得过净,口感苦,不滋润,留得过多肥腻。夹一段热腾腾的大肠,最好是直肠,蘸上海鲜酱油,送到唇齿间,那种滋味简直无法表达。

早先乡下的饭店兼带卖熟菜,冷盆过硬,炒菜相对差些。老和弟冷盆热菜俱佳,清蒸鱼是肠脏之外的当家菜,主料是白丝鱼,偶尔翻翻花样,鲹鲦鲫鱼鳊鱼鳜鱼。山湖的菜比较清淡,与少盐少油的健康饮食接轨。

山湖饭店无需点菜,如办宴席。服务员能根据人数,给你配菜。吃到七七八八,老和弟亲自端着一盆鱼进来,与食客闲聊几句,顺带观察进展和需求,食客可以提出加菜,如果没有反应,那就等打饭吧,再来个咸菜豆瓣汤。

第三辑 浮生闲情

我只是部分活着

我是自己爬上去的。我身子底下一块砧板,大约两米长一米宽。一阵嚎叫隐约我耳畔。小时候看父亲杀猪,它自知大限已到,叫得自然惨烈,父亲腾出左手捏紧它嘴巴,右手抄起尖刀,它张扬的长调来不及释放就被堵在口腔里,倏尔化为沉闷的呜咽,那些被切掉的频率哪里去了?一定是起伏的肚子给了最好的缓冲。猪不会自己爬上砧板,我比猪勇敢,也比猪聪明。我一个人去医院接受检查,并毫不犹豫地在协议上按上手印。

我等待宰杀。屠夫不是我爹,也不是挂着齐膝皮围身足蹬长筒胶鞋的小刀手,他们一齐白色的长衫,那种让孩子做梦都惊厥的装束。此刻他们坐在我两边吃盒饭。刚才推门进来的时候,他们的脸都绷着一块白布,表情全写在唯一暴露的眼眸。他们拉开紧绷的白布,把隐藏的脸公开,这些脸与我平时在街上碰到的没有实质性区别,他们嚼动红烧肉的时候嘴里也发出吧唧,他们自顾吧唧着,不看我一眼。他们在一个流水线上重复了六个流程,需要补充能量。我排第七,这个次序对我有些残酷,昨夜开始他们就勒令我停食,还给我灌肠,如果孙二娘把我囫囵拿到菜市,我像猪下水一样的东西,收拾起来无需花太大的功夫。

我平躺下来，把身子腿脚都使劲伸直。我上方悬着一盏灯，确切地说是一组，我们家不用这种灯的，它离我那么近却一点也不热烈，像少女羞答答的眼眸。上三十以后，我基本不与少女对视，我习惯用大胆的眼神巡睃同龄少妇的三围，很少收获敌意的目光。

我为自己的镇定感到惊讶。小时候弄破一点手指都哭到绝望，流干了血会死的。三十岁时还不敢打针，护士让我把裤后腰拉下去，她用一个冰凉的棉花球擦我的腚，我蹙着眉还忍不住回头看她的手，尽力将腚往前撅，我不在乎会载入护士口中的笑料。我用手搭下脉搏，心跳很正常，比平日还正常。这要归功于进来前他们给我戳的一针，一个小针管里的水看不出跟矿泉水有啥区别，他们凭什么知道不同的功用，他们看瓶子上的字，他们抽出水后随手把瓶子扔进垃圾筒。这些水早在我血管里窜动，流速每秒七米，它不会盘踞于我身体某一个角落，也不会在心脏里歇脚，但每次路过我心脏的时候，柔声地安慰它，轻轻地抚慰它。之前我说可不可以不打？他们的回答没有丝毫商量的余地。都上杀场了还怕啥，我一下捡回丧失了几十年的勇气。

他们让我弓着背，最大限度地弓着。我把后背脊梁都暴露给一个麦柴管样的针管，我只从兽医那里见过这么粗的针管。牲畜也不懂配合，更不会理解你用心良苦，加快药水流速可以尽量缩短它挣扎的时间。可我配合得很好，我双手抱住腿，把脊椎的间距拉到极限，他们完全有足够的时间让药水沿着细细的针管进到我脊髓。他们作了几次尝试才让针尖得逞，说我的皮肤太老。怎么会呢，背上痒痒时稍稍挠几下就出血了，一次我踩在仰面的铁钉上，铁钉毫无阻拦穿过厚实的皮鞋底子，我反应还算快，脚底上已淌着汩汩的血。

签字时，我还不知道问题的严酷，他们说家属也要签的，我这才细细阅读上面的条文，它就是一份生死文书。过去也曾耳闻哪里有人死在手术台上，我觉得与我无关，我就是诚心让他们拿了剔刀一刀一刀地剐我，也不至于一下被弄死。他们说，签字只是必要的手续，那个情况毕竟很少，就像体育彩票的大奖。如果我不幸中奖，那第一时间我的家人该去买彩票。另外，我一签字就认命吗？就算杨白劳甘心情愿按了手印，你黄世仁也不该糟蹋了喜儿。我是无力找你们了，我的老婆孩子还有兄弟朋友什么的，一定会到门口拉起巨大的横幅，揪着你们胸脯把吐沫喷到你们脸上。

他们作势与我攀谈，却在我背后鼓捣，一丝凉意袭进我的脊髓，还没感觉凉意的弥散，我的心连同身体瞬间从云霄跌向无底的深渊。不知过了多久，一股神奇的力量又将我托起，我漂浮在半空。我被吸入一条隧道，又糊里糊涂地上了一个飞行器，它载着我沿无尽的隧道以极速飞驰，隧道四周飞溅着漂亮的荧光，一会儿又觉得我不在飞行器里，我就一个人在飞驰。隧道弯弯曲曲，我几次就撞到边上了，我吓得闭上眼睛，一睁眼，没事。突然，我飞出隧道，飘进茫茫的星空，但此时人一下没了动力，又在黑咕隆咚的夜空中迅疾下坠，我的呼吸越来越不畅，灵魂马上要飞出身体。

"怎么醒了？"我听到说话，很真切，很遥远。我的肚子胀到极限，他们还在踩打气筒，我喊喘不过气了，马上有一个东西罩到我脸上，还说，给你吸氧，这下喘得过了吧。脊梁中又是一阵凉意，我的灵魂又飞起来，这次身体却没往下跌，我甚至听清了他们的最后一句话，再推点药！他们曾问我，要不要好一点的麻醉师？我说当然。他们说，得大医院去请，要稍稍花费一点的，我们医院也配备麻醉师，就是技术差些，麻醉打不好会有后遗症，阴雨天脊椎隐隐发痛，腰也不再硬朗，打过腰麻的十有七八。我使劲点头，估计那频率与公鸡抢食啄米时差不多，并下意识去兜里摸钱包，他们说，别急，到时给就可以。

不是大医院，流水线并不每天运行。今天满负荷，一下子安排了十五个，顺利的话一个人也要一小时。里边两张砧板，他们流水作业，三个小组各自负责开膛取胆缝合，大大缩短门外的等待。工厂流水线是安装，每过一关，产品上多了一个零件，而他们拆卸了我们的零件。人到底比机器厉害，机器的零件坏了得更换新的，人的零件可以凭空拿掉。他们说，与其让它在肚子里捣鬼，不如早早割了它。乡下人常说外科医生厉害，能给人开膛破肚。我说屁话，内科大夫才是本事，他们专司修复，不搞宰杀。我说人来到地球四十万年了，造物主一直没把这个那个零件省略，说明它有用处。他们说，不见得，日本人生下来时就把阑尾割了，所以日本没有盲肠炎。我想，我哪里不好就给割了，照这样下去，我上到一定岁数我肚子里五脏六腑统统没了，再下去头和身子都没了，人家叫我名字的时候，我就叉着两条腿蹦跶过去。

　　回到病房的时候，我虚弱不堪。两个大男人，外加我老婆托我的腰部，我才从砧板移到床上。我身上连着五六个管子，只有右手还能动弹，我的手能勉强够到的地方只有胸部和肚子，我摸摸肚子，仿佛不是我的，局麻后他们用针尖一下下扎我肚子，问我疼吗，我说没感觉。我见他们都笑了。这个肚子是谁的？我顺着胸口一路摸下去，又从肚子一路摸上来，肚子是连着我胸部的。我的腿也能伸缩，整个人像分了两个部分，中间脱节。前年我到连云港去，发现这座城市中间有个真空地带，老城离港区有三十公里，这还能叫一座城市吗，我认识这个城里一位与我同龄的作家，他说无关地域，只要精神上一体。我跟着女儿看过《未来战警》，人都炸成一滩碎片了，这些碎片却慢慢聚拢，再站起来时一个完整的人竟毫发无损。我要小便，很明显没法去卫生间，我只有小时候在床上尿过，长大后从没当着别人的面把那劳什子架在手中。我连坐起的力气都没有，还想拖着一个别人的肚子走几步，我终于憋到晚上。

　　他们端着一个白色的搪瓷盆，这种方方的浅浅的盆时常放刀剪纱布体温表什么的。我身上卸下的零件，类似母鸡的产肠，他们用剪刀麻利地剪开，抖出一颗石头，用水一洗，传递左右，最后送到我眼前。它的大小和形状让我联想起小时候一直觊觎的橄榄。他们把石头留下，把那块肉端走。我问他们怎么处理，他们意味深长地笑了。壁虎逃生时自断尾巴，章鱼遇到攻击可以抛弃整个手足，它们是遇到危险。我的危险是什么，是来自我身体其他部件的排挤。一个健康躯体并不感到任何零部件的存在，它要提示我存在的时候，我会注目它，这不一定是好事。我当老师首先注目的就是问题学生，还一直担心他们把其他人搭坏了。白大褂对我说，恶变的几率是百分之三，你那东西早就丧失了功能，已达到恶变的极限。我本来没打算剔除它，也就随便看看，他们列举了一些翔实的例证，说越快越好，我说春节后可以吗，他们说量变到质变，没有人能保证，结果我举手投降。他们没有绑架我，是我自己绑架了自己，我的意志绑架了我的肉体。我一直后悔没将它要回来，浸泡在一个玻璃瓶子里，让它有朝一日物归原主。我的想法一定让人笑话，太监净身后，割下的命根由净身师父保管，太监日后得花重金赎回，百年时命根随他们下葬。大家都是肉，我那块跟太监的怎么好比呢。有人一脸坏笑让我猜个歌名，说宁可当和尚不当太监，我说把根留住，你什么智商跟我玩过家家。

老婆说我刚才脸色刷白太可怕了，我说我吹过喇叭一直看死人的脸并不感到可怕。同学聚会时老校长比划着说，黄土已经埋到他脖子上了，他今年76。我呢，我的黄土埋到哪儿了？人对死的恐惧不是因为它的可以预见，而是因为它的不可预见。这话有些暧昧，人的终极可以预见，那是必然规律，就像日出月落，四季轮回。但如果真有确切的预见，未必没有恐惧，比如判了死刑，比如身患绝症。叶广岑的《黄连厚朴》中，有位老总让龚老爷子看病，老爷子对他说，你这病啊甭治了，回去准备后事吧！老总财大气粗，只是偶感不适，哪里相信老爷子的鬼话。但终究心里发虚，还背"人生自古谁无死"什么的。弘一能预见自己大限当在七日后，只写了"悲欣交集"四字，便去圆寂。悲是人之常情，欣却令人费解，我练不到弘一的境界，自然只有他明白。

那个收了我大洋的麻醉师笑眯眯地站在我床前，几个小钱让我享受了麻醉师深情的探望，她问我刚才可曾乘到飞船了，我说你怎么知道啊。我曾问过其他病友是否有类似的体验，他们说睡死了什么都不知道。我怎么跟人家不一样呢？我有点紧张。后来才知道那是死亡体验，我看过不少有死亡体验的外国画家所默写的另一个世界，荒诞却很美。我还在旅途，没真正到达那个世界，这怪我醒得早，麻醉师说酒鬼耐药。为什么早先不跟我沟通，多推点药呢，害得我没了发言权。她说药物一旦进入大脑，你就醒不来了。我不怕我的生命在第四十五个年轮上定格。老人说，好死是前世修的。我在睡梦中轻而易举到达了另一个世界，省却了恐惧绝望烦躁之类诸多环节。一个未知的世界，你说它恐怖，说它幸福，有资格说这话的人已经无法跟我交流。

我其实怕死，我毫不犹豫让人将我身体的一部分处死，换来其他部件的安稳，也获得灵魂的踏实。我的身体一部分已经死了，它离开了我，谁让它搅得我吃不安稳睡不踏实。它的分量不足半斤，还不到我整个身体的百分之一，完全可以忽略不计。但它毕竟曾经是我的一部分，所以我只有部分活着。它不是无关紧要的东西，在很长一段时间它连累我的消化系统。让身体的部分进行一次死亡的演习，等到实战时我不至于猝不及防。老校长的话蛮洒脱，毫不伤感。人一生下来就冲着那个既定的目标。我们这个世界每天都减员，地球照转不误，世界依然美好。

他们让我出院，说过几天再来拆线。不是微创吗，还缝线。他们用纱布贴住我的肚子，不许我掰开看，我自己的身体还不许我看，他们在我肚子上开了四个洞，给我留下的百分比又会减去若干。我自己开车过来,回去时花了一分钟才坐进车子,位置在我非常陌生的副驾驶。他们关照我不许吃肥肉,更不能喝酒。我说你们把我害惨了,这个春节本是吃酒吃肉大显身手的美好时光,有几家还送了大礼,你们不能让我吃回点吗。

汽车起步了。我的车,开车的不是我。

渔对鱼的伏击

我进入阵地，开始新一轮埋伏。一张扳网为"渔"字作字典外的解释。我的阵地为一方与网片大致相当的水域，我无力装备"AK47"，甚至连"汉阳造"也奢侈。我只有一竿长柄的抄网。

我精心物色过阵地。我沿着河的两岸，跑坏过一双草鞋。河面到这里突然变窄，水深恰好放平扳网，河岸开阔足够我身手的施展。身旁一条水沟从稻田一路下来的，水声潺潺。兵家设伏，惯用密林隘口峡谷，优越的地理位置将兵力的强弱忽略到极致。马谡驻扎街亭的山坡，他只想占据地理优势，没作埋伏的打算。我不必隐身，稍微退后几步不让自己影子投在河面，弄出再大的动静也有水声帮我遮挡。

我拉起网。不是扳，怎么叫扳网呢，我将拉绳缠在手上突然发力，斜撑于岸堤的两根竹子扭转了力的方向，将水平运动变为上下运动。什么阿基米德杠杆原理，我们祖宗修筑长城早就会使撬棒了，只是他们不会总结。我把绳扣套在身后木桩上，将扳网定格于离水面一米的半空。我得清理网面，跟着潮水过来的水草树枝尼龙袋。偶尔还有橡胶玩意，它们随粪船从上海来到乡下，曾有几个孩子问我什么东西，我说气球，他们争抢，然后鼓起腮帮子使劲吹，又说气球顶上怎么还有一个小气球,我说回去问你爸。

我再次起网。父亲关照我既不可太勤也不可太懒,间隔一袋烟工夫,我不抽旱烟,掐不准时间。父亲说真蠢,我说你总得给个确切的时间,他说你数数吧,数到六百。我说数数有快慢的,他恨不得揍我。不必沮丧,头几网没收获很正常。我把网固定于这片水域,不知道每隔多长时间会有猎物进入埋伏圈,收网稍晚它们溜过,早了又没等上它们,所谓"鱼来网凑"。我读高中时教材里还没编入"概率",按照它的理论,每天收获应该相当。父亲说你今天怎么表现不佳呢,是鱼瞅准了空当儿,还是都死了,他无端地猜想我贪玩,一会儿捉蜻蜓一会儿抓蝴蝶,我委屈。鱼不进来,该怨鱼。

我开始埋怨守株待兔式的扳网。比如丝网,蜘蛛网一样河里撒开,鱼愣头撞上就被缠个结实。夹网也不错,不停地变换阵地,打一枪换个地方。但下丝网要借助船,夹网太费力。周立波说,大吃小是实力,小吃大是智力,大小通吃是权力。玩实力我们搞不过鱼,鱼说你们只会搞埋伏,有本事下来抓我们啊,我们都没那么傻。张顺号称浪里白条,他也用渔网。生物学家测试灵长类智力,在猴子够不到爬不上的葡萄架下竖一根棍子,看它会不会使用工具。鱼远比我们先来这个地球,但在与我们交往中一直处于劣势。至于权力,我们是万物之主,谁让你们几十万年前就不想进化。我带着鱼叉,和一帮大老爷们敛息静心等在河岸,伏击水花生里产卵的鲫鱼,我跟踪一群鱼苗伺机袭击护送鱼苗的大黑鱼,我循着河底泛起的沫星轨迹,算好提前量叉住鲤鱼,我们要挟了母爱性爱。绑匪热衷绑架孩子,情妇趁贪官趴在肚子上哼哼给他提条件,至于本拉登谁让他使用手机呢,鲤鱼以为它在水底没人看见,它释放的沫星就是手机信号。

我点燃了一支烟,一支从父亲口袋里偷摸的"劳动"牌卷烟,我想拿捏一个确切的时间。父亲很少买整包的,他算计着进度,吸半支掐灭了放好。是否会招来一顿拳脚要看他心情,我脸皮厚臭骂几句无所谓。一对男女并排站成雕塑,榔头和镰刀,他们高举的工具象征各自的职业,并诠释着劳动的意蕴。烟标上没渔民,如果有,他的手里该举渔网还是鱼叉,我在琢磨渔字。它是动词,却没有匹配的偏旁,弄一个无法演绎为动作的三点水,我忽然想起"竭泽而渔"这个成语。没有网具时靠徒手捉鱼,鱼在深水里拿它无奈。秋冬时我也拿了提桶去"涝鱼",把沟渠湖塘涝干。队长带人在河口筑坝,我问他们是否干河捉鱼,他们一个劲摇手,我以为他们没听清,再问,队长骂我,小赤佬,鱼听见了要跑的。我不信。他们把河拦腰斩断,设置一个更大的包围圈,抽水泵夜以继日,陷落水面就是逐渐收缩的包围圈。凌晨父亲唤我起床,说干河了快去捡河蚌。我穿着胶鞋提个四角篮,靠村已经河床见底,村头深漱留一片水域,鱼们都困在这里,它们觉察到情况不妙,噼里啪啦一阵乱跳。他们先不去理会这一池鱼,几个穿着皮裤的下去把水搅浑,河水搅成泥浆,大大小小的鱼吃不到氧气使劲把头伸向水面,连小孩都能轻易制服它们。

　　我开始怀疑自己的阵地。我曾对河道的拐角十分看好,那里淹死过一个孩子,晦气。父亲视察过我的阵地,他说这里就是一个峡谷。陈赓指挥越南人打仗,他关照务必死守这个隘口,越南人守了三天没等上猎物,就去睡觉,连哨卡也撤了,陈赓急得脚跳,等他们再去补网,美国人早漏网了,我没开过小差。兵不重伏,刘伯承反其道而行之,在同一地点两次设伏,将七亘村写入经典。聪明人避开对峙,但伏击一旦打响,如不在短时间内解决,对峙在所难免,比伏击更好的办法就是算计。我们想喝鹿血不会去跟鹿赛跑,想吃熊掌不会与熊角斗,我们会使诱饵,挖陷阱,安铁夹。我去报考品酒师,有人举报我患严重鼻炎,他们看不过我敏感的味蕾,嫉妒我一边喝酒还拿高额的报酬,结果我落选了。招聘官安慰我说,还有人被举报鼻子是假的，像杰克逊的鼻子碰不起。给我使绊的人昨天还一起跟我喝酒，喊我兄弟。

我的工具过于简单，一张网片几根竹子，都什么年代了还坚守传统。竹简上的《孙子兵法》睡在军事博物馆，翻成英语日语的解读材料走向企业大讲台。如今钓鱼不用蚯蚓用"鬼米"，捕鱼不使渔网使电棒。船突突突过去，电棒嗞嗞嗞插在水里，这叫地毯式搜索。封建时代对网眼大小都要严格规定，他们早使电棒的话，鱼们早就断子绝孙了，感谢造物主十九世纪才把把法拉第送到地球。这个世界有句经典，说只有想不到没有做不到。美国的精准导弹对目标精确打击，误差不过五米，本拉登的地下工事藏得再好，我前一颗导弹给你打孔，后一颗炸弹紧跟而来。卖鱼的使劲吆喝，野生鱼啰！前不久他死了，夜里出去电捕鱼结果失手。

我有些惆怅，让一个大家伙溜了。起水时它在网边沿，它没命地跳起来，落点很不幸。我不贪婪，就想安慰一下填满咸菜的肠胃。我在享受结果的同时更享受过程，父母只在乎我的结果。你看这个那个都混得人五人六，他们身后不知有多少故事，是卖了屁股，还是买了绿帽子，局外人不看这个，他们就看结果。一帮男女疯狂宣言，不求天长地久，只求曾经拥有。我喝酒也追求过程，结果反而不太妙。轻抿一口，味蕾把快感转达全身，淌过喉管血脉贲张，落脚胃里暖酥酥的抚慰。我看到的世界比往日纯净，听见的声音无比悦耳。酒友向我竖起大拇指，他的手姿并不灿烂，还不如我在作文本上胡乱给学生勾勒的简笔画。他们冲我笑得如花似玉，别过脸去指指戳戳，次日假惺惺地故作切，一边跟别人嚼我舌头，我不在乎。我们充其量虫体而非龙体，小民的幸福指数位于折线统计图最高点。

三十年前，我在市报上读过一篇文字，题为《扳鱼》："我每一次起网，就是收获一个生活的希望。"我把这句话记在本子上，我要求学生摘抄优美词句。它一直鼓励着我扛起扳网去河边打伏击。今天将以零收获打道回府嚼老咸菜，我自知理亏，嚼咸菜得收敛吧唧声，冲着头尽量不去正视父亲的沉默。我也打打小麻将，这副牌不好寄托下一轮，我也拿十三张牌也有一双手。我掏空口袋，就剩一张五十元的得捂着，老婆孩子嗷嗷地待我买菜，我给牌友批挞得给自己扇耳光，指望下一回合东山再起，我有过最后一圈连续自摸咸鱼翻身的经典战例，无奈今天上家勒紧了我往死里打，另两双脚也乘势踩住我，我不是在跟鱼们较量，我中了同类的埋伏。

母亲叫我回去吃晚饭，她沿着河岸一路喊我的小名。我说，等几分钟让我扳起最后一网就走。她呵斥道，不吃饭饿死，不吃鱼怎么了，馋不死。

此生如萍

我仰着脸巡睃墙上的一溜镜框，终于在一张合影前打住。我问表兄，你亲爹呢？他说，走了。我说，多久了？他说不知道，大概有三五年吧。老人去的时候，那边也没告知，就算告知了，又能咋样？

表哥家已好些年没去了。他不是我长辈，却与我父亲同龄。他奶奶与我奶奶是亲姐妹，爸叫她阿姨，我叫她姨婆。我奶奶死得早，亲姐妹失散，两家来往并不热络，几年不转动是常有的事。这次，表哥七十大寿，再三嘱咐我务必去。

照片上三人，前边坐着的是我表姑妈，我们习惯把称呼前的"表"字省略，老辈以为有生分之嫌。后边站着两位，甭细看就是爷俩，那眉眼，面相，身型，只有岁月留下程度不同的沧桑。我该如何称呼老者？之前一直不知道他的存在，我叫了几十年的姑夫却是姑妈的后夫，直到这一年。照片旁有一行竖写的小字"人民照相馆摄于1988年"。

那年春节，表哥来我家。他说亲生父亲可能还健在，不过在台湾。目前还没联系上。消息足于让所有亲戚都震撼。入秋后的一天，表哥的父亲真的回来了。

表哥家置了酒席，空前的热闹，近一点的亲戚都受到邀请。邻里拥来看热闹，走了一拨又来一拨。喜气洋溢在表哥全家的脸上，缓释了表姑惯有的木讷，她换上以往只有走亲戚才上身的新衣服。来客围着一位老人，大声谈笑，话题最集中的莫过于爷俩的长相。他们指指这个，瞅瞅那个，啧啧地感叹着。

吃饭时，表哥让我陪他的父亲。老人浑身打理得清清爽爽，灰色的西服，打着大红领带，那时我们年轻人尚未普及西服，一个穿洋装的老人显然很气派，他理平头，稠密的头发中可见零星银丝，不显老，此时他65岁。他不怎么吃菜，始终笑眯眯的只作倾听，很少插话。他曾经是这个家的主人，而今成了贵客。再隆重的礼遇，也还是客人。很多人向他敬酒，不乏诚意，借此打问他这几十年的故事。

1949年暮春，他去上海帮工。帮工，如今叫打工。他与几个娘家的同乡约定去黄浦江撑驳船。那时，陆路运输本不发达，加之战争的影响，上海进出的货物都依赖水路。驳船在长江和东海里可以借助风力，一进吴淞口，到达黄埔江，航道变窄，又有桥梁阻挡，不得不放下桅帆。巨大的木船没有桨橹，就是有也划不动，得雇撑工。船舷两侧排着八个或十个撑工，他们长长的竹篙插入水底，肩膀连同双手狠命地顶住竹篙，他们的身子过度倾斜，几乎平躺，双脚用力蹬住船帮，他们顺着船舷从前面走到后面，抽起竹篙，他们后退的距离就是船前进的路程，然后继续下一回合。

撑工的不管政治，他们不知道解放军已经包围了上海。空中一天到晚响着隆隆的炮声，城里乱哄哄的。一个黄昏，一条汽艇靠过来，几个当兵的跳上甲板，说要征用这艘船，船老大万般无奈只得照办。与他们同时被征用的还有几只大船，他们去码头装货，把货物送到停泊于长江口的军舰上。军舰起航时，当兵的拿枪逼着他们上军舰。军舰要驶向何方，他们不知道，但看那么多凶巴巴的兵士，不会有好事，许多人乘着夜色跳下水，枪声顿作一片。兵士顺手牵羊地掳掠了几十个船夫，年老的充当脚力，年轻的补充兵员。

他就这样到了台湾。他的常熟方言不再纯真，瓮声瓮气，尾音是难听的拖腔。几十年来，就那么几个同乡小圈子，他一直以为还讲着地道的家乡话，离了故乡水土的滋润，方言走了调。

1987年，他成为第一批返乡探亲的老兵。最先与他联系上的是他姐，姐早年嫁到上海。我无法确切地知道他当时的心情，很多与他一样的老兵，都竭力为自己营造衣锦还乡的风光。金项链、金戒指在大陆还属奢侈品。他先在上海姐姐家落脚，外甥男女，还有众多的小辈只要甜甜地叫他一声，他就去拉开皮包，男的戒指，女的项链。他回到老家，众多的兄弟姐妹以及他们的子子孙孙都围着他，直至散尽所有的金首饰。东西都到了谁的手里，他一笔糊涂账，但谁拿了多少，谁没拿到，亲戚间心知肚明。那场景类似于超市搞活动发放廉价纪念品，见者有份。再多的首饰，终不抵汹涌而来的亲亲眷眷，于是他掏出一沓"台币"，最后连村里看热闹的邻居，也有不少人拿到了一百，两百。台币并不流通市面，但他们知道也是钱，而且可以算外汇。

他几次提起他的妻子以及丈母娘，他对这两个女人的印象已十分模糊，只知道那个家在尚湖边，离他娘家水路三十里。姐告诉他，他的丈母娘和妻子早就不在人世，家早就没了，没必要再去寻访，其他兄妹也这么说。父母没挺过三年困难，他没能见上自己父母，这早在他意料之中。他像一朵异乡飘过来的浮萍，没有可供扎根的泥土，甚至没一块可以歇息的水面。

离家前夕，他突然从好心的邻居口中获悉妻子健在，而且他还有一个儿子。他问大姐，大姐不语，后来还是妹妹说了实话。他还没走，姐妹之间为馈赠的多少早就吵翻，大姐近水楼台，更受众人指责。此时千金散尽，他口袋里只有一张回程的机票。

他本姓陈，入赘陆家后，改姓陆。他在陆家生活不到三个月，但此后几十年，竟一直没将姓改过来。他托第二批返乡的同乡到尚湖边打听。得知那年年底，他妻子曾生下一个男孩。他失踪后，丈母娘与妻子曾多次到他娘家去打探。几年后，妻子又招了个男人。

从时间推算，男孩无疑是他儿子，一番激动后，他觉得还是要核实。他怕上当。他去信要求我表哥寄一张两寸近照，还有我表姑年轻时的照片。看到照片，他老泪纵横。

入夜，儿子与他同床而眠。他陈述着兄弟姐妹的种种作为，声声叹息中，盛满心底里发出的痛。

他的生活似乎不愿多说，表哥猜想他在那边也成立了家庭。几十年来，表哥的身份一直是遗腹子，对于突然冒出来的亲生父亲，在相当长的时间里如梦幻一般。但父亲给他的钱很实在，他就用这笔钱轻轻松松给两个儿子造了楼房。表哥对父亲说，留点钱防老，不要都用光了。老人说，权当给孙子的，我一世亏欠你们啊。

我随手翻看他的家信，表哥保存着每一封来信，三十多个信封，他按时间顺序排在抽屉里。信都不长，一色工整的繁体字，竖式行款。他的称呼与落款只用姓名，没有"吾儿"之类的词语，内容不甚热烈，但每封信中都有寄上多少元之类的话。

我细细地察看信封的邮戳，其中绝大部分都在前三年，后来间隔期越来越长，最后两封竟相隔两年。

忙完一天后，表哥跟我谈起亲生父亲身后的一些事。

他当了五年小兵，退伍后在一家工厂做工。他没文化没技术，人也老实，就干些杂活。他有过一次短暂的婚姻，一个病怏怏的寡妇，没有生育，寡妇死后，他没有再娶。他生活于台湾的底层，幸好当局每年给老兵一些补助，养老院承载了他的晚年直至他离开这个世界。

这些，也是表哥后来才知道的。他几年没了音讯，表哥猜想他一定遇到不测。后来，一个回大陆探亲的同乡带回他的一些遗物，包括他与家人来往的所有信件，还有一些照片。

我问表哥可知他的陵墓在哪，表哥说，只知道在台中的一个公墓，那是许多去台的老兵最后的归宿。表哥不知道，他所有的信件都是找人代笔的。

那位同乡垂垂老矣，回去不久也过世了。老人跟我表哥谈起他的时候，忍不住抹泪，说他的凄凉，说他那几年倾尽所有的积蓄，还向同乡借过钱。

表哥也抹泪。表哥去信无非就是拉拉家常，就像孩子吃晚饭时喜欢对父母絮絮叨叨，比如，老屋修补，女儿出嫁，两个儿子娶亲，母亲过世，偶尔会谈起经济的拮据。表哥对我毫不否认潜意识中流露的求助。老人来信说体力不济，无以成行，寄点钱聊表心意。事实上，他要节省路费，将有限的积蓄与养老金统统留给自己唯一的儿子。

表哥自责得要命，说自己简直不像个人。他榨干了父亲最后一滴油水，而自己除了叫过几声父亲，却没尽过丝毫的孝心。但父亲为什么从未流露过片言只语呢。表哥不明白。

逝者已矣，我无论如何到不了他的精神世界。从走上军船的瞬间，他就被迫从故乡的泥土里连根拔起。或许几十年来，他一直以梦境聊解思乡的愁绪，几十年后，当故乡这个词语从梦境中走来，如特写镜头推向他眼前的时候，家已经不复存在，没了家的故乡还能叫故乡吗？亲情里糅杂了过多的苦涩，他宁可孑然一身走向生命的尽头，他的灵魂注定要在异乡漂泊。

敬 酒

客套，起立，碰杯，喝酒，落座……其间的频度与力度呈进行性的愈演愈烈，最后在某一时刻戛然而至，如庭审大法官一声法槌，主人或主客起身，移步，把告辞的环节从包厢延续到门口，直至停车场。酒桌上几个小时，大抵在如此这般的循环中耗过。

宾主落座，主人挨个介绍宾客陪客身份，如果彼此都熟识，这环节就免了。酒宴在主人提议声中开席。主人以杯底轻叩桌面，说，一起干了第一杯酒吧！全体起立，主人挨个与人碰杯，美其名曰"通敬"，红酒黄酒或是小杯的白酒，第一杯都要见底的。每个人依自己的喜好和酒量选择酒类，此时都神清气爽，没人敢含糊。

主人从主客开始单独敬酒，敬酒诚意，吃酒随意。做东的须眼观六路，招呼客人，带头喝酒，调节气氛，还得时刻留意上菜进度。对主客怠慢不得，东家得拿出姿态，对其他客人稍稍马虎些，倒得不满喝得不尽，都可体谅，否则一轮下来，主人先趴下，后续节目就乱了。也有主人自仗酒力过硬，心情愉悦，自加压力也未尝不是乐事。其间，主人稍许放慢些频度，夹几口菜。陪客帮衬一番，给主人留出喘息的机会。

第二轮该是回敬，主客从东家开始逐一回敬。经过多年的陶冶洗礼，能不时被人拥为主客的人，大多是酒桌上的佼佼者。天生有副酒肚肠的，如鱼得水，英雄有用武之地，天资欠缺的，也能后天发力，操练出金刚不坏之身。

两轮过后，进入互敬的无序状态。席间众客早搓手抬脚按捺不住，开席时的收敛与谨慎让他们心里憋了一口气，此时再不放开手脚，更待何时。酒桌是快速熟络的最佳所在，熟识的半生的陌生的，几个回合下来，彼此酒量就藏不住了。客人们走下座位，或三五个凑在一起，或捉对厮杀。能坚持到最后的总是海量，起初齐进平行的分配方式因酒力的分层而打破。配角上场，主角反倒悠闲，宾主凑在一起咬着耳朵亲热，众客的敬酒只须微微沾一下嘴唇敷衍，没有人会提过高的要求。

短暂的无序和失控只是席间的插曲，宾主的提议让众客们归位。主人变换着各种方式敬酒，如按酒类，按性别，按年龄、职业、姓氏、出生地、子女的性别……都能成为分类标准，目的只有一个：喝得开心。

去部队喝酒就完全是另外回事。我校有个共建单位，如今因众所周知的原因，往来渐稀，前几年互访比较频繁。知彼知己这个词汇，从战事延伸到待客。他们预先必作细致了解核实，安排对等的人数作陪。最高首长陪同我们带队领导，其他首长与我们一一间隔而坐，他们自有一套严密的组织纪律，从落座开始便认准各自陪同对象，绝不越界闹腾。偶为军营座上宾的小知识分子，既有受宠若惊的虚荣，又有如临深渊的惶恐。

一色的白酒，斟满一两半的高脚杯，首长起立提议：先走一个！乒乒乓乓，大家酒杯见底，服务的兵士马上很殷勤地给各位续满酒。接着，马上进入对抗格局。这种方式类似团体赛，但只有一轮对抗，没有交叉赛。主客间是搭档也是对手，军人笑靥里的热情豪放不乏步步紧逼的威势，他们在关心对手的同时，也密切关注其他搭档的进程，互相通报，互相监督，力求步调一致。军官们以年轻力壮的本钱与久经沙场的历练，对付我们老弱病残乌合之众。往往还在兴头时，我们就稀里哗啦，溃不成军。军人的群体能力与个体能力都很过硬，几年间，我们轮流派出重量级的人物，皆铩羽而归。或有把对手放倒的，那只是个案。

酒桌是社会形态的浓缩，等级与关系，秉性与习俗，能力与心智，都浓缩在方寸之地。泗洪给我的印象也很深刻，那里有一所我们支教的学校。我们每次去一车五人，陪客有两三桌，都是学校领导和上公开课的老师。起初上我们主桌作陪的也是五人，苏北人豪爽，拿了小盅子一敬就是四杯，一对一点着名轮番敬我们，也就是说，一轮下来，他们每人二十杯，我们也是二十杯。没动一筷菜，酒先灌了不少。心想这下该落座好好吃菜了，孰料，那五个人一齐起身，另一桌换了一拨人过来敬酒，同样的标准，同样的势头。酒盅如牛眼大，容不了三钱酒，细水长流，但几十杯累加起来破坏力不可小觑。他们去一拨来一拨，喝到最后，除了我们五人，他们都不在起始的桌位上。我们派代表去还敬，他们对扫堂腿式的敷衍不依不饶，偏要按着他们的规矩来。

虚挺的豪爽终究抵不住他们的人海战术。晕晕乎乎间我发现，酒盅不是透明的，斟得不太满，喝得不尽也没人会觉察，几十杯下来少喝好多。这个细节的发现让我开始留意对方，发现他们就是这样糊弄的。我傻傻苦苦地支撑大半天，潜意识里构建了几十年的苏北概念突然间就颠覆了。他们来常熟作客时，我们不设小杯，都是清一色半斤玻璃杯，反复申明入乡随俗。泗洪客人愣愣地瞅着酒杯，一脸忧色。暗忖，苏北人也不过如此。

我的酒友中不乏高手，也有一些好两口却上不得桌面的，俚语谓酒苍蝇。每次上桌，便急不可耐把杯中满上，生怕少喝。真要他挺身而出的关键时刻，蔫了。一次出去时同伴再三关照，务必悠着点留些余地，待同伴招架不住时也好助一臂之力，让主力队员喘口气。一到场子里，酒香一熏，早把同伴苦口婆心的叮咛忘个干净，只顾闷头痛快，待要他们上场，面露醉色难色。慑于同伴的软硬夹攻，他硬着头皮起身相助，可惜瞄不准目标，乱撞乱碰，惹得多人围攻，反而要靠同伴解围。可叹的是，这位爷偷偷把杯里的酒泼给同伴。接近警戒线的时候，哪怕半杯一口，就会出洋相。同伴苦不堪言，却拿他奈何，他早东倒西歪了。

在隆重的场合，红酒黄酒啤酒都不太上桌面。不喝白酒，杯子再大，杯数再多，算不得豪杰。有一种敬酒只经历过一次，就足够让我心悸一辈子了。这种方式借用足球用语——罚点球。

某日，头儿带着我们十几个浩浩荡荡赴兄弟单位访问，中国特色的学习切磋，自然会由会议桌延伸到酒桌。对方是一同级单位，安排了职位对等，人数相当的宴请，隆重而热烈。桌位的安排都是由办公室与后勤部门预先敲定的。宾主各自理出五人凑成一桌，美其名曰种子选手。能入这桌的，不是领导信赖的干将，就是号称公斤级的酒仙。喝着侃着，领导说，今天咱们玩个花样喝酒——罚点球，规矩是每一轮双方各出一名代表对决，分五轮，第一轮每人一杯，第二轮每人两杯……以此类推。如何决定先后次序呢？酒桌上没有骰子，拨动调羹在空碟子里旋转，以调羹柄的指向决定本轮选手，类似于孩子玩击鼓传花，如果他已经轮到，则重新转调羹。酒杯是二两半的高脚杯，一杯两杯不在话下，三杯已勉为其难，一下子喝四五杯，勇气堪比车臣黑寡妇的自杀性袭击。在下不够资格，被安排在作壁上观的闲桌，做一位忠实的拉拉队员。被领导点将的选手，情状绝不亚于风萧萧兮易水寒的壮士，从他们苦恼人的微笑中不难体味。人为刀俎，我为鱼肉，每个人默默祈祷着，早上早了早解脱。

一轮两轮三轮……还算顺利。掌声与鼓噪迎来第四对选手登场，服务员用餐盘给他们每人送上四满杯。选手隔着桌子虎视着对方，同时缓缓举起杯子，一杯，两杯，第三杯远没开始时的酣畅，我们这边的选手把杯子斜靠在嘴唇边，似在用意念调整呼吸，不见喉结耸动，也不见杯脚往上抬，喝完这杯，他抿嘴蹙眉。第四杯更艰难，双方被允许往肚子里填些菜，而且可以分几口喝。这哪里是拼酒，简直是拼命。最后一轮是前四轮空缺的当然选手，毫无惧色，想必作好了种种准备。此时，场子里静默得怪异，领导也担心着前去抚慰，大致意思是不行就算了。出师未捷身先死？搁不下面子，自己的，团队的，领导的。他们最终把那些酒灌进肚子，但见我们这位，脸色由白而红，由红变白，如一滩烂泥滑倒在桌底下。对方那位，以百米冲刺的速度，直扑卫生间……所幸，没喝出事。

偶入花样百出的酒席，也算开了眼，但仅限于偶然。周末节假日，邀三五好友，炒炒地皮，掼掼蛋。点几个家常菜，抿几口小酒。你可以闷头自斟自饮，可以咋呼得热热闹闹，可以浅尝辄止，可以一醉方休。一句话，由着自己的心性，何乐而不为。

打 的

随着一阵尖利的刹车声,路对面一辆出租划过一道不太圆整的弧线,斜靠到我身边,车窗摇下一条缝。我对着窗缝说,练塘。车里说,六十。声音硬邦邦。我说的是地地道道的方言,应答也是出乎意料的本地话。开夜车的多是外地人,本地车主都开白天,晚上租给别人,捞个租金,人歇车不歇。我在这条大街上由北向南走了二十多分钟,一路上也曾拦过三辆车子,都没坐成。等车的最佳位置在岔路口或是隔离栏的豁口,晚间走人行道司机是发现不了的,我在机动车道边走边张望。两公里,对汽车而言只是一脚油门的事,对车资构不成影响。我本来有散步的习惯,一举两得,好歹也缩短些车程。

便宜点?我把头凑到窗缝。五十,上来吧!司机爽快,我不好意思还价。好久没打车了,不懂行情。第一辆开价六十,我说应该打表的,他不接话茬扬长而去。第二辆待我拉门进去,同样要价六十,我试图杀价,他说走乡下不合算,不一定有回城客,如今油价贵,还请照顾。我说不怕举报吗?他说我把举报电话给你?一脸鄙夷。第三辆停下时,我发现后座有人。就当抽包烟吧,我认了。

刚坐稳,司机递过来一支烟。我说能抽吗?他说没事。他架在方向盘上的左手夹着半支烟，凑嘴边吸一口，顺势往窗缝一送，借风力拂去烟灰。一支烟，自然打开话题，司机和乘客一下拉近距离。司机说，每夜开车到凌晨，就靠这玩意提神。我说一晚上吞吐量多少？他嘿嘿笑，说起码两包。说话间，我瞟了他一眼：四十多岁，挺老实的一张脸。司机都能聊，拐来拐去说到油价，内容与刚才那位差不多，口气略显平和。我说，现在出租车都油改气了，你们一天下来可节省不少呢。他倒有牢骚了，说加气点太少，一等个把小时，至少损失三个起步价。

  吃红灯了，按出租司机的技术，这盏绿灯能过去的。俩女子过来，拉车门，司机问，去哪里？女子说，有人呢，不是空车吗？我这才注意到空车灯没按下，司机随时准备带客。俩女子一个高挑一个小巧，高个子手里攥着烟头，都很年轻，看穿着打扮像是那种女子。司机又问，究竟到哪里？女子说，皇朝。司机说顺路，只管上来。女子略微犹豫了几秒，抬头扫视一番，大概见不到空车，丢了烟头坐进来，随关门声卷进一阵刺鼻的香水味。司机急打方向，穿过两条直道斜插过去，顶在一辆左转的车尾。绿灯亮起，出租车乘机钻入车道，后面车子被迫让行。

  女子上车后，叽叽喳喳没消停过。她们不是一个地方来的，老乡间交流通常不说普通话。她们普通话里的方言味不一样，说得专业点就是语音缺陷不同。一个女孩声音尖细，像猫叫。另一个像大舌头，说话时舌尖抵着牙，口音含混。似乎在讲，这边等了好久没接上活，那边王朝夜总会今天特旺，邀请她们去救场子。她们的片言只语，证实了我的第一感觉。大舌头说，有两个小姐妹连续好几天"白板"了，吃要钱，住要钱，打的要钱，还不如以前歌厅里每天都有进账。猫说，切，歌厅？歌厅一月能挣几个，唱歌的最小气，都不给小费！两人安静了片刻，好像在低头玩手机。我用余光一扫司机，他昂首紧盯前方，对身后的谈话毫无兴趣。大舌头又嘀咕了，说是她的同事得了一部新手机，苹果5s，四千多呢，哎，你猜谁送的？唷，那么大方！一声猫叫，她懒得费神去猜。大舌头告诉她，是看场子的保安，前天为那女子过生日，苹果手机是送女子的生日礼物，那小子成心要和她恋爱的。两人窃笑，旁若无人地放肆大笑，似在奚落保安。大舌头说那女子只是跟他玩玩，既然不肯谈恋爱，怎么好意思拿人家那么贵重的东西。她倒是有些仗义，难得。

两人下车后，我对司机说，拐了那么个大弯，不能再搭客了。其实俩女子上来前，我本想阻止，被一支烟收买的嘴巴张了张，终于咽下嘴边的话。司机轻描淡写哦了声，随即跟我侃起那个痴情的保安，我以为他只顾着开车，原来也竖着耳朵，眼观六路耳听八方。那小子脑子进水了，才挣几个钱，出手怎大方。他摇头叹息。我说，也许真是纯洁的爱情呢。他说，你幽默，她们这种人还爱情？我没看他的脸，感觉他在撇嘴。四千元意味着保安两个月不吃不喝，他出手够大方的，而且追求那样一个女子，勇气可嘉。同时也有些悲哀，凤凰择良木而栖，他不是良木，她和她的群体也非凤凰，只是吃青春饭的候鸟而已。鸳鸯蝴蝶作品的浪漫，不知害了多少人。

路上车辆稀少，交会的汽车都打着刺眼的远光灯，懒得变换远光近光。司机骂骂咧咧，也拿远光顶。外国人都赞叹我们同胞的车技，规规矩矩开车的寸步难行。又一辆车子迎面飞闪过来，贼蓝的强光把路面照得如同白昼，盖住出租车暗淡的灯光，让人瞬间雪盲一般。赤佬，寻死！老婆要嫁人的！司机语调不高，骂得咬牙切齿，骂得恶恶毒毒。一天到晚路上跑，好脾气也变坏脾气。在下缺乏足够的耐心，每有堵车就来个惊险表演，老婆说你这辈子不开出租屈才了。不管假损还是真夸，她一鼓噪我更得瑟，最后瞟我的眼神都不对，没一点眼黑了。大言不惭，我还是心里发虚，加倍小心。这位仁兄，表演得炉火纯青，左拐，抄近路；吃红灯，拐人行道。有一处干脆直冲过去，我替他紧张，提醒道闯红灯了。他说没事，这个红灯不拍照，停车线两侧没画方块，也就是说没有反应区。他补充道，真吃个红灯，两百大洋，一晚上白干还不够。

出租车一路吱嘎，就像一匹被皮鞭驱赶的老马，周身松动的关节随时有可能突然散架。司机习惯了这种开车方式，猛拐，猛刹车，猛加油门，没有一个温柔的动作。我说慢点好了，他说你喝了酒放心眯一会吧。像在游乐园坐过山车，我还能眯？司机见我不接茬，开启内部电台，电台比 QQ 群噪杂，你一句我一句，说的都是些废话，不外乎互问生意，说哪条路不好走，哪里发生车祸。好像有人在招呼他，司机捏着话筒跟被他称作小狗的司机聊上了：小狗说刚刚跟你擦身而过，就跑了两趟乡下，回来都放空趟。这位说两百进账了，今天早些收工。

车到行灶桥，追上一辆同颜色的出租车，那边司机招呼停车，两车并排停在路中央。司机走过来，简短交谈几句，接过里边递出的钱，回身塞进一个拉杆箱。一位学生模样的姑娘磨蹭着从车里出来，对眼下的交易不太明白，在询问那个司机，最终听任摆布钻进来。司机问姑娘在哪里下，姑娘说了一个地名，司机说里边村道不好走，进去要加钱。姑娘给家里拨电话，她大学放寒假，让父亲在某个路口等，乘机发泄对出租车的不满。司机对姑娘说，他两三公里要了我二十，我十公里也拿你二十，加十块钱送你进去。我忍不住插话，师傅，你也差不多了，人家还是学生。他说，好好好，就当做一回雷锋。

过检查站时，远远看见路障把车道拦得迷宫似的，司机忙按下空车灯。辅警拦下出租车问去哪里，我说回练塘，一听口音，辅警挥手放行。车启动后，我对司机说，你路上尽管带客啊，只要坐得下，我没意见。司机冲我一笑，又递过一支烟。我说认真开你的车，你也别抽了。

最怕去市里吃请，开车不能喝酒，像根木头干坐两三个小时，看一桌人乒乒乓乓吆五六喝，我比吃官司还难受。吃一次欠一回人情，不喝酒就亏大了。我今天老老实实乘公交，投两枚硬币，然后骑公共自行车到酒店。出来时，一桌人鸟兽散，酒桌上拍胸脯派车送我的那个人，不知开溜到哪块夜幕里。酒友们常说，感情是金钱买不到的。我严重认同。老婆有时跟我语重心长，五十元钱，能一家子吃香喝辣其乐融融。我傻吗？我对老婆说，我不是不会算账。

酒 客

一

A君善饮。酒量好,酒胆更好。他自语总要吃到"齐颈颈",业内人士曰,吃醉他不算本事,不吃醉他才算本事。

A君在招商城做自销,平日租住元和。一年清明节,老家亲戚带信他回去吃晚饭。亲戚忧其失控,反复叮嘱他带老婆孩子。那时还没有摩托车,一家人骑着两辆自行车,欣然赴约。

主家办"新清明",已逝者九十开外,故席间了无悲切,气氛蛮轻松。A君得赶回城里,近一小时的车程呢,主家早早就招呼开席。A君一边豪饮,一边闲扯商场见闻,渐渐成为酒桌上的中心人物。不知不觉中,七八两烧酒落肚。老婆催促好几回,他仍无"裁杯"的意思。一桌人,从太阳落山喝到掌灯,喝到路远的亲眷告辞。老婆实在撑不住了,她还牵挂着工场,他们刚进了一批布,遇上盗贼,一年白吃辛苦。临走,她把女儿留下,黑灯瞎火,老公一个人赶夜路,她不放心。

老婆走后,A君喝兴更浓。席间一客也非等闲,仗着路近,不断挑起战火。A君道，东风吹，战鼓擂，上得桌面谁怕谁！手臂一抒，又满上一杯。女儿轻轻拉住他的衣角，但不敢劝阻，本家也不能。乡下人淳朴，朴实得往往缺乏理性。

　　主客告辞的时候，已是月明星稀。A君踉跄着，已扶不稳车把。主家有些担心，再三关照A君，路上慢点，千万要照应好女儿，A君僵着舌头应承。主家又吩咐他女儿，搂住爸爸的腰，不要打瞌睡，路上陪爸爸说说话啊。

　　A君拐上马路，借着酒劲，把车蹬得飞快。乡镇公路都是泥石路，中间坑坑洼洼，靠边的地方稍微平整些。没有路灯，月朦胧，路朦胧，一颠一簸，行到一处高桥，下去有一长长的陡坡，A君没注意减速，只觉猛的一震，几乎摔倒，车子连续写了几个"S"，总算稳住。

　　与锡虞路连接处是个硬弯。A君暗叫"乃么好哉"，连人带车摔倒在麦田里。A君欲将起身，无奈酒劲发作，浑身软耷耷的，他觉得厚厚的麦禾，蛮舒服，似乎也不比被窝差，最终他沉沉地睡去。

　　不知是被夜露冻醒，还是被自行车压得不舒服，下半夜他终于醒来。"女儿呢？女儿呢！"他突然觉得身边少了一件东西，一个激灵，残酒都化作冷汗了。他坐起身，吃力地回忆着，大凡喝高者都有失忆的体验。

　　A君赶到亲戚家，门擂得山响。亲戚说，不是你带着吗？他又赶到住地，老婆比他更急。女儿弄丢了，我跟你拼命！老婆呼天抢地。那时通讯很不方便，他又赶回家，发动亲戚沿路寻找。几个来回，天已大亮。

　　一家人急得无法形容。

　　接近中午时，老家传来消息，说他女儿在城南派出所。

　　原来，小姑娘在那陡坡处跌了下去。她开始还搂着父亲，后来有些困了，松了手。后座少了个人，那酒鬼也没有觉得。女儿摔出去后,坐在地上大声呼喊,他也没有听见,自顾骑行了三四里,直到滚在麦田里。女儿哭过一阵,爬起来,沿公路前行。如果她走过那块麦田时发现了父亲,就不会有如许的波折。深更半夜,一个小姑娘独自赶夜路,又累又怕。走过主泾桥,再也没有前进的勇气,她见到路旁不远处有个工地,吊着很亮的一个大电灯,那是农户在造新房。于是,她向着这光明的所在走去,小姑娘才八岁,她还不懂得"求助"这个词语,但潜意识中,她觉得亮的地方比暗的地方要安全。

……

此后,A君学乖了不少。

二

B君,细眉团脸,一碰酒杯,更是眯眯笑,整个一老顽童。

B君有一份体面的工作,但拖大带小,生活尚显拮据。低乡盛行做瓦坯,他的业余时间都交给坯塘了。从开春一直到冰冻,劳筋累骨,没完没了。"何以解忧?唯有杜康。"他哑巴着,还摇头晃脑吟诵两句。

老婆乃十足的农村妇女,干活的好把式。虽不识字,却有张利嘴。她奚落丈夫"上车扶不上,下车扶不上",B君一般让着她,忍无可忍时,也会顶撞几句,我天生就不是摸铁耙的,再唠叨,吃酒去了!

老婆心疼那几个钱,尽管他喝的劣质酒。一瓶烧酒,几十张瓦坯白做了,她会算计。这东西,又不好吃,又不长肉,天晓得!

B君酒瘾愈发厉害。年轻时只吃一顿,到后来起床就想喝。日复一日,白脸变成猪肝色,乡下人谓之"酒痨"。老婆不得不给他限量,规定他一天不超一瓶。并亲自采购,一捆"高沟"十瓶,吃十天，吃完再买。他能糊弄则糊弄，将日子搞乱，老婆发现他多吃多占，在日历上做好记号。他又瞄上了做菜的料酒，烧菜时一个不留神，半袋黄酒就"咕嘟"下肚。老婆想想不对啊，灶前烧火时多长了只眼睛，终于抓他个现行。

办法总比困难多。老婆管得再紧，B君总能创造一些机会。他口袋里有活络钱，下班时拐进小店，路上一手扶着车把，一手捏着黄酒袋子往嘴里送，他咬开袋子，无须菜肴佐酒，须臾，两个袋子就瘪了。

某个冬日，B君去朋友家吃晚饭。下酒菜无所谓，花生米，炒蛋，咸肉，白菜之类的家常菜，朋友好酒亦好客，特地邀上两位"酒搭子"。所谓酒逢知己千杯少，吃到半夜仍无散伙的意思。主人不好意思催起身，何况这些人聚在一起也难得。主妇热心肠，看他们菜冻了，就去锅里热一下。冬夜寒气重，菜热了凉，凉了热，几个回合下来，有些焦糊味了，桌上也只剩下一些汤汤水水。B君这才起身告辞。

此时已是后半夜，月色下满地的寒霜散发出萧飒之气。枯草上的霜花让人脚底打滑，没出半条田埂，B君就栽倒在麦田里。看来今天回不去了，同行的也很无奈。这样吧，不如打道回府，接着吃。B君的建议得到热烈的响应。

主家动灶升火，掀瓮摸罂，把家里的存货通通掏出来，连平日吃粥用的乳腐咸萝卜也搭上了。

这次，着实吃了个通宵。

人生有这样经历的不多，几十年后，B君仍津津乐道。

如今，B君身患多种慢性病，按医生的话，任何一种病都是进行性的，但不会一下子要了他的命。B君道，既然如此，也不会一下子戒酒的。老婆拿他没辙，让孩子们劝他。孩子都不在身边，只得关照母亲严加防范。

老婆把酒都锁起来，每天晚饭时只让他喝一碗黄酒。靠施舍总不是滋味，一天到晚赶小店也不大便当，他觉得"深挖洞，广积粮"，备战备荒是根本。有一个阶段，老婆发现他安分守己，却频繁的上茅坑。问他么，他说自己老了，"水龙头"不好了。不久茅房里的猫腻又被老婆觉察。怪不得还是酒气冲天，老婆骂着，老不出息，要酒还是要命？

B君与老婆玩起迷藏，他觉得场角柴垛最合适藏酒。每回烧饭，抢着出去抱柴禾，因为要避开监督，他专往一个死角去。柴垛要匀着耗的，不久，那地方成了一个大窟窿，一个大风天，柴垛坍塌了。

他的仓库最终露陷，老婆恨得直摇头，干脆不再理会他。他说，醉死的总比馋死的好，人家死后坟头长茅柴，我的坟头长人参。老婆撇撇嘴，干脆长冬虫夏草吧，子孙得不到你啥好处，"归一苑"里省半锹煤，你像咱窑厂上的机制坯，身体里面早有"内燃"。

B君一脸的得意。

三

C君的身世有些复杂。他祖上很殷实，到他父辈时家道中落，他还不懂事的时候，就没了母亲。壮年丧妻，他父亲一蹶不振，沉湎于喝酒抽大烟，俗语云"斗大的金子吃二年半"，哪禁得起这般折腾，等父亲再想续弦，已无能为力。仗着识文断字，父亲在一个私塾学校做先生，勉强度日。

私塾没有繁重的教学任务，父亲顺带教儿女读书识字，写毛笔字，也教会了他们喝酒。起初，父亲喝酒的时候，用筷头蘸些酒送到子女的口中，姐弟俩辣得皱眉，父亲哈哈大笑，聊作天伦之乐。再后来，姐弟俩除了觊觎碟子里那点可怜的菜肴，竟嚷嚷着也要吃酒，C君和他姐都得到了父亲的真传。

有的人喝酒要靠菜"骗"下去，C君嗤之以鼻。他吃酒乃是真功夫，一开酒，一个鸡爪足矣。困难时期，半分钱一个"棉籽饼"也能对付一开小酒。他喝酒很有架子，说绅士风度亦不为过。他坐得笔挺，左手端放膝盖，从不撑在桌子上或者托着下巴。右手端起酒杯，轻轻抿上一口，轻轻放下，他的筷子也永远放得很齐整。甭说，他吃酒是一种享受，看他吃酒同样享受。一个鸡爪吱吱咋咋，吃到最后，咋咋手指，还能对付二两烧酒。他从大拇指开始咋，再咋食指，然后中指。再喝口酒，咋中指、食指、拇指。人家问他？手指上能吃出啥味道？他一本正经地说，阿是不晓得我的手指几乎（多么）鲜鲜？

C君有过一次短暂的婚姻。他一个白面书生的模样，中看不中用，农活不地道，赚钱没道道，花钱没打算。一家人宿在两间破屋里，村上好多人家都翻建新瓦房了，就他家看着寒酸。老婆最终受不了这份贫穷，更受不了这种没盼头的日子，离了他，远嫁东乡，还带走了唯一的女儿。他不是光棍也非鳏夫，最终却成了单身汉。这种一人吃饱全家不饿的日子，逍遥自在，也造就了他几十年如一日的家徒四壁，到后来，四壁也没了。

那是在他一场大病后。他估计不久于人世，便将两间破屋作价，他要趁还有口气，享尽身前的财产。买主邻居，看中的是这块地，只待C君咽气，重新翻建，权当"落脚屋"。邻居鬼精，怕死活无对证，立了字据。C君从鬼门关转了一圈，撑过来了。预付的钱治病吃药，酒也没断过。上山容易下山难，C君人穷志不穷，不好意思继续住下去，自顾搬到生产队的仓库里。仓库以前是集体的财产，分田后一直闲置着，因无人管理，墙塌顶漏，猫盘鼠踞，躺着看见天上的星星，坐着看见河里的航船，但好歹有个栖身之所。

C君不大吹，但他有两句台词很经典。"年龄就是我的酒龄"，"我这一生的酒十吨头船装不下"。前句无疑，后句有人细算，还真不是大话。每逢村上红白喜事，C君帮得很勤，烧火泡水，端台抹凳，因而家家必请他。就是不去帮忙，村民也念他可怜，不会漏掉他。一上酒桌，C君颇有些个性。他喜欢自斟自饮，人家给他倒酒，他面孔一板，我自己有手，谁让你们多手？同桌吃完退席时，总会招呼，慢慢吃啊。他更不乐意，明明我吃得慢，你这不是催我么？窘得人家下不了台。邻里识相，就由着他。只是难了本家，他一人拖延，这一桌就不撤，连累下一席。久而久之，大家摸透他的脾性，安排他在偏屋，或好说歹说，让他移到下一席继续吃。

C君没有正当的工作，靠平日捕鱼捉蛙。他眼睛不好，六十过后已无力自供。村里给他申请了"五保户"。按理说，他有子女，没有资格享受"五保"，但女儿打小跟娘走后，杳无音信。既说，他女儿成年后曾回来找过他，村人想从他嘴里得到证实，C君苦笑不答。

村里想送他去镇上的敬老院，C君犟着不依。书记问他，那里有几十个伴，一日三餐有保障，不是蛮好吗？他说不自由，关键是没酒喝。

别看老C瘦得只剩一副骨架，他没病没恙，80岁寿终正寝。也不知是谁发现的，说老头几天没吃没喝，估计要老熟了。书记带人前去探望，没带滋补品，就提了两瓶酒。老C吃力地睁开眼睛，浑浊的双眼紧紧盯着酒瓶，轻声道，谢谢书记，只有你想得着，想得出。

书记再次探望他的时候，老C已近弥留。眼前无儿无女，他一个姐姐也早已不在人世。书记对旁人说，也算一世人生，临走让他交待几句。大家呼唤老C，他嘴唇紧闭，毫无反应。书记拿来酒瓶，用棉球蘸了些酒擦擦他的嘴唇，老C嗓子眼里一声"咕噜"，书记捏了棉球挤出几滴，滴在他两唇间，老C竟咕哝了几句。

他说的什么，没人能听清。

掼 蛋

请客不掼蛋，等于没请饭。这句顺口溜挂到常熟人嘴边时，掼蛋也流行到常熟。

朋友自淮安回家省亲，狐朋到"山湾里"为他接风。饭前，我们照例拿出三副扑克炒地皮。朋友道，你们还玩这个？我说不玩这个玩什么？掼蛋啊！他一脸不屑乃至鄙夷的神情逗得我们面面相觑。掼蛋？他说只要两副牌，转而吩咐我们将堆乱的牌清出一副。朋友叫道，请客不掼蛋，等于没请饭。什么逻辑？他嘿嘿笑着，说掼蛋是他们那儿两个闲着没事的女人发明的。随后开始讲解掼蛋的规则，并当起师父。还别说，我对发明者心存敬意。

哥几个不笨，几轮下来摸准了路数，就差些熟练。与师父合作的那位，因为有师父搭档而喜不自禁，几次出错了，师父又是语重心长，又是横挑鼻子竖挑眼，那位开始还唯唯诺诺，受责多了便有些不悦。还不如我们两位，互相不嫌不弃，渐入佳境。那位与师父开始窝里斗，一个青筋暴涨，一个把一头顺发抹得像鸡窝。他大声叫道，枉为师父，还是从掼蛋圣地过来的呢，不过如此，不过如此啊！

去年夏天，我随另一帮朋友陪市里几个"有关部门"到尚湖休闲。好山好水外加一杯好茶,就是没有好"搭子"。市里的早和官场接轨,小儿科式的炒地皮同样嗤之以鼻,他们摆开阵势寻找掼蛋的对手,可这帮朋友大眼瞪小眼,说听说过没见过,更无实战经历。朋友问我会不会?我说会一点。就山湾里玩过一次,还不太熟练。正咋呼呢,隔桌一位嗑瓜子的游客主动过来,与我搭手。领导就是领导,既有大局观念又有精细化的执行力,他俩配合得滴水不漏。我俩在糊里糊涂间被杀个片甲不留。第二局时,上家一个不慎送了我一把"顺子",形势开始逆转。他俩吃了个"双下",都得"上贡",忍不住互相埋怨。掼蛋讲究心有灵犀互相揣摩,一有怨气,彼此的灵犀就没了,牌的组合效能得不到最大限度发挥。阵脚一乱,他俩最终败下阵来。

　　老话叫"四赌八看",一大帮人围着我们四个,气氛有些白热化。看客大多不愿作壁上观闲着,刚会点皮毛,就插嘴帮衬。执牌的万万不可盲从这份热心,你以为他看了两家牌就找准了别人的弱点,一个耳软听从他,孰料,人家还有一手,牌的组合是多变的,掼蛋的魅力就在此,有人总结掼蛋好比玩变形金刚,生动贴切。等发现得不偿失,大势已去,懊悔不已,又不能责备那份热心,只好打碎了牙自己咽下去。你怪人家多嘴,对家反而奚落你,对手更会大加调戏。君子观牌不语,那是绝对做不到的。厌烦了看客,就怂恿他们也去开一桌。没了干扰,方能静心敛气,步步为营。

　　第三局呈拉锯式的互进。对手牌势一直比我们强,更是稳扎稳打,压得我们喘不过气来。命不该绝,他们先到 A 时,遭到我们"抗贡"。单张的优势,令他们损失了几个炸弹。他们组合牌比我们强,我们也只能用炸弹开路。对手一个"同顺"冲刺时,给我六张 2 罩住,他暗叫不妙,脸色有些尴尬。对家几次三番想救他,揣摩着他手中余下的五张牌,他也顾不得风度了,说你只管自己吧,千万别"双下",言外之意救不了了,原来他手中剩一副 2 到 6 的小顺子。掼蛋没有赌注刺激，纯粹的"精神胜利法"。精神是人的面子，是一个男人内心的虚荣。面红耳赤时，总有旁观者劝导，输不掉什么的，何苦呢！他不理解。一副该赢的好牌没处理好输得冤，心里老大不舒服，喝酒没劲，开车时还在反省。打牌好比人生，又不能从头再来。尤其跟高手过招，所谓卵子不可大小。有时我俩明显棋高一着，牌不帮忙那是天意，输了我拿这话自慰，赢了给落败的对手一个台阶。给了脸却得瑟，这两位还不服。我说，麻将地皮斗地主，不就几个玩法的结合么，这叫触类旁通，无需太高的智商。

估计我这不硬不软的话把两位噎着了，他们又不是我的领导，对自己的领导只好打太极。领导有他们固定的圈子，任你牌打得好，格子不够是进不去的。偶尔垫缺打一回短工，也是帮领导间沟通作奉献，牌艺不在打牌本身。有兄弟告诉我，说他领导热衷掼蛋，值班时把有关对象排在同班。领导先选一位仁兄合作，余下的两人搭档。可苦了那位仁兄，起先受宠若惊，转而噤若寒蝉，领导永远没有错的时候，做了领导的出气筒还只能陪笑脸。跟领导做对手也不省心，一直输，领导说你们连牌也打不好，能干好工作吗？赢多了，领导说你们这几个家伙，一直在钻研打牌吧？不务正业！最好的结局是让领导稍微赢一点，他乐意又不太蔑视你。

同学约我十一点到虞城吃饭，一早发来短信要求九点前赶到。路上还一个劲儿来电催促，说三缺一就等你了。进得包厢，三位果然洗好牌端坐于小方桌。连寒暄也免了，同学说先弄一会儿，再吃饭。也算牌逢对手，拉锯了两个多小时，双方都是三次没过A退到原点。冷盘早就上好，其他客人也陆续到齐。女服务员几次探身问，人齐了吗，要不开始了？同学牌兴正酣，答道先开酒瓶倒上酒。面对飘过来的酒香，后来的客人嘴上说不急，却在包厢里徐徐打转。终于弄到十二点才见分晓，掼蛋的余兴一直延续到酒桌，并主导了前半席话题。两人一瓶白酒，牌桌上的搭档继续合作，喝酒，直至敬酒。

常熟不大，喝茶打牌地方有的是。不说老公园新景区，靠山的兴福直至老石洞，作坊式的茶室遍布山里人家。从春到秋有大半年旺季，随便走进哪家，都是人头攒动。一去就是一拨人，两三个坐一起仅喝茶谈天的不多。还没坐停当呢，就有人招呼端茶杯，附带问一句，要扑克吗，几副？这儿扑克价格远远高于商店，很多人自带。树荫、竹园、阳台、凉棚，几十张桌子摆开阵势，宏大的场面让人疑心是否在进行一场团体赛。从苏北到苏南，从高层到基层，掼蛋已转型为群体性的休闲活动，常熟同城游也装备了网上游戏。随着电视掼蛋邀请赛的举办，常熟人更是走出夜郎国，实现了阶段性的飞跃，淮安搭档昆山擂主的绝美配合真让常熟人对高手有了具象的见识。男人玩，女人也玩。女牌手的节奏比男人总慢一拍，男人们攻防不依不饶，速度不敢计较，只能君子一点。否则，女人一撒泼，挨骂是天经地义的。

轮不到上桌的捧着茶杯满场子转悠。不管熟识不熟识，共同的爱好能让彼此找到共同语言。这桌看一会儿，转到那桌去指指戳戳一番，有时他们选择的位置能同时看到几桌人手中的牌，观战的比实战的操心。一副终了，一位在洗牌，其他三位手空着嘴不肯闲着，不忘总结分析。看客适时插几句，头头是道，让人信服。瞅准这空当儿，牌友续点茶水呷一口，点支烟吞吞吐吐，顺手递给看客一支。忽闻中间一桌吵吵嚷嚷，牌友循声探视，细听不是吵架，也在总结得失，只是嗓门大得夸张。"三缺一，哪桌有多余的？"有一桌在招兵买马。我对看客说，你去啊。他笑笑，说他在打擂台，输了才出来转悠的。我说，哦，当不好运动员就当教练。不远处笑声嗤嗤，隔壁桌上的都给我逗乐了。我来！背后一位长发美女蹭蹭蹭跑过去，边跑边大声问道，是掼蛋吗？炒地皮不高兴！

掼蛋与平民法则

牌类游戏源于生活，既是生活的翻版又是生活的补充。因而游戏规则与社会固有的法则不会游离得太远。规则的地域性差异和时段性修缮，又使得游戏呈现丰富多样的魅力，一个地域，麻将、炒地皮、斗地主都有自成体系的玩法。新游戏的诞生，它承载的不仅仅是游戏本身，有文化观念，有不经意间套用的人生理念。

比如掼蛋。

百度一下，就能轻易找到掼蛋详尽的介绍。它由多种游戏综合而成，组牌如斗地主，合作如炒地皮，更有创造性的是，引入了麻将中的百搭。在厌倦了单一古板的某种游戏后，掼蛋的发明，给人眼前一亮的感觉。借用冯巩的一句台词：这年头，玩的就是综合实力。掼蛋的综合实力，首先需要多种游戏经历为基础，之前没玩过基础性的其他游戏，入门不易，精湛更难。反之，几场操练，就能玩转自如。其次，是牌的组合与变化。27张牌，变幻出多种组合形式。牌的组合很有技巧，最大限度发挥自己优势，捉准对手软档。有人说掼蛋是"变形金刚"，很形象的。根据对手牌路，时刻调整组合，万万不可打"死牌"。好比为人，随机应变者左右逢源者，拘泥古板者步履维艰。

掼蛋是一种升级游戏，后一副牌与前一副有着密切联系，就算连续走运，一局也要四五副牌。它有升级限制，不可能如炒地皮一样一把过局，最后必打A，且在过A时垫高门槛，大大增加了过局难度。我们不难从中解读出平民意识。好比一个村子上的几户平民，从同一起跑线白手起家，从事着各类营生，若干年下来，贫富差距慢慢拉开。众人觉得，既然无法共同富裕，那就用规则拖住你、限制你，不让你暴富。掼蛋最残酷的是，三次不过A就要回到原点，即资产清零，这个更符合平民法则。事实上，早些年掘得第一桶金的先驱富豪，至今落魄破产者甚众。人们审视破落富豪的目光里，极少悲悯，更多的是奚落和幸灾乐祸。嫌贫与仇富，乃平民法则中悖逆而兼容的本质。有人断言，掼蛋肯定是平民发明的游戏，此话无从考证也无从驳斥。

牌桌乃人生小舞台，精明的算计，诡谲的掩护，紧张的攻防，人生种种历练都浓缩在小小的四方桌。麻将桌上没有合作，四方互为敌人。斗地主缺乏人道，三方斗一方，完全出于功利的合作体随时被角色的转换而解体，上副牌还是你同盟，几分钟后调转枪口与别人一起对付你。炒地皮两两合作，对象固定，通过底牌的转换增强实力，暗度陈仓算不得光明正大。只有掼蛋的合作，如阳光般明朗。如果我们周围人都假象成敌人，整日勾心斗角，岂不很累。如果合作的效能靠不择手段来实现，世界就混沌一片。解析一下掼蛋的合作，为你为对方架桥铺路，对方为你扫除障碍，此起彼伏，配合互动，最大限度利用对方长处。你拼得弹尽粮绝的时候，对方不会见死不救，最后还"卖"给你一个先手，实现双赢。

我们生活中，雪中送炭者少，锦上添花的多。掼蛋遇到霉运，失利的下家还得将最大的一张牌上贡给上家，贫富差距进一步拉大。尤其吃了"双下"，上下家间单张优势根本无法抗衡。但霉运说不准什么时候来个逆转，比如"抗贡"，只要拿到两个大王。如饱受欺压的农民,一旦夺取了枪杆子,抗租抗息是小事,一个激灵还打土豪分田地呢。不得不承认,抗贡规则中折射的农民情结。农业大国造就农民情结,有压迫就有反抗,农民只有通过造反,实现财产的再分配,从而获得短暂的相对的公平。

该出手时就出手,这句歌词已演化为名言警句。此话的精粹有二:一是怎么出手,二是什么时机出手。掼蛋的出手有两个基本策略:一是压,二是炸。接手压要有大牌,如果荡出闲牌,反而得不偿失,那就炸弹开路,变换牌路。炸弹使用的时机十分讲究,早了浪费,晚了拦不住。炸弹稀少的时候,要学会混,切不可与实力最强劲的一方火并。避实就虚,保存实力,形成"俩吃一",专捏软柿子。出手的狭义理解为路见不平、拔刀相助。在法治社会,个人英雄式的侠肝义胆不再受到膜拜。在经济社会,孙子兵法尚且实用为赚钱策略,出手两字也从狭义向广义延展。

几档电视节目中都有掼蛋擂台赛,同时有高手解析。无可否认,掼蛋是智力、技巧、经验、心理素质等各方面的较量,但似乎忽略了一点:运气。时运不济,神仙无奈。运气是规则之内无可制约的因素,如果游戏中没有运气作祟,它就缺乏了神奇飘忽的魅力。我们在规则的制约下玩掼蛋,彷佛在意识与法则的支配下毫无理由地活着。

跑 片

今天我要跑片的啊。

老王屁股还没坐稳,就打招呼。一大帮人自然将话题集中到跑片上,老王细说下一站何处,对象是谁,什么来由。主人说,不能不去么?朋友耐心解释着,一脸恳切。主人道,好好好,就你忙,言语中少不了埋怨,便招呼开席。

老王自然不是顶顶重要的主客。主客的话,主人一定会早早敲定了时间,他若不空,主人会重新择日候他。他只是众客中的一员,他的缺席或者中途离席对这次宴席构不成实质性影响。他的存在亦非无足重轻,他出席与否,主人也很在意。

瞎想想,每场宴会大同小异,它的韵律像什么?预热、启动、提速、行驶,最后刹车,我忽然为自己有这个比喻沾沾自喜。老王的跑片顿时把这个节奏打乱了。一落座,就开始没完没了地敬酒,主人要把一般宴会的中间环节提前完成。结果,冷菜没碰多少,在座就灌了半肚子的酒,空腹喝酒,弄得我们一上来就晕晕乎乎,他走后,暂时冷落一下酒杯,玩命地填些菜。

光吃酒不行,热菜也没吃到,总有些说不过去。主人扯着嗓子,一个劲催促服员上菜。偌大的饭店,又不只你一桌,服务员跑进跑出，几个来回也终于没催到几个菜。主人有些不悦，开始责备服务员，服务员很无奈，反复解释，已经催几次了，快了快了！他们习惯了受人驱使，锻炼得很有耐心，什么样的脸没见过？随你客人怎么着急，反正不温不火。

跑片的时间有限，他重头在下半场。如果两个饭店隔得远，路上也要一定的时间。那边电话来了，老王大声应承着："来了，来了！还有杯酒。"那边言辞激烈，他一个劲地赔不是，这边又陪笑脸。"吃也辛苦！"在座的调侃他。电话又响了，他没接。"啊，坐不住了，失陪失陪！"他开始打招呼告辞，又是抱拳，又是作揖，拉起搭在凳背的外衣，在一片热烈的送别声中，跨出包厢。走廊里响起他打电话的声音，随脚步声渐行渐远。

我问主人，要不要把凳子撤了？大家松一松。主人说留给大张，他在某饭店吃，也是跑片呢，大家放慢些节奏。主人操起电话拨过去，无人接听，一连拨了三次均告失败。主人摇摇头，边上一位自告奋勇说，我来打，按着手机键翻看通讯录。那边刚喂了一声，这边就是一顿臭骂，电话里闹哄哄的，隐约还有劝酒声。这边骂得更起劲了，赤佬，还没走？那边并不言语，还是闹哄哄。也许按了接听键，无暇顾及挨骂呢。主人说别等了，我们只管吃吧，来来。说着举起酒杯。

主人电话响了，大张回电。他说正走出酒店，准备打的。

大张一路招呼着走向给他预留的位置，目光停留在满满的一杯白酒上，惊呼太多。说在那边已经喝一瓶红酒了，能不能也来点红酒。我和边上一帮酒友可不依，让他看看我们杯里是什么。主人道，今天清一色，你别坏了规矩。大张稍作犹豫，端起酒杯扬扬，说自罚一口。众人看着他，看他杯里液面下降，喉结上下蠕动，放下酒杯张嘴龇牙发出难受的咝咝声，劝他吃菜。又一回合的劝酒喝酒拼酒即将开始。

气氛甚是融洽。豪言壮语取代了刚刚入席时的轻言慢语，开始向胡言乱语过渡。大张说他这几日天天跑两个以上的场子，内热都把舌头嘴唇烧出泡了。有一晚竟然跑了四处，光顾喝酒，菜都没吃一口，夜里醒来泡方便面。身不由己啊！他自言自语。若是往常，他这种带有优越感的自嘲只会招致更多的进攻。看他今天确实疲惫，也就动了恻隐之心。

四个场子算什么？人家跑十几个呢！以往一直喜欢捉弄大张的小李子总是不依不饶。他说报纸上见过一则报道，沿海一个乡镇在海鲜上市季节，各个单位条线蜂拥而来，弄得接待办苦不堪言。谁都不敢得罪啊，大张说，天天一身酒气，回到家老婆不给好脸色。有次他想出绝招，带老婆出去跑场子，她三下五去二就给灌醉了，总算理解了大张的苦衷。领教了吧？你以为我是喜欢？大张还得瑟。以后每次回家，老婆嘘寒问暖。茅塞顿开！小李子接过话茬，说这招大家不妨试试。

小李子的手机响了。他接着电话站起身走出包厢，一会回来翻看包里的笔记本，又出去打电话。鬼头鬼脑！酒友大声议论着。他重新落座，一桌都怪怪地审视着他，似从他脸上找出端倪。他说，又是约我吃饭，都排得满满的，脑子里记不住，看笔记本呢。这家伙倒是有特点，以往从不跑片，他只有吃请，很少请吃。今年形势逼人，连中饭都排到小年夜了，实在推脱不了，也只能破例了。闲扯时他说过，父亲年轻时是放电影的，一直跑片，两个村同放一部片子，背着胶卷往返几次，跑得慢接不上，观众起哄。那就约早餐嘛？不知谁冒出一句，逗得我们都乐了。

大张去洗手间回来，凑在主人耳边低语。我抓到片言只语，问主人是以单位还是个人名义订餐的，刚才他听到卫生间有两个人嘀咕，这几天大饭店门口有人暗访，如果让人家偷拍了照片传到网上，就倒霉了。主人说放心，是以老婆名字订的家宴。但出去时不要一块走，大张和小李子从后门走。

　　一帮人三三两两走出酒店。没了平日告别的热烈气氛，一大桌人瞬间隐没在各个角落。那么快捷的分散转移，能让我想起单位里的逃生演习，也能想起电视剧里地下工作者执行任务的某个场面。

　　主人要我陪护大张，说他舌头转不过弯了。这不，坐进出租车，大张就把头歪向我身上，一会儿响起鼾声。他手机响了一阵，我的手机也响了，老王来电。说后天改在离市里十公里的度假村，具体事项到时解释。

　　别吃了。大张咕噜了一句。

奥迪与别克

下班回家，我顺路拐入闹市的一个加油站。不知从哪里猛然冒出的车子如蚁群一样，加油机前都排起长队。一辆车加完油离开，后面的依次挪前一个车位，等上两三分钟再向前挪一下。那边突然闹腾起来，面对面两车互不相让，如角斗场的两匹公牛。车与车大概不会有恩怨，车主也不相识，却鬼使神差较上了劲。

加油站只有边上一个机子加97号油，相向的两辆车几乎同时停靠到加油机旁，两位摇下窗，冲着机子间穿梭的加油工吆喝。边道狭窄，加完油必须有一辆车子倒车让行，才能顺利出行。倒车比直行麻烦些，还要穿过后面车子间的空当儿。先是奥迪按喇叭，显然是让别克倒车让路。别克也按喇叭，意思是干嘛要我让？喇叭的威势没有让任何一方退却，相反都轰响油门往前蹭，同时急刹车，不会眼睁睁由车头相撞的，看得出，他们的驾驶技术蛮高超，理智也尚未失控。

奥迪里的男子下车，一开口，嘴里喷出一股火药味：阿拎得清，叫我让你？他五十左右，矮胖，稀拉拉的头发很顺溜地紧贴在半秃锃亮的头皮上，考究的衣着和夸张的嗓门昭示他的优越感，他的字典里没有谦让这个词。别克回应道：啥人拎不清，你自己看看！两人就这么对上了火。女加油工过来劝导，听他们各自陈述理由，别克说：看指示牌，他是逆向。奥迪说：我先到的啊，他偏要塞进来，没长眼？加油工很为难，看火气得罪哪一方都不敢，只得来个折中：都倒车退出去吧？你们看那么多车子还等着我们加油呢。加97号油的车子远远停在过道两端，已经排到马路边人行道上。有几个从车窗探出头来喊道，都往后倒吧，大家不吃亏。语气中不乏难抑的愤慨。

奥迪说："反正我不倒车。别克也说，什么馊主意，你捣糨糊？众怒难犯，他们不敢把矛头指向喊话的顾客，只得冲加油工撒气。这个环节，两人竟结成短暂的统一战线，一致对外。加油工立马闭口，逃到别处埋头工作。

两人进入马拉松式的僵持。

眼下，我感觉人的火气越来越旺，遇事好声好气商量的不多，互相谦让的更别提。一点小摩擦，动辄恶语相向，拔拳相对。耐人寻味的是本地人只能欺负同乡，一遇外地人就草鸡了。有一回，几个醉鬼半夜在人行道上鬼哭狼嚎似的瞎唱，沿街一户居民窗户里探出身子，没说几句就吵上了。彼此口出狂言揍扁对方，闹了半个时辰。这时来了一群外地醉鬼，不明事理搀和进来，结果本地人逃之夭夭，窗户里的立马缩回脑袋任由另一群醉鬼叫喊折腾。

奥迪呵退了女工，嗓门愈发高亢：你他娘的这种车子也好意思在路上跑？别克并不示弱：唷，你这四个圈圈是什么东西？奔驰，宾利，还是劳斯莱斯？看客开始把视线转移到他们的座驾，一辆奥迪Ａ６，一辆老款别克君威。开别克的是个帅气的小伙，嗓门和语速都说明他性情的平和甚至有着很好的修养。小加油站面积有限，一般都是单向通行，他顺着指示牌绕了半个圈子，孰料被一辆逆行的奥迪蛮横地挡住去路，还占了先机，他心里就有些不舒坦。按理说，奥迪车加完油该倒车先走，却颇有耐心等他加油，明摆着叫他让路。

奥迪男颐指气使和居高临下的作派，终于激发起这个年轻人捍卫自尊的斗志，何况，他车子里还有乘客。

好多人从车窗探出脑袋，耐心看着一场势均力敌的对决。奥迪男嚷道：我也不是什么好车，去拿把榔头，你砸我的车，我砸你的，看谁心痛，要是眨一下眼睛，我就是龟子孙！小伙撇嘴：你有钱，去兴福烧香就烧人民币，整捆的百元大钞砸进香炉，那才叫派！奥迪男暴跳着从车窗伸进手拽住小伙，小伙顺势跳下车。谩骂升级为推搡。几个男子过去劝架，把扭在一起的两人分开，劝他们讲点公德，给后边的车子让出地方。

众人明显心向小伙，但总不能参与进去吵架吧。奥迪男的嚣张跋扈，让所有人嗤之以鼻，加油工也偷偷说是他不好。也不知他平日生活和生意场是否狂妄惯了，有一点可以肯定，他会把今天的场面作为资本拿到酒桌茶肆间宣扬，以此博得亲友圈的敬畏，也为自己脸上贴点金粉。这个时候，谁敢站出来主持公道，他的一腔怒火就会烧到谁的身上。众人就是为了一点现实的功利心，也不可能上升到公道，所以两不得罪，以求息事宁人。

两人各自坐进车子。小伙在其他人劝导下，开始倒车。奥迪男突然再次发飙：你有本事不让啊，做龟子孙了？小伙熄了火，又跳下车子，撸着袖子嗷嗷叫，他车里同伴连忙跟着跳下车拉住他，并好言相劝，此时他水泼不进，话听不进。奥迪男马上接招：想打架，试试？今天让你捆着骨头走！小伙咬牙切齿道：以为我示弱？你看那么多车子等在这里，咱们找个地方单练，还不知谁捆谁的骨头呢！

凭我目测，那个老男人未必是小伙的对手。除了他夸张的肚子和口气，捆人骨头的本事很难让人信服。蛮横，很容易唤起别人内心深藏的血性。一次在山里人家喝茶，就见过这样一出戏：人多车挤，一辆车子试图在路边停靠。冷不防一位小个子男人气势汹汹冲过来，猛拍引擎盖，骂骂咧咧道，这里怎么可以停车？影响我家生意。小男人每时每刻都留心着，刚才这辆车里的人去了别家茶室。如果这车人是他的顾客，显然不会这样。就算挡其他车的道，他也会好言悦色给想办法。车里下来一位戴眼镜的男子，"眼镜"出手就是两个耳刮子，把小男人打得踉踉跄跄。小男人被突袭打懵了，竟然捂着脸毫无反应，"眼镜"呵斥道，你路霸？有本事拍我！那边一个女人哭闹着奔过来帮腔，估计是小男人老婆。小男人彷佛醒悟过来，从地上捡起一块砖，摆出砸车砸人的架势。"眼镜"笑了：砸啊，你试试？小男人试图从虚张声势中找回点面子，"眼镜"的轻蔑的笑容比巴掌更令他心虚，最终由着"眼镜"扬长而去。

此时，我听到一声嘀咕：去单练吧，不要在这里"现世"了。更多的人选择了沉默。不再有人去劳神费舌，等不及的车子悄然离开。回家团聚的归心似箭，去饭馆吃请的也该准时赴约。

轮到我加油，93号油足够奢侈了。我的普桑，没有与任何车PK的资本。

第四辑 天桥风景

别人的风景

开学了。似按着既定线路行驶的公交,我在一条狭窄的死胡同里掉头,然后驶过一个在我看来毫无悬念的岔道,一路晃晃悠悠,最终在一个似曾相识的港湾式车站落脚。

这是我最后的家吗?不知道,也不必知道,我们都有最后的家。我在外面转悠漂泊 12 年之后,再次踏进这里的时候,大有人面桃花物是人非之念。过去的小辈变成了令我唯唯诺诺的领导,同辈早就以前辈自居,大凡我等不长进的人都有此等境遇。我这人生来没心没肺,不知暖也不知寒,我是男人中最 Q 的阿 Q,还好总算还活着,不太滋润,也不怎么难受。我用傻子一样迷茫的眸眼打量着这个世界,阳光不太猛烈的时候,我还能直愣愣地盯着太阳,而聪明的眼神势必是没有勇气正视太阳的。我靠的不是勇气而是傻气。

十几年前,我在村小转悠了十几年后,好容易逮到一个进中心小学的机会,我敢说那时也很努力,但我努力的方向绝对有些问题,在三维四维的世界里,直线式的努力并没使我的坐标系上的参数在领导的评判中上升。我淡出坐标,回到村小,从某个旮旯转移到另一个旮旯,接二连三流转村小当末代校长,如果再来一次文革,揪斗卖国贼的话,估计我难逃一劫,而且首当其冲,不说别的,光几个末代已经足见我不得人心。我一边做好扎根边疆,心在天山身老沧州的思想准备,一边祈祷快些老吧,老了就可以退休了。可事情恰恰相反,越是盼望日子快一点,日头就越是不落。这有些奇怪,我吃完晚饭坐在电脑前"炒地皮",一不留神就是半夜2点了。我还得吃饭,孩子也没安排妥帖,盼老也不容易。再说了,人总要老的,急啥?

去学校要穿过镇子。我怕街上拥挤,上班时抄了好多路,谁知道开学第一天就忘了带钥匙,第一班校车没到,同事还在路上,只好等在隔壁办公室。我坐在一个没有牌子的办公室,朋友关心我,问我在哪个办公室,我一时说不上来。还好,我会寻找参照,我说是某某的隔壁,说是以前的什么办公室,或者干脆说与谁坐一室,他们大概听糊涂了,说就讲什么办公室不就得了,我说以后有了牌子马上告诉你。

以前的老同事招呼我的时候,很习惯叫我的姓,名都省了,或许词尾还拖一个曾经的职位,我说,尾巴就免了吧。他们嘻嘻哈哈。新老师好多,我不认识的也好多,他们礼貌地招呼着我这半老头,我叫不上他们,只好支支吾吾蒙混。不是我不讲礼数,我向老教师打听这谁呀,他们告诉我,我鹦鹉学舌般重复了一遍,转过身来的时候名字就忘了,在他们看来,这个老头太不礼貌,竟然一次次木讷到没反应,我也有苦衷啊,离老年痴呆不远了,我脑子里爹妈给的脑白金耗损殆尽,过去又没补过,等明儿去药店划卡搞几盒脑白金,不知还是否来得及认识去药店的路。

听说又要老师体检了。我有点怕,那年体检,检出胆结石,本来石头与我倒是相安无事,一想到肚子里有那么个劳什子,心里就不踏实,吃着睡着,感觉到右上腹的不自在,越想它,它就折腾我,搞得我半死不活,后来终于躺倒无影灯下。人一落难,喝水都塞牙。家长常常来闹事,边上的刁民也蠢蠢欲动。连一只不知哪里来的野鸟也公然在我头上拉屎,我从汽车里出来,一坨鸟屎落在我头顶,我懵,野鸟怪叫着掠过低空。哪来的野鸟呢,它长得很丑,不像我平时见过的那些有着漂亮羽毛的鸟类,声音也有些异样,不像本地口音。那时我纠结了好久,我知道这样的偶遇很少,许多人一生中未必经历,按迷信说法定然触霉头,所以我做好了倒霉的准备,甚至想到了后事——那时,我严重的术后综合征,据说只有百分之三的概率,我就是很不幸的百分之三。我面黄肌瘦,很多人私下觉得我不就是胆结石这么简单,但我活下来了。

学校撤并后。原来的同事和学生都去了分校。同事告诉我,家长带孩子去分校报名,谈到这所小学撤并带来的不便,口无遮拦说某校长死了!我乐得哈哈,人是咒不死的。

我也分到了一块责任田,它在西南端。在我一个土老帽看来,这栋楼就像一片层层叠叠的梯田,稍稍稚嫩一点的庄稼靠近山脚,越往山顶越粗壮。这块地不是我选的,我没权利去选择属于自己的地。我刚进来,每块地里都站满了人。我别无选择,左顾右盼,在迷茫和无奈中发现这块地里居然没人,想来就是我的了,便毫不犹豫走向那块地,那块编号"四三"的地。校长和我闲扯,说我本来的地已经给拍卖了,现在好歹还有块地给你,将就着种种吧!是啊,刚开学时路过原来的学校,我大摇大摆地进门去,孰料被很不友好地驱赶出来。不自量力的我,竟忘了不再是这块地的主人。现在的主人是谁?我在仓惶中已无心顾及,更无暇顾及主人种什么了,只知道他野声野气,说是鸠占鹊巢吗?也不对,现在这里就是鸠巢了,鸠种什么,那是鸠们自己的事,于鹊何干?

孩子第一次用钢笔做练习册,几乎做了一个小时,学生不是没钢笔,就是没抽好墨水,同学出借墨水的时候,竟然被打翻了,我用了半盒断粉笔,一张报纸才吸干水,那个干了坏事的女生羞红着脸,张开的两手都是墨水,束手无策地看着我收拾,总算有一位女生一位男生递过来两块纸巾，帮那个女生擦手，墨水把我的裤子也染上了几个蓝点。算了，我一个老头，本不想什么美了，能遮体就好，穿着洗不掉墨水的裤子，外人以为我多邋遢呢。

我什么都不会，一本语文书，一支粉笔，外加一张吐不出什么牙的破嘴。放学了。我把普桑混在宝马奥迪雷克萨斯中间冲出校门，就像把我一个不会吹竽的家伙混在演奏家里边混饭吃。当初我买普桑时，他们还在师范学校读书，甚至还在中学里犹豫着是否立志当老师。

我这张脸吃相难看，第一节课学生以为我一定很凶，等半节课下来，他们就不怕了。人家说我有着30年教学经验，我是一个经验用了30年，这话以前老校长说的，估计当时不一定说我，但我想老领导怎么那么聪明呢，说到本老头的心坎上。

从办公室到教室是170步，从教室到办公室173步。起先并不在意，多次验证这个结果之后，我开始为回来时每每多走的几步路而纠结。来和往有什么不同呢？女儿高三时我带她到殷特级家里补习数学，我贪图省事，汽车从甬江路一条狭窄的弄堂里进去，进去时还很勉强，出来时却惨了，进退几个来回就是不行，顾了头就不顾尾，顾了后面，前面出问题。殷特级对我说，没几个人敢开进去的，你忒自信了。我说，谁知道呢，能进就能出，理论上应该是这样。他说弄堂有一定的弧度，进出就是不一样，无论你是否想得明白，事实反正如此。

我走着去的，应该跟开车不一样。如果我每次来回间步数互有正负倒很正常，问题是落差呈一边倒的。是一节课的疲惫令我损失了步幅，还是站了一节课腿脚僵硬打乱了我行走的节奏？我对自己有着度量功能的步行有足够的信心。晚上我沿着小区环墙路疾走，每圈都在774步左右，误差不超2步。我走了50年了，行走的姿态和节奏会在某个年龄阶段定格一段时间。

在上课老师中，我可能是走得最远的一个。"博艺楼"三楼去教室的人，有的还要翻过一个楼梯，然后折过来，走回头路，但细算下来，也就走到教学楼最西端——我去上课的第六个拐角。而我还有一条南北向的走廊，尽头是四年级的办公室和我的四三班。我行走的线路大体在一个水平面，从办公室到教室有七个拐角，其中第四第五个拐角有些惊险，它是教室由后走廊翻到前走廊的过渡性建筑。我怕在经过这两个死角的时候，急匆匆跑向教室的学生会撞到我的身上，不是怕被撞，而是担心撞我的孩子吃不消，老胳膊老腿会伤害到孩子稚嫩的肉体。如果冲撞到我有所发福的肚子上，那么我五六厘米的肚腩足于给他一个很好的缓冲，但不管怎样，孩子撞了老师跟老师撞孩子差不多，交通法规里的"无过错责任"总是偏袒弱者的。通过这两个连续的拐角，我会敛心静气，像做贼一样密切关注拐角那边的脚步声。

上课铃声中加入了预备。我习惯了村小的电铃，那种并不悦耳但听来有种紧迫感的声响，电的功能使得黄豆大的小锤子以一种肉眼无法追赶的速度敲击着巴掌大的圆面，让声波急促到令人坐立不安。我们现在使用的是自控音乐铃声，没有急促的声响，如果在预备铃声响起时，我动脚走，不知不觉间音乐铃声会扰乱我本来局促的步子。催工的号子没有了紧迫，好比我以前看两个苏州老太在巷子里吵架。在她们看来算得恶毒的吵骂，被她们一生说惯了的吴侬软语软化到谈家常式的融乐，如果我不看她们的脸，压根就不会觉得她们在吵架，而且是很认真地吵架。

从走廊踏上天桥要下二级小台阶，当我准备放下脚的时候，我首先得提起脚越过七公分高的塑钢门槛，一次我抱着一大摞作业本，忘了看脚下，鞋尖踢在门槛上，整个人几乎失去了重心，一个趔趄后，我下意识回头看我身后的通道，从这里到校长室的门口一览无余，还好身后没人。一个人出洋相的时候，首先关注的不是自己，而是自己是否暴露在公众的视野里。我为自己能偷偷地出一次洋相而感到宽慰，如果我摔倒了，同事过来搀扶我，还嘘寒问暖地提起我的裤腿，观察我的膝盖，那我至少欠他一个学期的人情，要是我把好人好事发到学校的博客里，以后小青年走路的时候都会远远避着我，怕一不留神，给我讹诈了。

　　天桥拐弯，没几步就下六级台阶。我不会循规蹈矩地按着次序下去，大多三步就走完了。这多少给了我一点信心，我还能藐视台阶的设计，能用三步走完的六个台阶，这个设计至少在我现在看来有点浪费。等我将来要用六步走完这六级台阶的时候，大概该解甲归田了。再将来，我想用十二步走六个台阶的时候，马克思该向我招手了。如果真是马克思，那倒是万分荣耀的。我们一辈子信奉他，到头来未必轮得到他召唤，就像我母亲一辈子信佛也未必修得了正果，见得了佛祖。《金刚经》里大概有一段隐藏的文字，说一个人行善烧香无比虔诚，却很短命，而行恶之人却延年益寿。那个人到了西天指责佛祖的不公。佛祖对他说，正是因为你的忠诚所以我想早早把你收在身边，至于那些人间小人，就让他活在世上任人责备吧。佛也会捣糨糊的。

　　走完台阶又该拐弯了，还没到冬天，后走廊的三个教室，老师不会关着门上课的。前走廊的四个教室，更不会关门了。我闪过教室的门口窗口，在我目不斜视的余光里，是能够看到讲台上的老师，课桌前学生的。我觉得不是自己在移动，是他们在我眼前晃过，这些景致串联起来，似乎看电视节目片头或片尾的片花。老师的一张脸在我脑子里，转而被下一位老师替代，当我走过第六个拐角时他们在我脑子里形成一个叠影。如果我不听他们讲话，他们的表情乃至手势都无比生动。我只能听到他们片言只语，几个字释放的信息，完全来不及领会的。我在窗口飘出的片言只语里一路前行，包括由微型话筒放大而变调的零星话语。我看到老师把嘴凑在一个黑色的小话筒上，声音从腰间别扭地传出，而不是在头部本当的位置。

如果我迟到，这七位老师都会知道。闪过我眼前的风景里有了一个统一的模式，讲台前的老师，讲台后麻压压的学生脑袋。他们在师生互相问好之后，本当静下的心会因我破皮鞋敲打在水门汀的节奏而再次浮躁。等我的破皮鞋去敲击另一段走廊的时候，老师才将他们的视线扳转过去。这糟老头！老师会嘀咕几句，埋怨几句，当然未必都对学生说了，可能在他转身板书课题的时候，学生是看不到他嘀咕的。

他们是我的风景，其实我也是他们的风景。

食堂表情

和老凌对面而坐，咔嚓咔嚓嚼着包菜，呼噜呼噜喝着汤水。离下课还有几分钟，我们赶在大部队之前坐上饭桌。

饭菜一般般，不太有滋味。大锅饭很难吃出小灶的滋润。我问老凌，有没注意到，打饭前后老师的表情会有奇妙的对比？他说没在意。我说你细细琢磨。

老师涌进来。去橱格拿碗筷，然后排队打饭，端菜，舀汤。不算严格的排队，却有些秩序，秩序在于先来后到的细微落差，也有一些谦让。饭菜汤三要素，每个人要在短时间内逐项打点，于是随队伍的长短决定先后顺序，形成一套最佳组合。从来不会有这样的场面，一帮人都去排队打饭，但舀汤的空无一人。人的智慧遍布生活中每一个细节，何况是有着中等以上智商的老师群体。这种判断和决策几乎是无意识的，但骨子里透着一个人的灵气。捷足未必先登，排除其他因素，决策失误也是个问题。

可能老凌觉得我的话题过于荒唐，反应并不热烈。我说，排队前表情凝重，打好饭转过身来都是一脸灿烂。他抬头看着，一边大嚼臭豆腐，一边颔首赞同。

我所在的桌位地势优越，近水楼台，省走几步路。它不是我刻意争取的，凭我的窝囊，龟缩在哪个角落不是吃饭啊。一位退休前辈让出了席位，附带还有他专用的橱格，如今摆放暂且为我专用的碗筷。等桌位的荣幸逐渐淡褪的时候，居然发现这里的种种好处，不是堂而皇之多吃多占，而是它给了我洞察微观世界的一个极佳视角。中国博大精深的文化其实可以简化到一个吃字，道理不深奥。且人之第一性谓食。平日再怎么修养，怎么掩饰，一挨吃字就吃出本相来。这几日看小说《我们结婚吧》，男主人白皙的皮肤，突噜的下巴，怎么说都像个上海男人，只有呼噜呼噜吃着面条，额头渗出细细的汗珠，残留着西北汉子的印记。不知是我无意间道出的玄机，还是有意揶揄我的胡侃，转身过来的几位在目不斜视落座之前或多或少莞尔了那么一下。无意识状态的流露才是本真，就像夜深人稀的时候，独自面对没有感应线的红绿灯。

教工食堂16个桌子，永远没有满员的时候，负载率大概一直在五成，吃饭的大抵分三拨。我从楼梯上下去的时候，总会邂逅从食堂上来的人，奇怪的是吃饱喝足的往往拖着沉重的步子，空着肚子的倒是健步疾行。"吃了？""吃了！"或者，"还没吃？""没吃。"我和他们的对话一直如此简单，就像我每天的生活都在简单重复。撩开学生食堂防蝇门帘的瞬间，隔帘有人侧身避让，长条餐桌的过道有人剔着牙迎过来，哼着小山歌的直往前门另一个过道去墙根晒太阳。一般不去瞅他们的脸，他们的悠闲会惹我嫉妒。我顶多只能充当第二拨。每天能轮上第一拨吃饭的人是幸福的，有足够闲暇自由支配。最晚的一拨呢，未免都不幸福，每天的生活充实到对吃饭大事也不太在乎，比如日理万机的领导废寝忘食并不奇怪。我从来没有与谁交流过感受，无端的揣摩也在无聊的自嘲中稍纵即逝。摸着肚子出来准备哼小山歌的时候，遇有老师带着孩子过来，多是新老师。与排在门口有气无力唱歌等吃饭的孩子一样，他们疲惫的神情里携带着愧疚和担忧，怕因耽搁了孩子的午餐招来批评。

晚去一会儿，饭菜早凉了，汤盆里真的只有汤，或许残留些肉渣菜屑，任凭搅动的汤勺几次三番努力也捞不到什么好处，唯有一声叹息经手臂传递到汤盆。桌上仅留的份菜省却了叹息者无谓的选择，还好，不是冬天的自助餐，不至惨到吃白饭。菜每人一份，厨子凭眼光能把量的差异压降到极致，质就无能为力了。比如鸡，基因工程还来不及进化到浑身长翅腿，学校食堂里的红烧鸡翻来抄去都是脖子和肉块，似乎食材都是残疾鸡。以前在村小时，我与精致的部位无缘，吃了几年味如干柴的鸡白肉，一圈鸡皮的脖子，所幸身体还算健康，伤风感冒也不比其他人多。

呵斥学生吃饭时说话，老师自己却做不到。吧唧声里总有嗡嗡语音，尽管压得很低。内容不会太私密，太敏感，同桌的本来大多一个办公室，想说悄悄话总能逮到机会，犯不上搬到大众场合。话题都是天气预报，马路新闻类可说可不说的内容，要不，大而无当，朝鲜战争，雷政富艳照，中国那么多外汇储备究竟对国人是福是祸。这种话题，侃侃而谈未必比一问三不知的高明，网上充斥无厘头的恶搞。一介平头，何必人云亦云蹚浑水。地面上，几只蚂蚁凑在一起摇头晃脑地商量着什么，然后四散，它们商量什么呢，不外乎蝗虫和屎壳郎哪个更鲜美，鱼骨肉骨谁更香。人若蝼蚁。

大厨推着餐车送菜过来，为最后一拨食客留些热气。他一手扶着餐车看我们吃，顺便聊几句，就像以前开饭馆时征求吃客的意见。几年前，他从三个竞聘者里脱颖而出，成为食堂新掌门。他的谦卑没有作秀的成分，手艺足够对付几百张吃刁的嘴巴，但手艺之外的技艺未必讨得每个人的欢心，这点，他够不上很久以前那个女声女气的掌门。那时，我还带着上小学的女儿。老食堂不是开放式的，吃饭时要在一个窗口排队。把饭菜票连同碗递进去，里边把饭菜递过来。窗里的人认票也认人，眼角一瞟，给你盛饭，握了几十年的饭勺在他手里简直是魔术道具，给你掘进去拨出来再掘进去。他操着一双长筷,在排满肉食的菜盘里翻找,似要给你选块最好的。他的魔术让每个老师感到温暖,因为得到了特别关照。那时教师没有固定桌位,但再挤不会坐角落那桌,尽管只坐两三人。那桌的汤不一样,面上几根菠菜,底下爆鱼荷包蛋,低头吃的吃得坦然,不像老师只有清汤寡水的口福。有一回我女儿独自先去打饭,她对着一块粉蒸肉发愣,几乎吃出眼泪。我细看,是一块肥肉,皮上有奶头和几根翘着的猪毛,咆哮道,给一个女孩吃这个,谁给的?他一直强调自己是老师,未必识得几个字,识人比识字重要得多,他深谙。以前大户人家姨太太的地位,只须看看下人的眼光就能掂量。这位前辈把谦卑演绎得如他手中的饭勺,他走路的样子有些不稳,却能稳坐掌勺几十年,操控着几百号人的口胃,由不得我肃然起敬。他的形象,神情,腔调,很容易使人联想起宫廷戏里某一类人物,我们会让他联想起哪一类呢,不知道,却未必在他眼里。

吃完出去,迎面的老师友好地招呼着:"吃了?""看孩子!"今天轮到看护,我以最少的语言解释早吃的原因,否则像心里有鬼。我一路过去,耳鼓里叽叽喳喳,似秋熟时黑压压的雀阵。看护的老师站在过道,三三两两轧堆的也不怎么交谈,大概觉得没有必要浪费那么多分贝。我的学生很乖,长条两侧除了鸡啄米样的筷子声,都把头埋到碗沿,只敢从碗沿边偷眼看我。低年级的区域开始收碗盆,几个人流水作业,每人负责一类餐具。他们都一袭白衣服长围身,把碗盆弄得山响。不要以为他们夸张的动作是在发泄什么不满,或许以特有的方式彰显他们的存在价值吧。都一年了,吃了几百顿他们煮的饭,我还没心没肺不认识他们。圆脸的那位女子面善,有时会冲我笑。长脸的还有无法描绘脸型的几位都铁着脸,看不出表情。机械性的作业使他们的双手呈惯性运动,目光漠然。就是汤汁飞溅到我的衣裤脸上也还是漠然,我反而不好意思地避让着,更不敢发飙。外人看来,在同一个单位编制与岗位决定着某些人物的卑微，事实上未必。他们自有参照对象，不会与老师比。而且，她是谁的谁，他是什么的什么，腰板硬朗着。在下衣服地摊货，又不值几个钱，就是一身名牌也成不了角。不就一个菜渍么，当什么真，平日比我会吆喝的尚且投鼠忌器。卑微并不影响自负，影响优越感，她的谁，他的什么随时挂在嘴边，不依仗技术含量的群体，内敛永远不是张扬的对手。

食堂里有义工，他们不是真正的志愿者，报酬就是剩饭剩菜。倒泔水的养猪，那个只倒剩饭的老妇不养什么，据说可以卖给做籴粢饭糕的小吃店。老妇总在那个时间，那个位置停下三轮车，三轮里几个塑料桶。她挨个看着长桌上的钢精锅，由于个子矮胖，不得不踮着脚，凑过身子抓锅耳朵，没饭了使劲一扔，有饭的一把抓过去，也不问孩子是否添饭，仿佛谁前世欠她的。常有孩子被她手里的锅碰了头，她动作粗野，与传统形象中祖母辈的慈祥八竿子打不着，说她打劫也不为过。她是要抢，动作稍慢些会给倒泔水的占了先机。我从未听她说过一句话，也没见她正眼看过谁，她从进门开始一路斜视，瞄准了饭锅。每天按着一条固定的线路来，重复着固定的动作，然后顺着固定的线路撤退，她如一尊滑稽的木偶，牵动她所作所为的是一根什么线，我没想过，反正觉得舞台上的傀儡没她恶心。

今天食堂里有螺蛳。虽非珍馐，却能吃出人气。它早非几十年前贫瘠的饭桌聊作牙祭的无奈，而今是饭桌的点缀，或是可以替代一下零食。想象一下这样的场面：16个桌子，一百几十个人吱吱嗄嗄同时嘬着，那是一种怎样的壮观呢。螺蛳大小不同，形状各异，食客使的劲儿与肺活量都不一样，细听嘬声有细微差别，怎么形容呢，该埋怨仓颉，象声词太有限。筷子随便一夹往嘴唇一送，口唇灵活地翻转一下随即嗞的一声一气呵成。有人不会吃。也有不敢吃，胃病。大食堂不可能兼顾到每个人。扔了可惜，于是吱嗄声把三拨人折腾在一起。突然有人噔噔噔冲进厨房狂吐，中奖了！一大碗螺蛳，有一两颗臭螺蛳很正常，它的臭对味蕾特别敏感，不吃到嘴里感觉不到。不像烂红薯易于识别，发黑，有药味。中奖的狂吐一番使劲漱口，从此打住了兴致。没中奖的嘻嘻笑笑，意犹未尽继续嗍，干脆把邻桌吃剩的搬过来，嘴角下巴淌着酱色的汁水。

　　我走神了，在此起彼伏的嗍声里。或者老想着老食堂里碗底的那块爆鱼，突觉一阵刺痛，鱼骨刺进牙缝。鱼骨的长度很促狭，舌尖能抵到，手抠不着。一路搅动着舌头回办公室，试图把鱼刺扒拉出来，老凌问，牙疼？我摇摇头。他说，反刍？我哭笑不得。牛羊会反刍，人却做不到。试想，我站在课桌前，和底下一群孩子都蠕动着嘴巴，鼻腔嘴角挂满白沫，还能腾出空来说话么，语文课也甭上了，语言都简化到几个单纯的音节。人类不具备的本事却是一种退化，那表情呢，心机写在脸上，与藏在背后，孰进孰退？

　　觉得自己无聊，无聊的问题总骚扰无聊者的意识。不过当下最要紧是解决皮肉之痛，我捂着脸，向学校东侧新开张的牙医诊所走去。

开水房的早市

泡上一杯茶，看杯中半沉的茶叶悠悠伸展，吸着杯口丝丝水汽中隐约的清香。打开电脑，在屏幕上率先跳出的腾讯新闻中点击几把。或许还点支烟，老师的一天，开始在悠闲的自我陶醉里。

泡茶喝茶是习惯，与口渴无关。即便肚子里咣当着米粥、豆浆之类的液体，与炒面、煎饺的重口味唤起的需求也无多大差异，每到这个时间，口干舌燥成了我等上班族的条件反射。难得我先到，提着热水瓶跨入开水房。开水房就在斜对面，与我的办公室只隔一条走廊。

电茶炉亮着红灯，电力给了炉子很夸张的喧嚣，吱吱，咕咕，噌噌……细听，还变幻着无法形容的声响，就像静候在炉边的老师，怀揣各自的心思。炉边早就排了十几个暖瓶，看似无主，等水开的时候，它们都有各自归属。此时指针刚过80摄氏度，需要的是耐心。刁炉子！老范嘀咕着。多年前我在村小，到校第一件事就是生煤炉子。十几个人撮好茶叶围着半吊水，吊子远比我们耐心，沙沙声慢条斯理的。等到中午肚子和暖瓶都灌足水，煤炉反而来劲了，任由吊子盖啪啪响。电炉子方便，一合闸就升火，无须用芭蕉扇给它鼓风。不时有人探进身子张望，估计一时半会水开不了，或倚在门口抽烟，或去对面办公室闲聊，或见缝插针去卫生间放松一下。其实，所谓开水房就是利用了卫生间外面的漱洗室的角落。

如果细心留意，每天等在这里的就是那么几个老头，或则如我年龄的半老头。老头来得早，不像年轻人踩着铃声进校门。学校的办公室很分散，不在一室的，最多在教室过道上打个照面，能说上话的就算开水房了。老邓老王老缪老丁，都做爷爷的人了，话题中少不了孙子孙女，就算扯开些也都是家常事。偶尔说说开水，我问，你们办公室都六七个人，他们不喝水？老头们笑笑。一个说，学校都是年轻人的天下，老头么冲锋陷阵不行了，后勤小事就多干点。另一个道，老是嫌我泡的水不开，更别说谢我了。说着直摇头。等了十多分钟，水温指示还不到90度，老范说，90度可以了，只管打吧。说着把暖瓶凑在炉嘴上，拧开龙头。

清洁工提着水桶来打水，她是个年近六十的乡下女人，孙女就在这里上学。她负责这栋行政楼的卫生，每天按着固定的程序，扫地拖地，擦桌抹几。水桶、抹布、拖把都是她不离身的标志性装备。清洁工懂得"秀"，很会利用时空，把劳碌的场景展示在公众的视野里，我们上班时她在楼梯上忙乎，等到在办公室坐定时她在过道拖地，泡水时她在清洗漱洗盆和厕所，当然，校长在的时候，她首先会去校长室。有时校长们都外出，就很难找到她，她对校长的行踪比办公室都清楚。别看她土不拉叽，她心里有杆秤，不仅表现在不同对象的服务级别，也体现在对待差遣者的响应程度上。比如说，她只给校长室打水，其他办公室最多招呼一声"水开了"，言下之意让我们自己去打水。三个校长室也有细微差别，副校长的水只送到门口，正校长的水送到室内茶几上。她搞卫生也体现层级，有的室又扫又拖，一尘不染，有的室用扫把胡乱掸几下，有的室她从不进去。这种服务差异是外力驱使，还是她自己摸索出来的门道，没人说过，但大家习惯了，觉得没啥不正常。此时，女清洁工正用水桶哗哗哗盛水,并静静听着老头们闲聊,大概听出我们有些抱怨,她插进来说,今天保安忘了开电茶炉,还是她推的电闸。她说保安不太负责,有时放学忘了拉电闸,茶炉里整夜"笃白水"。反复煮沸的水怎么喝,喝死人的。说得几个老头很不舒服。

三楼的办公室有八九间。从来见不到隔壁两个办公室的人出来泡水,事实上他们的暖瓶里一直是空的。他们习惯了端着杯子只给自己打一杯水,每个人保持着自给自足的小农经济状态。或许他们中某位曾经与我们这帮老头一样不太计较,最终在日复一日的奉献中冷却了热心。行政楼和教学楼各有一个电茶炉,教学楼里炉子更是不堪重负,所以有的办公室不惜舍近求远到我们行政楼泡水。上完第一节课后,我习惯在就近的老师办公室续水,热水瓶往往是空的。我意味深长地笑笑,新来的老师红着脸提起暖瓶就走,有位阴阳怪气地说,不急不急,等领导把隔夜水喝完了,我们再喝健康水。我说,一个暖瓶里经常没有水的办公室,不见得有多健康。我的口无遮拦没有同仇敌忾的相应效应,只博得一阵嬉笑。那个打水的小丫头回来了,殷勤地为我续水,她似乎犯了错给我陪着笑脸。

我们室没有令清洁工细心伺候的资格,吃水还得自力更生,好在三个人都不太计较,谁先到就打水。老凌不知从哪里搞到一个电水壶,这下不用受罪了。很佩服隔壁几位的洞察力,次日,他们就来蹭水,像一群嗅觉灵敏的鬣狗发现了狮子好不容易猎得还没来得及享用的猎物。往往在我们第一壶水刚刚烧开的时候,他们笑眯眯地跨进来。泡茶、泡咖啡、泡方便面。他们呼噜呼噜喝水的声音给人享受的感觉,调羹在咖啡杯里搅动的姿势够得上优雅,方便面的香气是我联想到胃口、食欲这类词语。电水壶才2升,第一壶开水在他人温柔的打劫里,在令人垂涎的感官享受里作了奉献。吃杯水算什么?何况还是同事。我们先人后己,还陪笑脸应答。有时问他们,你们的水呢?他们哼一声,说那么小气!

一个男孩站在门口叫我，我不认识他。他问我，老师你知道水开了没？我说你看红绿灯，或者看水温表。他转身离开时，我觉得不对劲。追出去一问，是老师让他来打水的。我说，哪个老师？我帮你送过去，他只说是某办公室。记得小时候我捧着热水瓶去老虎灶泡水，父母反复关照要小心，谁知还是摔了一次，烫伤了脚。这位老师忒胆大了，如果学生受了伤害，他如何向家长交待？我让孩子跟着我，接近老师办公室时把热水瓶交给他，目送他进门。举手之劳未必能获得那位老师的好感，我像做了坏事，吩咐孩子什么都别说。

在走廊陆续遇见来打水的老师，有位顺带找领导谈点事。她问我，某校长在吧？我说，你看他门口有没有热水瓶。

教室里的电脑

这天,我的全校公开课。语文组二十五位老师,为一次最低级别的教研活动提供了颇为难得的强大阵容,校长室教导处也派员坐阵,一教室的学生本来就显拥挤,后排和两侧为了摆放听课老师的板凳,课前不得不将学生的领地再度压缩。逼仄的空间一如我步入教室时内心的局促。

这是四年级三班教室。几十对视线投向我的脸,正视我藏在三百度镜片后的眼神,留意我即将开口的嘴巴,审察我的一举一动。我用不太自信的眼神粗略扫视教室,偶尔与我对接的目光,透出鼓励和善意。多年来,我一直习惯于坐在后排聆听,习惯了当教练的角色。

我开始《泉城》一课的朗读,声情并茂让不太标准的普通话最大限度得以弥补,甚至足以忽略。我操纵鼠标调节着音量,以《姑苏行》为基调的配乐将朗读效果演绎得舒放自如。一串笛子的泛音落在"珍珠泉"这一段,音律如珍珠泉泛起的一串串气泡;音乐进入快板,正好读到"趵突泉"部分,我朗读的音量和速度也达到高潮。课前准备时,我选择带有古筝伴奏的笛子独奏,并把音乐作了剪辑,最后一段读完,余音袅袅,如渐去渐远的画面。

老教师都不大接受现代教育设备,至少会比青年慢几个节拍。

习惯了"一支笔,一本书,一张嘴",自喻"老式裁缝",教室里"电教记录本"上的记载多备检查而杜撰。讲台后的黑板是活动的,拉开便是嵌合在墙上的液晶显示,讲台下有电脑,有实物投影仪,教室里的音箱也很好。以前在乡村小学时没那个条件,我一直羡慕中心小学。第一天我就手痒痒想侍弄它们,怕在孩子前出洋相,只好作罢。对于我它们只是摆设。我从教室后窗看后排教室,忽然发现老王在摆弄投影,而且每课必用,于是放下架子拜他为师。

这堂课的重点是精读感悟,我把时间掐得非常准,显示屏右下方有北京时间,只须略微扫一下。我从网上下载照片和视屏制成课件,图文结合,教学内容直观而有效,省却了我以往大段的描述。也许我们过于夸大了文字的魅力和学生的想象力,让学生读中感悟,读中理解,读中想象。比如,总觉得影视版的《西游记》损失了原著的许多意韵,殊不知,许多孩子正是从影视中激发追溯文字的欲望,而捧起大部头的原著。公开课上,我总能看到这样的环节,老师点拨,让学生闭上眼睛去想象画面,再让谈谈眼前仿佛"看"到了什么?他们的回答不是课文的翻版,就是干巴巴的概念。学生生活积累单薄,想象力也根本达不到老师期望的程度。莫言获奖后,中国人由此及彼,责备其他领域的不是,说归根到底还是缺乏想象力,进而归咎于教育对想象力的扼杀,多次修改的《语文课程标准》也将这个问题端上桌面,殊不知,想象须要铺垫。

"泉池正中有三股比吊桶还粗的清泉,'咕嘟咕嘟'地从泉底往上冒,如同三堆白雪。"课文如此描述趵突泉。不知什么原因,作者没有照例解释趵突泉得名的由来,上文的黑虎泉、五龙潭均有形象的阐释。大概不会是作者疏忽,是描写中求变吧?我想。趵突,带着古意而形象的称呼。字典上说,"趵"为奔突之义,我觉得说奔涌也行。我查过以前的教材,"往上冒"这句的下面,还有"冒,冒,冒……"一句。"冒"即奔涌,为何把如此形象的句子删了?不得而知。我为此设计了三个教学环节,先是解释本义,然后品读文本,想象泉水奔涌的场景,最后播视频。学生苦思冥想,文字信息和静态的插图在他们脑海中还原成动态的画面,处于愤和悱临界状态,我尽量让他们用自己的语言表述想象。这个环节最出彩,也极容易弄砸,学生说得差不多了,我说想不想看视频?我指向液晶上的画面,学生忍不住发出感叹"哇——"

视频是动态的,长镜头由远处推向泉眼。正在这节骨眼上,画面突然不动了,任我怎么摇动鼠标,只差在桌子上猛拍,但很不幸——死机了。咦?学生一头雾水。听课老师开始躁动,交头接耳。我用紧盯屏幕的余光关注课堂,发现教导主任几次作势要站起来招呼我。他想暗示我什么?我手足无措地望着他,"重启——"他不得不轻声提醒我。但鼠标不动,如何重启?"硬关机"也不行,干脆拔了电源。再启动,屏幕点不亮,黑屏了。我没有意识到自己的窘相,只觉大滴大滴汗珠子滴落在讲台……大概损失了五六分钟,就在我近乎变调的续讲中,下课铃无情地唱响。

走出课堂的领导同事尽量不看我的脸,他们脸上的表情比我尴尬,想安慰我,只怕我会更难受。我何曾出过那么大的洋相?而且当着一个班级的孩子。

教导主任把负责装备的宣老师找来。内行就是不一样,摆弄几下,点亮了。屏幕上出现如下提示:你已经481天没有给电脑体检了。他启动"360安全卫士"给我体检。体检结果,竟然存在50个高危漏洞,简直病入膏肓。下载补丁修补。这个过程非常漫长,电脑不时提醒重启,重启后补丁才能生效。宣摇着头说,481天!不可思议,这台电脑装备还不到两年,他们从没给电脑体检过?漏洞太多,还有木马病毒。系统更新也得好几天,又不能一下子升级到最新版本的,得逐级升级。我说,那咋办?他说,这几天你凡是有空就给它升级,关照其他任课老师接着升级。

以后几天，我总是提前进入教室，摆弄鼠标。体检、修补、优化、升级、重启。厌烦了开机音乐与关机音乐的频繁交替，在我听来，这是世界上最难听的声音了。以前，清早踏进办公室，第一件事情就是打开电脑，在开机音乐与正常运行的间歇，我泡上一杯绿茶，给玻璃缸里无土栽培的常青藤换水。放学时，关机音乐提示一天工作告一段落，缓释了我沉重的步履。回家一杯小酒，几集肥皂剧，然后将自己摆在床上。不说开关电脑的音乐悦耳动人，至少也不怎么讨厌。我干脆把声音关了，就让电脑静养。

如此这般几日的折腾，收效甚微。开机体检，电脑蓝色的健康指数从100分开始递减，过60分转为红色，继续下滑，最终无情地落在0分。又把宣老师招来，他说已经不是程序问题，硬盘损坏了。我说那怎么办？他说找总务处报修。

推开总务处虚掩的门，一阵呛人的烟味冲过来，烟雾里夹杂着"啪啪"的出牌声，几位端坐于桌前，正在网上"炒地皮""斗地主""掼蛋"。他们无视突然闯入的我，头都不抬，继续专注于显视屏。我直奔后排窗口的主任，简要道明来意。他似乎应了一声，眼睛和心思还在屏幕上。他说，你知道无锡市委书记毛小平有几个情妇？我说不知道。给你看看照片啊。他说着在电脑上搜索。这个毛小平，额头都是"汽车路"，还搞那么年轻的女人，而且好几个，你说他来得及吗？难怪人家说他包里总带伟哥呢！他似感慨，似不平。我不想听瞎扯，又把来意重申一遍。他瞪圆了眼睛道，坏了，怎么弄坏的？我把手一摊，说谁知道啊。他骂骂咧咧，这些个猪猡，肯定上了乱七八糟的网，中了病毒也不好好杀毒，自己的手提电脑会有这样的事么？

大概有六七年了。学校为了迎接一个苏州市教育现代化验收，突击装备电脑，因为电脑"生均"数有严格规定。于是每个老师办公桌上都摆了台式电脑。电脑采用政府招标，看似新簌簌的，其实都是学生机，反应慢得让人心碎。那时还没有无线网络，也没光纤，百多台电脑接一个路由器，就是好电脑也是英雄无用武之地。老师还不自觉，一天到晚"种菜"，打牌，挂着电影网。下载电影最抢资源，别人连网络也连不上。老师备课时，想正儿八经找点资料，学生上电脑课时，网络会突然中断。宣老师是个土专家，给每个机子分配IP地址，在终端安装流量监测，并对流量自动记录——谁也不肯明目张胆得罪人，只有借助机器的无情。

更有甚者，上黄色网站。黄色网站多带病毒，老师的电脑莫名其妙瘫痪，一次两次好说，次数多了就耐人寻味了，尽管千般狡辩，大家心照不宣。听说某地一所学校老师上课时浏览黄色网站，忘记关大屏幕，竟然把一些少儿不宜的镜头给少儿瞅见，影响十分恶劣。校长在大会上痛心疾首地忠告老师，老师都信誓旦旦，似乎在听一个神话。

几年下来，电脑愈发破旧，该更新换代了。维修费没公开过，但一定不小。校长比较前卫，申请给老师配置手提。他给镇里的申请，平日与老师的攀谈中，大谈配置手提的好处，其中有一条就是节省费用。以后电脑是老师自己的，老师会珍惜爱护，学校不再支付维修费。一次投资费用较大，逐年算下来，还是合算的。镇里很快批准了申请，但要求分批配备，先拿出方案。方案讨论了两个月，总是摆不平。焦点问题不是谁先谁后，而是谁有谁无。教师这个群体都非善辈，来不得半点参差。连门卫老头也被人鼓动去校长室讨说法，最终教代会通过决议，电脑非福利，而是教学辅助设备，用于一线教师上课，后勤岗位教职工不予配备。

那时，我还在村小。按规定村小与幼儿园排在第二第三批，但领导优先，我那所学校就我荣幸列为首批。校长私下说，很多城里学校未曾做到人手一台手提，我们在农村小学率先配备，讲的就是"派"。的确，它是我们学校的一道风景。每天上下班，老师或背着或提着黑色的电脑包，穿行于街市，路人一看就知道这是某某学校的老师。

领取电脑的时候，学校有一些细致的规定。如不得转让，每天都必须带到学校，不得用于与教育教学无关的活动，否则……这个否则曾震慑过新老师，或则胆小些的老师。半年后，规定便形同虚设，一些中层，尤其是老屁股的中层，你能奈之如何呢？

校长到教师办公室溜达，看看老师在干什么，特别留意电脑。开始时，发现问题在大会上不点名批评，老师自觉愧意，有所收敛。后来管不了了，法不责众。如果现在闯进办公室，插着耳机架起二郎腿，在QQ聊天，明目张胆玩游戏，少见多怪，多见不怪。

学校公开组织了一个沙龙活动，让全体教师观摩。话题"电脑与工作"，挺别出心裁，组织者的良苦用心很显然。场面很热烈，老师大谈教育网站给工作带来的便捷与帮助后，就其他网站与工作有无关系，上班时是否允许浏览其他内容等方面展开了激烈的争论。赞成者振振有词，反对者言之凿凿。一位老师说，什么叫与教育无干？看新闻关心国际国家大事，看历史军事知识，看古文看现代文学丰富人文积淀，看相关影视为课堂教学找对应材料……能说不是为工作吗？问题的关键不在于内容，而在于出发点，不在于怎么界定，而应该提高老师的自律。一位老师反驳，自律仅仅对于自觉者有用，我们目前的素质还远远未达到相应的境界，理应对上班时电脑使用作硬性规定。否则，许多单位为什么要在上班时段切断娱乐性的网站呢？我们看许多老师上班时候煞有介事带着电脑，他们的用途真是天晓得。

我将话题收回到教室里的电脑。或是我的多嘴引发了总务处重视，他们去一个个教室查看，发现大部分电脑都不够健康……最终下了个结论：暂时不修，能将就着用就用，实在不行，以后把自己的手提带到教室去上课！

天　桥

天桥的存在，给行政办公楼和教育楼提供了硬件的沟通。它没有遮阳挡雨的顶棚，只有齐胸的半墙和不锈钢围栏。它生硬成一个直角，全长不足四十米。教学楼与行政楼的层差，使得天桥的两截不在一个水平面上，由六级台阶负担着过渡。把它称作天桥有些抬举，充其量也就过道吧。它的下面还有两层走廊，擎顶的廊柱和由廊柱支撑的天顶，使它与天桥呈完全不同的视野，到二层走廊上也有四级台阶，底层则平坦。如此丑陋的建筑并非工匠刻意营造的景致，只是无奈地向人暗示，它们两端的建筑并不属于同一年代。它的实用价值让审美的比重一再退让。

天桥不是风景，风景在它的周围，在它下面的大地。每天，我从这里左拐然后右拐折向教室，右拐再左拐折回办公室。抬高的视线将我眼里的风景拓展出360度视角，并以此为圆心延展开去，直至苍茫。

后面不远处是学校的围墙。围墙外，一排与校园同岁的杉木。粗壮的杉木呈现成材品相，可惜它们材质太差，站着时还有绿化的功能，躺倒后只能当柴火了。杉木下一带小河，也曾清澈见底，如今被糟蹋了，只要有一丝北风，风里总是挟裹了怪味。对岸是一片民房，民房走向杂乱，进出的路弯弯扭扭。民房东边是别墅群，小河迤逦的姿态给这片别墅得天独厚的风水。别墅开发时，镇上的富庶趋之若鹜，腐臭的河水让许多人退出竞争。钱多得实在没处打发的，只管拿下，有几个买了并排的两栋。许多院子里杂草葳蕤，入住率并不高。土地愈发紧张，别墅的价格疯长，院墙破落的建筑终于迎来了新生。主人不会把富裕拘谨室内，假山回廊和珍贵的花木，赋予了昔日野草摇曳的院子高贵的生命气象。有老师在天桥上截住我，他告诉我就住那个小区，左边谁右边谁，前面后面还有谁谁谁，言谈中的优越感让蜗居的我自惭，我回应多半不认识。他瞪大眼睛，怎么连谁谁都不认识？毫不掩饰他的惊讶和不屑。

每天上下课我来回天桥数次。时常有孩子撞到我身上，他们在追逐嬉戏。教室的走廊更逼仄，头脑活络的舍近求远跑到这里释放一下，感觉撞了人，回头看是老师，瞬间一脸尴尬呆立着，似等候发落。我没事一般继续往前走，身后一阵哄笑。我回头看时，哄笑骤停。老师不说话的时候，更有威严感。

一日下课，忽然发现天上飘雪，孩子们趴着栏杆兴奋得哇哇叫，一排伸出的小手接住雪花，凑到眼前细看。俚语"落雪落雨狗欢喜"，多指孩子。气温骤降，过往的老师都缩着脖子步履匆匆，尽量减少在空气中暴露的时间。难得老师在寒风里驻足，看飘雪，看孩子，嘴角漾起一丝受感染的微笑，那一定是新老师。新老师像大孩子，比我离孩提时代近得多。她似乎不想过早收拢孩子的"野"心，直到预备铃过后才恋恋不舍把孩子赶进教室。

次日午后，好几个教室的黑板前站满一溜男孩，老师们绷着脸训斥，使用频率最高的词汇是"危险""乐极生悲"，这帮孩子被勒令取消活动资格。老师想不透，大喇叭十分钟晨会，讲的都是"严禁"，唯恐孩子没深刻领会，老师都当场强调，可他们……过道积雪没等融化又冻成厚厚的冰，女老师脚劲差，滑溜的冰面与高跟鞋间的摩擦系数接近零,东倒西歪,失去了先前的节奏与优雅,我也不敢大步流星。孩子觉得好玩,在冰面上跌跌撞撞奔跑,叉开两条腿把棉鞋当临时溜冰鞋,或干脆一屁股坐地上滑滑梯。起先还记着老师的叮咛,只几个顽皮的刺头顶风犯规,最终架不住诱惑纷纷下海。一时间,大呼小叫,群情激昂,连平日爱告状的小女生也忘了老师的忠告,在边上拍手助威。还不急煞老师?排查,检举,无一漏网,一溜男孩在黑板前面壁思过。你们,为什么不告诉老师?当热心观众的小女生也灰溜溜陪着挨骂。

底楼过道先有人铲雪扫雪,都是低年级老师,低年级的孩子更管不住。二楼三楼的老师自发响应,学校就两把铲子,进展缓慢。有老师蹑手蹑脚在她们身边走过:"早该清理了,多危险!""现在的家长,一有事就怪罪老师!""怎么不发动校工来干?"牢骚不痛不痒的,埋头干活的听着却温暖。

我从教室出来,习惯了边走边看,天桥是俯视操场的最佳视点。要保证在校学生一小时活动,每天第一节课后有半小时大课间。学生聚集在跑道围着的草坪,轮日做一套广播操或军体操,场面壮观。老师三三两两扎堆,围墙外不乏热心的观众,老妇带着孩子攀住围栏,路过的骑跨着电瓶车扭头张望。做完操,各班按划定的区域,在跑道和周边水泥地上活动,投球,跳绳,滚铁箍,转呼啦圈……群体性活动,初看乱糟糟的,细看组织有序。遍布各个角落的音响变换着节奏欢快的歌曲乐曲,一切活动都沐浴在乐声里。

大课间比赛了,玩也要比赛么?要。层层选拔,像模像样评奖。前一周,训练紧锣密鼓,比赛前一天干脆停课彩排。评委们一到,不管学生在上什么课,立马拉出去。上一站从兄弟学校过来,他们还有下一站,下下一站。评委就是专家,分数出在他们笔下。同是临时看客,围墙外的看热闹,专家们看门道。专家没有好奇心,没有看热闹的闲情逸致,他们是在工作。目光如炬,敏锐,挑剔,每一个细节，每一处差错都难逃他们敬业的慧眼。这不是在比赛，在表演，每一个孩子都是演员，他们经过反复排练，早就明确自己的角色。总有几个演技太差，或者太调皮。这不得了，他或她会影响整个班，这个班影响整个学校。可急煞导演了，那个举着无线话筒在司令台吆喝的是总导演，从嘴巴到话筒，从天线到音响间能量的多次转换，传到学生耳中的命令基本失真，嗡嗡嗡的，但学生知道是让他们别出差错。班主任也是导演，只负责自己这一块，换了平时，那几个蹩脚演员早拉到边上凉快了，今儿不行，只能瞪着眼，小声而严厉训斥。舞台表演还在继续，评委们鱼贯跨入一辆已经发动的面包车，后半场精彩与否，感动不了他们表格里的阿拉伯数字。

客人从大门进来，第一目标是行政楼。鸣号，拐弯，减速，在楼底门口停车。脚步声说话声从底层拾级上到三楼，在楼梯口停住，往东远去，直到被门关住。有时候头儿要出来迎接，声音里便夹杂了熟悉的寒暄。头儿亲自去或让副手代劳，迎到大门口还是楼底下，其中不乏深奥，旁观者能从迎送规格，陪客多少，头儿脸上的笑容大致判断来客的分量。我这人属"脸盲"，总记不住客人的模样，无法把那些脸与如雷贯耳的姓名一一对应。不论高矮胖瘦，在我眼里永远比我高一截，至少从心理上仰望。我突然发现，天桥也是俯视客人难得的视角，对方不会觉察到有人在离地几十米的高空俯视他，也就是说，我的不敬之举因高度的落差很难为对方所觉察。每个人从头到脚都走了样，如大世界的一种哈哈镜，也像调得不对比例的宽屏电视。第一眼看到的是客人的头顶，明知每个人都有头顶，但真正能清晰地长时间看清别人头顶的机会很少，理发师除外。

有一个时期搞什么创建，他天天呆在我们这里，我几乎觉得他也是这里的主人了。动员大会上，头儿让他给我们作重要指示，更多时候，他在头儿办公室里。一次我撞进去，他半躺在沙发上，头儿和另外两人陪着他抽烟，弥漫的烟雾让我联想起小区车库里的麻将室，不过烟雾没那么呛人，烟雾质量取决于源头。茶几上拍着几包软中华，头儿这包开了封，还是横开门。沙发边有几个包装精美的手提盒，我略一扫，似乎什么牌子的男袜女袜。他们在说房价，头儿为我一一介绍时，另外两个还伸出手与我握手。他一个手夹着半截烟，一个手压在侧躺着的身子底下，再也腾不出第三个手，只能亲切地点头示意。

一日阳光灿烂，我从天桥闲望时，发现了他头皮的反光，我一直以为未老先衰的就我，早晚漱洗都不想照镜子，原来他也是"地中海"，平日管理得好，轻易不被外人觉察而已。那一刻，我几乎萌生出冲到楼下与他拥抱的冲动，一想，就凭着这么点共同之处，就想攀龙附凤，实在太冒昧，何况这个轻易不示人的部位，算不算男人的隐私，列不列男人尊严的范畴？一闪念，突然对自己冒出一些成语类的形容词。大部队检查验收就在下午，他是先遣部队，没工夫半躺在沙发上抽烟，更无暇顾及我这种突兀的攀附了。

头儿让我在天桥上警戒，阻止冒冒失失的孩子越过天桥踏脏了地面。任何检查，卫生第一大事，卫生工作代表工作态度。窗户走廊墙壁地面，一次次过关，自以为众志成城再无纰漏。秃头厉害，冬青树底下一张糖纸，嵌在下水道盖板缝的半片瓜子壳，教室墙上半个鞋印，都能让他说半天大道理。至于究竟验收什么，参观什么，老师们都不记得了。头儿在离我不远的地方打电话，关注检查团行踪。从检查团出发起，那边有人告诉他每时每刻的轨迹，就像看汽车导航的红箭头。估计什么时候到，头会提前一两分钟恭立在大门口。

小车走出五六人，大车几十号人走了好长时间，你以为再没人了，过一会儿，冷不丁探出一个两个脑袋，仿佛魔术师的百宝匣。头儿只须陪好小车里的人，大车里的人在这个场合都是跟屁虫，多一个少十个，不会影响网讯上头版新闻。参观的路径经过反复论证，而且得到秃头以及比他更有权威的秃头非秃头们的首肯。看得出，我们头与小车里出来的人相谈甚欢。头说话时，除了抑扬顿挫的语调，习惯辅以肢体动作，肢体语言与他磁性的嗓音极具魅力。一旦我站在高远处，听不到他的磁性嗓音，看不清他上下唇的张翕，他就变成了哑剧角色，包括打头的那几位。秃头夹在小车与大车之间，在队伍中并不显眼。队伍拉得很长，尾巴还在室外，打头的已经从另一扇门出来了。不要漠视跟屁虫的角色，换了他的地盘，谁都是头儿。此时队伍恰好从我眼皮底下过，走向教学楼。参观与看戏不同，戏是在渐进中走向高潮的，参观如听男高音，一开口就是个High C，才让人佩服。如今掌声金贵，观众缺乏耐心。

队伍后几人在拐弯前止步，有个人试图从内袋掏什么。其他几个都把手伸进口袋，还有一个在拉背包拉链。拐角处一个被后面的叫住，他回过头看了一下，转而招呼已经拐过去的几个人。他们很好地利用了这个拐角的遮蔽。十来个人，四五个争着给人递烟，于是，每人手里捏着四五支烟。人以类聚，憋了一路，尼古丁依赖者的心灵感应把大家聚在这个拐角。游烟、烟蒂什么的，在已近尾声的检查中绝对没事，队伍不走回头路。拐角这边尽情地吞吞吐吐，门口大巴车噌出一道黑烟，头儿挺直了腰杆目送参观队伍登车。

这一段我负责看护的路没有队伍经过，我白白站了半个小时。铃声又起，我得赶往教室。

雄兔雌兔

老婆跟我说,半夜你念念有词,做啥好梦呢?我说,没……没啊,你听到什么了?兔子!兔子?梦境亦真亦幻,梦醒后什么都回忆不起。似乎有那么回事,却遥远若隔世。老婆只管呼噜呼噜喝粥,咔嚓咔嚓嚼萝卜干。想起来了,老师抽背《木兰辞》,同学都背不出,老师铁青着脸,如找救星一般逡巡没有低下的脑袋,比如我。

雄兔脚扑朔,雌兔眼迷离。大亮跟着同学念这两句时,声音特别响亮。念前一句,翘起双脚扑腾几下,念后句,回头朝我挤眉弄眼。大亮和我同岁,在一个班上高一。《木兰辞》要背的,大亮读得疙里疙瘩,就这两句念得顺畅,背得流利。他说好玩,不是诗句,是老师。老师念诗很有架子,一手把书脊,一手叉腰,头和身子往后仰,很陶醉。念到雄兔,老师叉腰的手不由自主代替了脚胡乱挥舞几下,念到雌兔,试图眯眼睛,他眼睛本来小,不眯也是一条缝。同学都盯着书,大亮盯着老师。还用解释这两句吗?老师说肢体语言胜过空洞的解释。后来读课文,同学都会肢体语言了。

同学们,今天考考大家,这个字啊,我不告诉你们,看谁已经会读了?怎么,都不会?那怎么办?学生朗声道,请教无声的老师。我即将退休的同事,不是科班出身,书上好多字不认识,每次上课前，得临时抱佛脚请教同事，每每走进教室就忘了。他收拾学生有一套，学生都怕他，教了三代人，三代人都怕他。他在村里老有地位了，说话比村干部管用。谁说我没本事，还不照样教出几十个大学生？他以这句话回应别人奚落的时候，脸上挂着自豪的微笑。

大亮半个身子探进兔笼，把兔子一只只拎起来，想立竿见影验证老师的话。他先是拎耳兔，兔子尾巴短耳朵长，可是，兔子单薄的耳朵负担全身重量，总归不太舒服，四个脚使劲扑腾。大亮忙得满头是汗，分不出雌雄。我怀疑大亮的方法有问题，老师只说把兔子提起来，没说怎么提。我说拎后脚试试，看兔子脚扑朔还是眼迷离。这一次，所有兔子边扑腾边闭着眼。那拎前脚试试？兔子尖利的后爪瞬间在大亮手背留下几道血痕。大亮妈不心疼，一个劲儿骂儿子，小棺材，痴忒哉，不看关键部位谁搞得清雌雄。哪个关键部位？大亮妈哭笑不得，你咋知道自己是男孩？大亮小声嘀咕，老师的话不准。我说老师是城里人，没养过兔子。

同事做老师浑浑噩噩，三点水一个昆，混个先进，评职称什么的，统统没落下，近五十时居然混上一官半职。要害部门无法胜任，别人瞧不起的后勤岗位却是个肥差。一日，我去食堂吃饭途中与他相遇，感觉这位仁兄有些不对劲，很陌生，究竟哪个地方不对，琢磨不透。他没笑！以往他逢人笑，裂开嘴笑，笑以外的其他表情我从没见过。一个人不笑的时候，仿佛换了一张脸。他马上退休了，按惯例，提前三年退岗。他弥陀一样的笑脸，一直是那个姓名对应的表情符号。如今，偶有人在我面前提起他，我眼前立刻晃过两张脸，前一张脸还没来得及显示，很快为后一张脸所掩盖，尽管是路遇的一瞬间。后一张脸才是他的本色，笑容是这张脸的化妆品。

我跟大亮上高二时，换了语文老师。面临高考，边新授边复习。老师说，这两句不是把雄兔雌兔的特点作对比，实际的意思是，雄兔雌兔脚扑朔，雌兔雄兔眼迷离。在修辞学上叫"互文"，也就是说，雄兔也扑朔雌兔也扑朔，雄兔也眯眼雌兔也眯眼，如今扑朔迷离固定为一个成语，意为世事复杂难辨真相。大亮悄悄跟我说，高二老师比高一老师水平高。我轻轻用肘子捣他，老师注意我俩了。你俩嘀咕什么，站起来！我嗫嚅着把大亮的话重复了一遍。老师问大亮，我水平高在哪里？大亮硬着头皮说那段历史，同学笑得前仰后翻。老师也笑。表述重点在后头呢，意思是一男一女并肩走，谁能辨别我是男是女。这叫什么，叫比兴手法。老师板书转过身去在黑板上刷刷地写，我的书上记满老师的板书，还有自认为重要的词句。大亮从来不写，书上干干净净。家里给他寻了师傅，等拿到毕业证就去学木匠。

大亮妈为他衔牌算命，我妈也为我算。神鸟神鸟，有好说好，有坏说坏。算命先生念念有词，等大亮妈为大亮报上生辰八字，打开鸟笼，黄雀从鸟笼跳出来，在一堆纸质命牌间蹦跶，随口叼起一张纸牌。一只兔子的简笔画，还有花花草草，太阳或月亮的位置表示时辰。大亮和我同属兔，他的兔子是睡着的，我的兔子在奔忙。这个好理解，大亮是黄昏酉时出生的，我在日出卯时，兔子出洞觅食。大亮的命比我好，一生受照应，而我要自食其力。其实答案明摆着，面黄肌瘦的我跟肥嘟嘟的大亮一对照，如同埃塞俄比亚的小难民。算命先生骨碌碌的眼珠，让我想起贼头贼脑的老鼠。大亮母亲脸上放着红光，掏出手绢包，一层层解开，爽快地给了老头崭新的一元纸币。我命相差，老头只收五毛钱。此后，母亲喋喋不休的教育中，把自食其力的意思不断强化。母亲不会说成语，拿鸡刨食作比喻。

大亮嘴唇厚，老实本分。厚嘴唇男女，往往给人忠厚的印象。忠厚只是带有安慰性的词汇，跟美字不沾边，发生在一个女子身上几乎是灾难性的。当然在地球另一端，或许还是美的标志。若干年后，我从一个女子身上彻底颠覆了以貌取人的陋习。她第一次在公众的视野中，有些羞涩，羞羞答答的丑，身形不好，嘴唇太厚。男人世界怜香惜玉，羞羞答答和娇滴滴是香与玉的专利，跟丑女无缘。一开始我有些同情这女子，她那张脸太对不住她的才情。她很会聊，电话过来，哦，是你呀，一听就感到亲切。她会夸人，在她口中，我是魅力十足的才子。人都虚荣，美女夸，自然舒服，丑女夸，也舒服。日子久了，我觉得她蛮可爱，或许审丑疲劳，或许因了她的忠厚。忽一日，你知道她口中的"亲切"与"魅力"这等词汇不过是廉价的委蛇，周围所有男人都曾经为此感动，甚至闪过一丝暧昧。常人看来，天生薄嘴唇的能说会道，而她是另类，而且频率快，含有传销式的煽动性。等她再套近乎，你会觉得如吃了个苍蝇，她的每一句话都刺耳，嘴脸也如一幅夸张了缺陷的漫画。

　　大亮对高二老师的敬佩只保持了一天。大亮问我，十二年天天在一起怎么会不知道男女？我说木兰是女扮男装。大亮不赞同，举手问老师，老师跟我的答案完全一样。大亮问老师，木兰怎么尿尿，男人都站着尿尿的。衣服可以女扮男装，尿尿怎么办？老师把大亮骂了个狗血喷头。大亮本来有所动摇的木工生涯，终于在老师呵斥声中坚定下来并提前了两个月。

　　与大亮等一帮酒友在一起，扯到某同学，几位评价竟截然相反。我方认为，那位朋友义气，肯帮忙。大亮方觉得，他就是一个屌人，端着架子，不在他眼里的瞅都不瞅。人的口碑源于大众化认同，极端的评价出现在同一人身上的例证不多。我就想，根源不在某同学，而在我们这帮朋友间地位的差异。某人还是某人，他的势利并没有使他刻意掩藏脸部的阴阳，是不知不觉的本色表现。不同的地位不同的视角，只看到他的一面，而另一面永远无法看到。势利者毕竟可恶，但也不乏可敬之处，因为他没有刻意地表演。

　　大亮的儿子叫小亮。但凭名儿，爷俩倒像兄弟俩，他老婆说，好歹读过高中，连儿子的名字都起不好。小亮在网上交了个女友，女子是外地人，一组写真让小亮神魂颠倒。大亮说，网上的爱情不靠谱，谈归谈，钱包可捂紧了。小亮要去见女友，父母提议让女子过来，一来考验对方是否心诚，二来怕儿子出去受骗。小亮偷偷给女子汇了路费，女子果然前来。女子虽没如写真国色天香，但配小亮绰绰有余。女子主动拿出身份证，与网上资料完全吻合。她嘴巴甜，手脚勤，大亮一家很满意。女子回去时，大亮老婆特意给她戴上祖传的金戒指，意味着已经认可这个媳妇。不久，有关部门电告小亮，他的所谓女友其实是一个男性，凭着小巧的身材男扮女装，骗了很多痴心男人。小亮将信将疑，他与对方从虚拟世界走到现实世界，没发现什么破绽。大亮说，早就发现些不对劲，那个人指关节大，像男人。大亮老婆也说，是不对劲，在我家没上过厕所，还有，愣是住旅馆，不肯住我家。经济损失不大，别人知道了当做笑话传播的。两口子把怨气撒向儿子，你小子男人女人都没搞清，就……儿子振振有词，难道以后谈恋爱，先得让人家叉开腿看是公是母？关键部位都藏在衣裤里边，我眼睛里没长X光。老两口哭笑不得。

农贸市场有人卖兔子，是宠物兔。两两装在笼子里，按对卖，仿佛卖主早早给小兔订了娃娃亲。围着一群孩子，被卖主一鼓噪，孩子牵着大人衣角不肯走开。有人担心一对对是否阴阳相配，到时候哪里找他去。卖主说，雄兔脚扑朔，雌兔眼迷离。知道这古诗吧？我多年跟兔子打交道，一拎耳朵就知道公母，绝不搞错。我说，《木兰辞》是北朝民歌，哪来什么古诗？他说，那有区别吗？我说，有，就像雌兔和雄兔。

远方的作家朋友

在作家不再受捧的今天,我开始结交追随这个群体,本地的,外地的。我对作家的崇拜由来已久,几十年来从未含糊过。

去年初夏,俞小红主席说有连云港作家到访,邀了几个文友作陪。那天,与陈武同来的还有一位叫王兵的画家,很敦实,烟酒都在行。陈武高大些,平头,宽边眼镜。俞老师与陈武是故交,无需寒暄铺垫,晚饭就在乒乒乓乓的觥筹声中开始。也算对得起这份难得的荣幸,我事先做了功课查找陈武的资料,事实上是徒劳的。宾主相谈甚悦,不到敬酒的时候我支着耳朵当听众。作家间不谈诗词文章,天南海北闲扯,琐碎的家常。越是关系亲近,话题越是细碎。文人好酒,北方人能喝,酒酣耳热之际,开始的文雅拘谨矜持暂时搁置到一边。凭着文字,估计陈武八辈子不会注意到我,但我能让他通过酒加深印象。其间过程有些迷糊,反正散席时他约我次日上山喝茶。

茶喝着。也算尽地主之谊,我竭力兜出本地游览休闲场所。他冷不丁问我,那里能喝茶么?我说能。他说那就好。他曾写过不少有关茶的文字,不说有研究,至少有情结。以后他来,我带他去不同的地方喝茶,剑门、兴福、沙家浜、锦绣苑、蓝调江南、山国饮艺……一次和潘吉、浦仲诚到锦绣苑，说着就说到茶上，他们几位深谙茶道，甚为投机。好在我还知道一些，不至于哑了嘴当听客。回去后，他写了随笔《尚湖边的茶》："虞山的茶，尚湖的水，加之常熟田边的文友，这茶是喝出味儿来了。"平实的叙事后，笔锋一转，言述"饮"与"品"的境界，最后回到我家客厅。他把我们几位亲历者视为第一读者，因为文字就发在《常熟日报》上。

一起喝茶吃饭，陈武言辞不多，他总是一个姿势，笑眯眯地扬着头倾听，很少侃侃而谈。本地文友间交谈习惯了土话，他没听两句就忍不住插嘴：别说方言！几位一愣，后半句马上拐到乡音浓重的洋泾浜。为了在他身上"撇点汤油"，我有意找些文学的话题。为此恶补了一阵，读他的作品，网络上很容易找到。说起他的作品中的某些细节，他一头雾水，仿佛他是个局外人。譬如：落魄文人老陈与朋友吃饭，上来一道牛鞭，其中一个女的抢先尝了一口，问是什么菜？老陈说是牛肉。女子说不像牛肉的味道啊。老陈道，是牛身上的一个器官，属于牛肉范围，我们人身上也有。女子问，那我身上有吗？老陈有些为难，他没说清性别，言语不够严谨。想了想，坏坏地说，你身上么，有时候有，有时候没有……这段文字诙谐收敛，透出浓浓的烟火味。来自他的长篇小说《连滚带爬》，他竟不记得了。他说，有时回头看看，怀疑是我写的吗。我调侃他，范小青与你哪个名气大？他说，怎么可比啊，她发表一千万字了，我才五百万。我说不要谦虚么，他说别拿这词套我，谦虚比骄傲更需要本钱的。

他问过我写了多少字，我说寒酸得很，也就三十万，起步太晚了。他戏言，才写四五年，还是文学青年呢！其实我俩是同龄的。这个同龄人身上有着引人究究的谜团。他出身于东海农家，小时候跟着收购站的父亲，钻在收购站的旧书堆里。没考上大学，当过农民、工人、政府秘书、报社记者。尤其是磷肥厂和火葬场工作的经历，成为好几个小说的素材。我细细读过他比较满意的中篇小说《火葬场的五月》，故事情节曲折，东海方言的运用精准，笔墨很收敛。他在这两个地方工作时间都不长，以此为背景的作品都有七八个。作家需要生活，不是成为作家后煞有介事深入生活，而是生活本身。

去年我弄了本散文集，想不到他看得挺认真。他多次跟我讲，不要老是写回忆类的文章，目光要瞄准当下。我们市里好多前辈也这么说，经过记忆沉淀过滤的东西必定是非常精彩的，而现实题材里需要有敏锐的直觉。他给我细细把脉，说我所有文字的审视与表现都是一个模式，以俯视的角度看待事件，要放低姿态，转俯视为平视。说我的散文并非纯粹的散文，靠情节支撑，离开故事就不会写了。而且语言"粗拉拉"的，缺乏真正的散文式语言。不说远的，他竭力推崇俞小红老师的散文，语言唯美，文采飞扬。"野史者，往往抛弃了某种道德的枷锁和浅薄的讽喻，让高贵与低贱放在同一耻辱柱上责罚，任谁也逃脱不了命运的嘲弄。"这段文字来自俞老师的《李渔与钱谦益》，他的语言我们一辈子也学不会的。我说，《翠苑》杂志的冯老师也曾这么说，虽则文体界限不是很严格，作为散文还是需要讲究语言的。他让我尝试小说，叙事散文去掉些枝节，着力人物形象刻画，收好尾就是一篇小说。我愈发觉得，不是所有人都可以写出名堂的，在下既无灵气又不怎么勤奋，能走多远就多远吧。

陈武是专业作家，无须坐班，年底用阿拉伯数字交待。每天上午写作，其余时间做做家务，走亲访友。如果关了手机，准是足不出户弄大部头，那篇三万六千字的中篇连续写了五天，玩命一样，他说思路一断就再也接不上，最后成残篇。我没有体会，大概灵感从来没有光顾我。放在三十年前，他这样的作家该不知被多少人仰望。今非昔比了。

交往多了，陈武随意得就如自家兄弟。男人间自古习惯兄弟相称，不管对方年龄大小都可唤作兄，真要把兄弟情从嘴边移植到心里，取决于双方。志同道合固然，志不同也未必成不了兄弟，贵在真诚。在剑门喝茶时，他知道我女儿将在国庆结婚，怂恿让王兵画一幅送我女儿。秋后他真带来了。他从不允我在大饭店招待，钟爱我家附近路边饭店。我带他在那里吃便饭，一盆药芹炒肉丝，他吃得津津有味，时常叨念，还写了篇文章。一次他来时，正赶上我去冶塘的同学家喝喜酒，我征询他是否愿意随往，他很乐意。藉此感受江南婚俗，对租借的木屋表现孩子般的兴趣。他有一颗童心，蹲在端详一丛野草，站在桥上看河水里抢食的鳑鲏鱼，跟素不相识的男孩下象棋。但凡才情过人者，食人间烟火却在细节上总有别于泛泛之处，骨子里的东西，与生俱来。

酒桌上认识的不都是酒肉朋友。但朋友间免不得酒肉的消遣，古今中外的人之常情。大概他最初印象觉得我善饮，此后一直留一手。喝不多时，他开始踩刹车，总说，啊呀，我们都是朋友，差不多就可以了，不是谁把谁放倒了。之后浏览某个博文，说陈武招待南京的作家，"在谈笑风生间一个个将他们放倒"。我跟他交流，说你那次究竟喝了多少把人家一个个放倒了。他细细描述那天的情形，不像对自己作品有陌生感，因为亲身亲历，而且当一辈子饮者，豪杰到这个境界的典型事件能有几许。我告诉他，在下全凭一股子蛮劲，凭真实力不在一个层面。他审视着我，时常保持着高度警觉。端午来常熟，走前西岐老师为他送行。那天我要开车送他，没沾酒。难得见他尽兴，喝完白酒不过瘾，提出加一瓶黄酒。他端起满杯黄酒。嘴里直通肚子，连吞咽的动作都省略了。

陈武每次来都有正事，顺带叙叙旧。这次，他为俞老师、西岐、葛丽萍的新书出版。过一阵，我们便能在新华书店和网上书店看到几位作家的最新力作了。

言子堤漫步

一片水域。它在我眼眸里逐渐放大，占据了我整个视野。

天朗气清，和风拂面。在昭苏万物的暖阳中，昆承湖被一个季节冻僵的表情慢慢舒展开来。

昆承湖最热门的去处当然是状元堤了。单说它的名儿就足以使人浮想联翩，其中蕴含的吉利口彩，更是令每个人怦然心动。一堤迤逦越湖而过，中心地带的状元桥尽占举目四望的优越地位。南三环高架尚在建设，状元堤贯通后，开放式的景区管理，无意间为过路的车辆提供了东往西来的通衢。日流量过万，匆匆的过客，或许无心流连这一湖的春水，更不会静心琢磨状元堤背后的故事。忙碌，把车轮下的湖堤简化成一个路名，一条车道。

提着点雅兴，还是到言子堤去转转吧。

言子堤与状元堤隔着半湖水，与南三环隔着一条河，这堤该称它河堤还是湖堤呢？我为自己突然冒出的纠结感到可笑。河与湖相通，而且本来是一体的。如果你留心观察，水质大不相同，一边是浑黄，一边清凌凌的。看来，客水分流，生态整治等这些术语，已经由规划走向执行，由文本誊写到现实，词义也在不断引申。

湖水浩淼，昆承湖原始的犷野曾留在我儿时的记忆。每年开春，父亲摇着木船从村寨里的小河浜出来，到达湖里罱泥，一天两个来回。湖里螺蛳总是罱泥船附带的收获，碰巧也有受惊的鲢鱼跳到船舱，那是大自然的馈赠。我天天坐在船艄，看父辈机械地劳作，听湖水有节奏地拍打船身。父亲也曾摇着木船沿张家港河，远赴上海装氨水，穿过这片水域时总要挂起风帆。父亲似乎告诉过我，这里叫东湖。孩提时的我，对湖的概念模糊得一塌糊涂，只留一片茫茫。恍惚于脑海的，唯有浇到湖塘的河泥底下不时冒起的螺蛳，还有腾跃于船两侧银白的身影。

大概七八年前吧，同学带来一个名叫杰克的老外。我们陪他游览了尚湖，老外觉得尚湖过于繁华也太精致，突然问我，这里是否有未加开发的天然湖泊，他说喜欢带着野性的去处，用中国人的话叫原生态。几乎未加思索，我选择了昆承湖。我们借用了养殖场的小快艇，从古银杏下的河浜出发，一路突突，拐入湖中。快艇犁开湖面，掀起的波浪向两侧延伸，湖风扑面，杰克表现得异常兴奋。吃饭时，杰克对螃蟹情有独钟，我挑了一对最硕大的放在他面前。但他只吃了一个便再也不吃，觉得螃蟹有些异味。螃蟹的自净能力好，能降解一般的污染。其时，阳澄湖大闸蟹供不应求，昆承湖蟹凭着实惠的价格在本地乃至上海都占有一席之地，甚至成了前者的替代品。我们不甚敏感的味蕾无法体味，老外却不同，味蕾挑剔着呢。下午，杰克取消了既定的湖钓，匆匆返回上海，给我留下一丝淡淡的遗憾。

我后来才知道其中缘由，遗憾之余，为这片湖水感到惋惜。养殖场的工人私下告诉我，他们也不太喜欢吃湖里的鱼虾。枯水季节，湖水中飘出阵阵异味，靠岸的湖水更脏。环保监测，昆承湖水仅为五类。

昆承湖承载的，是经济发展给它带来的伤痛。以牺牲环境为代价，成为我们现代化进程中的一个败笔。找回曾经逝去的青山绿水，给我们的子孙留一点永续的资源。生态修复是对大自然保护的觉醒，由旅游开发转向生态修复，功利性变为人文性，昆承湖迎来了绝好的机遇。

在湖中造一条河，这个想法很有创意。我脚下的言子堤，首当其冲的职责，就是一道隔水坝。从此以后，张家港航道与昆承湖彻底分家，最大的污水源在这里止步。取缔围网养殖，关停污染企业，截留生活污水，稍微浏览一些资料，就能轻而易举找到一组数字。数字的印象让人模糊，甚至很快就会被人淡忘。但一湖的清澈，成群游弋的野鸟，不是对这些数字很具象的注脚么。

徜徉于言子堤，远观湖中万千气象。你或许会随着一声低鸣，把目光凝聚在湿地中惊起的鸥鹭，看它们低飞滑翔，看它们扎向湖面。或许会在不经意中随一声汽笛，转向航道上的轮队。在浩浩荡荡的船队中，没有帆船，更没有罱泥的农船。以前罱泥积肥，无意间为湖水承担清洁工的义务。淤泥放在田里是庄稼无以取代的良肥，沉积在湖底却是祸害。八百万方大规模的湖底清淤，昆承湖水深增加了一倍，自净能力大大提升。就地取材，淤泥作为泥源，如今已化作隔水湖堤，湖中的小岛。

歇歇脚，去"言子茶室"坐坐。

言子茶室建在湖边湿地。幽曲的木质长廊，把我引向深处。茶室坐堤向南，静中取幽，通透的窗户，为茗者敞开了足够的视野。在略带古意的茶肆坐定，低矮的方桌，硬质的靠椅，景泰蓝图案的茶具，不免让茶客萌生脱西服着长衫的冲动，至少压抑了大声喧哗的陋习。有乐声自茶室角落传出，轻拢慢抹，低吟浅唱，那是古筝名曲《平沙落雁》，曲高和寡，没关系，文人雅士多有诠释，"风静沙平，云程万里，天际飞鸣。借鸿鹄之远志，写逸士之心胸"。今人更听不懂古曲，然则听曲有多重境界，外行无关乎曲子表述的场面抑或情怀，而在它营造的氛围。常熟有的是休闲品茗的好地方，驱车几十公里寻幽到此的不会太多，走马观花的游客也会在车轮滚滚中不经意错过了这个茶室。

　　起身走一走。走廊木屋巧妙地布置着名人字画，连照明设备也带着文气。一个将商业氛围淡化到极致的场所，早已摆脱单纯意义的休闲功能，对性情的陶冶，心智的净化，何尝不是一个绝佳的去处呢。姑且给红尘里脱身的心灵辟谷的机会，来一次生态修复吧。

　　言子茶室的名号算不得张扬。它西边不远处就是言子故里，在外人看来，"言里"只是个地名。历经几千年，言子在故里的踪迹或许只留一个地名，和失传了家谱的言姓后裔，除了虞山东麓几经修复的墓道，大抵隐没在史书中了。言子非逸士，就算没遇见孔子之时，断不乏鸿鹄之志。孔子带着众弟子周游列国，口授心传。他很善于借水说道理，说水乃真君子，它有志向，善施教化。孔子游泗水的文字中有颜回、子路的言行，只字未提言子。大概言子开小差了，泗水唤起的昆承湖水声里融入了淡淡的乡愁。他是否在场无需考证，重要的是能身体力行。对这位先贤，我们在膜拜他文学造诣的同时，往往疏忽了他的政治抱负和治国之才，他主张礼乐教化并践行于武城宰相任上，拿今天的话，就是注重人文素养，致力精神文明建设。

　　言子成年后才北上求学。想必青少年时的言子曾在湖边放牧、读书。牧童归去横牛背，短笛无腔信口吹。当牧童与学子不会有多少冲突，他朗朗的书声，在细浪里出没，在微风中袅绕。直至几千年后，他浓重乡土味的朗朗书声，余音宛在。

　　从言子茶室的后窗能望见西北角一处恢弘的现代建筑群，那是一所大学，顺延诸多学府命名的习惯，全名常熟理工学院。它脱胎于逼仄街巷的一所师专，从虞山脚下曾园一路南迁，最终在昆承湖畔落脚。朗朗的书声里，词汇和语种都与国际接轨，远非单纯的之乎者也辞赋古韵，不说专业，就它的两级学院也有12个之多。前几年，学院另一个校区也在开发区落户。

能在常熟最高学府出入的人，无论对着湖水指点江山，还是在绿茵茵的草坪上激扬文字，脸上带点豪气也在情理之中。但他们能放言，常熟理工学院是全世界最美的大学，世界最大的大学！我佩服他们的牛气，也为这份牛气捏把汗。说美，环肥燕瘦，没有具体的标准，说大，最有说服力该拿出阿拉伯数字。管委会的小俞笑着告诉我，他们把昆承湖也包揽在校区呢。我恍然。两个校区中间隔着个湖，不如说，这所大学伸出双手环抱着湖，由此说来，昆承湖隶属于这所大学，只是它版图内一个硕大的荷花池。何等的豪气，何等的浪漫。不管怎么说，一个县级城市，能有这样一所大学，常熟人大概不会吝啬更不会计较一个顺水人情的。

言子堤不长，不多会儿就走到它的尽头，转过闸口就是环湖路了。"一环、两堤、三岛"，把昆承湖初具形态的亮点高度概括。"丝纶千尺烟波里，欸乃一声春雨余。"说的是昆承湖。烟波浩渺，棹影飘渺，鸥鹭回翔，昆承湖在精致的江南不乏粗犷的原貌。经过生态改造后的昆承湖，又在粗犷中显出几分细气。如果你去东入口的昆承湖公园走一走，坐一坐，那会是另一种感受。

有车从言子堤徐徐驶过，它放慢了脚步，似乎陶醉于安详静谧的时空错觉，凝神于从言子故里流淌过来的古风雅韵。这种韵致，是这个城市的文脉和精神膜拜，源远流长，绵延不绝，渗透到我们这个城市的每一个毛孔。

栗桂园品茶

得一日半晌闲暇,邀三五好友,栗桂园品茶去。

品茶,与口渴无关。渴了喝水,瓶装水,凉白开,天然地下水。举着瓶,端个搪瓷缸,把嘴凑在井台上的水桶边,咕嘟咕嘟牛饮一番,抹抹下巴,肚子咣荡长吁一声。品茶,也不是纯粹为了喝茶。你可以选择宁静,一个人泡杯茶,乡下小院石台边听评书,城里高层公寓的阳台上看风景,暖阳透过窗户的客厅里读读小说。在忙忙碌碌的身影里品读时光,在凉风翻起书页的罅隙间参悟人生。你可以选择喧腾,晃觥投筹言辞气壮,脸红筋暴吼两嗓秦腔。生活有多种情状,团团围坐茶坊间一方小桌,临时搭建一个开放而相对独立的时空,得一方雅致而不失热闹的场所。

栗桂园的前身是听鹂苑,旧名叫得也敞亮,静态或动态,视觉或听觉,能让茶客在驻足品读匾额时产生无限的遐想。今年夏天,这处茶室换了经纪人,新主新气象,更个名,老房子见见新,也属顺理成章。栗桂园由汪瑞章命名并题写,汪先生者谁?一字难得,更是一画难求。圈里只有他不认识,没有不认识他的,就是圈外也以得其墨宝而欣然。汪先生亦有良好的国学功底。栗桂园这名,初看随意,似因了场地上几棵古树,其实小有讲究。论音律则平仄跌宕，呼之有闭口开口转承。若偏巧去厅堂就餐，看看汪先生真迹。以前只知道汪先生擅小楷和行草，隶书作品见得少。栗桂园三字，古隶体中融入魏碑，朴拙俊朗，厚重大气。寻常茶坊，开业挣钱只争朝夕，生意之道往往不屑于形而上的道，为求一匾而如此劳神费力者能有几许呢。

  栗桂园的前门是沿街的门面，本地人对那条街不会陌生。寺路街由东向西，是连接繁华与宁静的步道石街，也是沟通尘世和佛界的心灵甬道。善男信女步履匆匆，在凹凸不平的乱石街上踩过，直奔那个叫做兴福的寺庙，进一炷虔诚的香，双手合十默念几声。盘桓于兴福石，尔后伫立一旁，静听蒲团打禅的师傅悠扬的诵经声。文人墨客迤逦而至，为一块碑陶醉，在潭边坐上半日。也有漫无目的的过客，非寄情山水，非探幽访古，非寻找灵魂的皈依。背着手晃到这条路上，看看，走走，停停，所有的心思被自己掏空，这是一种只可意会不可言传的境界。栗桂园对面有一处四高僧墓，远没有牌楼那么显眼。这处为黄墙黑瓦屏蔽的神秘之地，步履匆匆的现代人多视而不见，更甭说，去琢磨墓门上石刻的楹联了，楹联并不艰涩，禅意中亦有人间烟火味：异代并成罗汉果，空山时落曼陀花。高僧塔林与凡尘仅一墙之隔，却离我们那么远。凡夫俗子，莫名宣扬对高僧的膜拜，总有虚无与矫情之嫌；横跨心灵时空，与三维之外的世界达成某种对接，似乎也做不到。游客茶客访客在此歇息，高举手机咋呼同伴，四高僧墓不过是一个路标罢了。

  我一直在琢磨栗桂园的前门后门，只要寻到目的地，管它呢。从朝向看该是南边，招牌下一段逼仄不太幽深的小巷，一不小心就被忽略了。北边却开阔空旷，最近几年才建起来的停车场，总是排满各色卧车。过去几十年，兴福喝茶一直囿于寺庙边上两家大型茶室。有客就有市，庭院小茶室逐渐火爆，沿着虞山北坡，自兴福延伸到老石洞。就是闭着眼，随便走进一处民居，都有热情的招呼热情的茶水。时间长了，茶客随心的腿脚变成有目的的选择，固定为熟客。其间有一个筛选淘汰的过程，原因很复杂也很简单。有时一语不和，有时稍因怠慢，还有些莫名的原因。常熟毕竟不是个大地方，供需增长的失衡，使作坊式茶园过早饱和。聪明的主人，善待来客，也绝不会得罪潜在的客户。有一回，我驾车兜着圈子寻找泊位，见一老者招手示意，以为遇见好人了。他见我们想去另一家茶室，瞬间变了脸。我无奈地移车走人，日后也不再光顾这个地方。

庭院茶室刚冒出来时，场地设施都带着原生态的粗犷。场角，后院，路旁，河边。略加平整，铺一层砖块。大树底下，竹冈缝隙间，支几张桌子，任山风起伏，日光流转。后来，设施愈发精致，起初扯起凉棚，盖几顶茅屋，如今都是木屋了。茶家以设施日趋精良求得最大竞争力，同时惯坏了茶客的审美味蕾。旷野之趣的退位，与茶客的初衷不太合辙，茶客觉得只是换了一个地方闹腾。

茶客三教九流，一般并不在意名号，甚至不看招牌只记方位。栗桂园，名实相当，院中栗树参天，桂树葳蕤。它与另一家紧邻的茶室交互穿插，根据地形自然形态以竹篱营造出各具风格的两片天地，据说园主是兄弟俩，你中有我我中有你的格局，一如同胞兄弟有分有合的亲情纽结。天时地利赋予这一方得天独厚的财源优势，和字在日常细节中亦不可或缺。

庭院茶坊最兴盛的时景当在四至十月，春暖秋爽，万物怡然。盛夏不大想出门，躲在空调里。冬景萧条，人的身体藏在严严实实的冬衣中，生意也萧条。赚了点钱，再投进去完善些设施，削弱季节的阻碍。我这次去，栗桂园的木屋四周蒙了软玻璃，敞亮而温暖。每一次去，都有眼前一亮的感觉。但说木屋的吊顶吧，舍弃了大气古气的木板，或是齐整的新型扣板，因陋就简，拿毛竹片织成葡萄架，青藤绿叶间，悬着一嘟噜一嘟噜时令水果，寻常的节能灯，以自制绢花作灯罩。不经意间抬头，自然联想到主人的潜心与匠心。

再想想，如果少了这一顶绿色，少了素雅的绢花，反倒有些缺憾。主人小陈，是我市小有名气的女作家，她文风婉约细腻，有张爱玲的味道，她是不是张爱玲的粉丝，我不知道。但她爱穿张爱玲式的旗袍。

　　三五成群的茶客，各踞一隅，围桌而坐。胡侃，抽烟，嗑瓜子，吱溜吱溜喝茶。中学大学的同学在此聚会，呼啦啦两桌，稚气的脸洋溢着活力。老同志老同事老朋友过来，言谈举止持重沉稳，友情有如老酒般淳厚。纯女伴的也有，叽叽喳喳，大惊小怪。打牌的最热闹，四方桌上摆开擂台，或凝神，或得瑟，或捶胸顿足，或拊膺长叹。惊得远近侧目观望。栗桂园也是本地文友的据点，周末假日，偷得浮生半日闲，或喁喁细语，或侃侃而谈，或滔滔不绝。不要以为文人在一起就谈酸酸的文字，他们的话题，也是家长里短，天南海北。有异常人之处，透过零星话语捕捉点灵感。文学的没落大势所趋，文人的圈子渐渐缩小。捧一本纸质书，不再高雅，更谈不上时髦。不过，圈里人十分在乎，谁出了新书，谁得了大奖，谁的作品上了哪一级刊物。怡然自得，唯有坚守才有超脱。

　　泡一杯清茶，不必自带茶叶，只要是本山茶，品级无所谓。若有足够的闲暇，让小陈来一壶功夫茶。正宗的功夫茶忒讲究，那就简化些，火炉贮水缸什么的都省却了。小陈在私人会所待过，她搬出茶具，动作娴熟，治器、纳茶、候汤、洗茶、冲茶、淋罐、烫杯、洒茶……忙乎半日，每人就咂一口，却看得眼花缭乱。《茶经》里说："山水为上，江水为中，井水其下。"说的是泡茶用水，以前还没自来水，若有该为下下了。黄昏时去降龙涧取几桶山泉，滤去杂质，再沉淀一晚。店里常备的茶料是正山小品，清冽淳厚。那是武夷山的古老茶种，与金骏眉不相上下。

　　扬州人热衷早茶，茶水能喝饱肚子么，亲自体验过后，方觉得自己无知，早茶就是早点，撑死你都行。虞山边的茶室，早过了单纯以茶水待客的初级阶段，眨眼间给你整几桌菜。栗桂园原汁原味的农家菜，少不了土生土长的桂花栗子，松树蕈油。倒杯王四的桂花酒，细细斟慢慢酌，茶桌上没侃完的大山接着侃。小陈老板亲自端菜，一袭旗袍配以披肩，袅袅婷婷款款飘来，细声曼语，素颜浅笑，她身上有一种与生俱来的古典美。她偶尔也给客人敬敬酒，借机倾听客人的意见，客人的话永远是真理。

夜幕下的停车场空空荡荡，最后一拨客人在这里相互告辞。忽闻一阵桂香飘来，都入冬了，哪来的桂花呢。记得一句禅语说，桂花香所以桂树在。禅语的涵韵令人费解，我猜测大致的意思是，世间万物不都是那么简单的因果。一个店的招牌与口碑，不是一天造就的，就像桂树长大，慢得觉察不到。

青山绿水飘茶香

在虞山南边的宝岩茶庄,我们在一处僻静的小院里坐定,用透明玻璃杯泡一开茶。看茶叶舒展着从液面缓缓沉到杯底,缕缕绿意在水中徐徐释放,杯口袅袅的水汽中一丝若有若无的清香飘入我的鼻翕,端起茶杯,呷一口。围坐的茶友,来自各行各业,但有着共同的爱好,品茶。历练几十年的味蕾,与他们阅人无数的眼光一样,老道、精准、挑剔,他们算得上老茶客。喝茶谈茶,闲扯聊天。上好的茶水,优雅的处所,熟人熟脸心性相投,再听主人侃侃茶经,论论茶道。这茶,算是喝出滋味来了。

年轻的新江是这个茶庄的主人,他顾秀斯文的模样,很难与他商人的身份划等号。茶友谈得热乎时,他支着耳朵聆听,不时起身烧水添汤,偶尔躲到边上接个电话。他的茶庄,文气中透出古韵,墙上名人字画,办公室仿古家具,坛坛罐罐和一些小工艺品点缀于窗橱壁挂。品茗待客的小院,净雅而灿然,暖阳透过玻璃房,在腊梅花枝间摇曳,在幽兰蕙草中淅沥。"莫讶春光不属侬,一香已足压千红。"这句是说兰,在万物萧条的季节里,说茶,未必牵强呢。

如今翠绿的虞山下,乡野茶坊星星点点,为常熟人的休闲生活注入无穷的乐趣。"鱼游碧波盍自在,不为尘事扰心间。"慢生活成为常熟人挂在口头并呼朋唤友的时髦。我们学会了赚钱，也别忘却了生活，邓家姐弟是这个行业的先行者。十五年前，姐弟俩就在宝岩生态园开始创业，姐姐经营饭店，弟弟经营茶室，姐弟联袂，赶上第一届"宝岩杨梅节"，迎来宝岩生态园第一缕春风。而今，"小凤饭店"依然笑脸迎客，而茶室的主人在与时俱进中更弦易辙。邓新江转行的动机是妙手偶得，还是在迎来送往中磨练的远见卓识，兼而有之吧。他是土生土长的宝岩人，家有几块茶园。新芽初吐时节，新江就在茶室里置一口锅，以自家的青叶为料，以家传的手艺为技，细焙慢炒，现场制作，然后请茶客品尝。童叟无欺，茶品与他的人品一样纯真，茶客意犹未尽，提出要买他亲手制作的茶叶，无奈茶料有限，何况茶室要四季待客。

　　常熟人喜欢喝茶，温润的秉性决定了大部分人对茶品的取舍。全发酵的红茶，普洱类的黑茶，香气馥郁的花茶，都非邑人首选。就连铁观音大红袍乌龙茶，这些个大名鼎鼎的半发酵茶也不受待见。常熟人，单单钟爱绿茶，而且要本山茶。碧螺春，茗毫，炒青。本地的水，泡本地的茶，迎合本地人的口味。造物主给我们一座虞山，一山天然的茶园，同时也把茶文化植入我们饮食起居。浩如烟海的咏茶文字中，元稹的"一七体"诗尤为别致："茶。香叶，嫩芽。慕诗客，爱僧家。碾雕白玉，罗织红纱。铫煎黄蕊色，碗转曲尘花。夜后邀陪明月，晨前命对朝霞。洗尽古今人不倦，将知醉前岂堪夸。"写的就是绿茶吧？这诗，本地茶客未必知晓，却鲜有不谙"剑门""虞山"。这些沾带着天地灵气的本地香叶，与兴福的蕈油，王四的叫花鸡一样，早已成为我们这个城市的名片。而以白茶为主打的"虞山宝岩"，也悄然进入茗品的市场，为常熟人挑剔的舌尖所接纳。

　　白茶为茶中极品，香气清鲜，茶汤清澈，滋味清淡回甘。宋代皇家茶园，为福建北苑御焙茶山上的野生白茶。虞山白茶属舶来品种，娘家在安吉。闽贵浙地区是白茶原产地，如果细细把玩，闽地白茶与浙地白茶并非同一品种。北苑白茶，叶片周身满披白绒，似银如雪。而安吉的白茶，由绿茶自然变异而来，整片茶叶呈白色。诗句"碾雕白玉，罗织红纱"似乎更与白茶合辙。自古商贾川流，做的是茶叶生意，传播的是博大精深的茶文化，同时也推动优秀的品种在各地引种。橘生淮南则为橘，生于淮北则为枳。气候不同，土壤酸碱度不同，古人所谓水土，其实并不神秘。我们的虞山，水土与安吉有诸多相似之处，远嫁吴地的越女，无论在娘家在婆家同样俊俏滋润。但我们就这么一座山，内需加外需使得本土的资源显得极其有限。小试牛刀的新江，把目光瞄向安吉那片广袤的山野。

地处浙西北的安吉，其地名出自《诗经》："岂曰无衣，七兮，不如子之衣，安且吉兮。"由汉灵帝赐名开始，这名被叫了1800年。安吉属亚热带丘陵地貌，雨水丰沛，气候温和。竹海氤氲的山岚之气，为茶叶生长提供了既安且吉的自然条件。它在工业化对自然失态蚕食的狭缝中，难得保持了固有的生态。十年前，新江来这里的初衷，是从茶农手中收购青叶，然后自己加工。山民各开门户靠山吃山，松散零购的青叶难免良莠不齐。茶叶的质量，源头掌控是第一关，经过实地考察，他包下了龙王山北边的一个山头，其中有他自己买断的茶园，也有订立包收协议的茶园。

创业的梦想与现实总是有些距离，邓新江本想，租几间厂房，拖来机器排好生产线，待新叶初绽，即可机声轰隆不辍。孰料，在青叶上市的季节，各路商客蜂拥而至，人为的哄抬，使得用工的成本和青叶的价格随时飙升。他的淡定，他的真诚，他的义气，得以让他在乱云纷飞的茶市中立足，赢得茶农的口碑。当然，新叶茶市的拱火只是小菜一碟，更琐碎更严峻的烦恼在以后的经营中纷至沓来，给这个异乡求进的年轻人以涅槃般的考验。其间的艰辛难以言述，在一个戴着眼镜样比书生的言辞中，轻描淡写，似乎在讲述别人的故事。好在这一段历史已经成为历史，虞山宝岩的品牌，与一个年轻人殚精竭虑的追求，跻身家乡茶市，俘获茶客的味蕾。

相传，碧螺春采摘的人选极其苛求，村妇老妪皆不可为之，唯二八少女飞手摘叶，藉以酥胸温焐，方得茶香弥远。传说归传说，多少沾带些神奇的色彩，但其间看出茶叶的娇贵，似皇室贵胄娇小姐极难伺候。新江指着杯中一朵茶叶对我说，你看这朵茶叶，叶柄断面呈红色，与其他茶叶透身绿色的自然形态有些不同，很显然，采摘者用指甲掐而没有按要求折。新江是茶农后代，又是开茶馆出身，对茶品有着极其精深的考量，一个叶柄即能道出子丑寅卯，不只令在下叹服，也让在场所有人哑口。传统的安吉白茶工艺，经萎凋、烘焙、拣剔、复火等环节，藉以理条成型，挺直略扁似兰蕙。初泡浮在水面，三泡后方能沉叶释味，给茶客犹抱琵琶，千呼万唤的念想。新江制作白茶，取料一芽一叶，似上等龙井"一旗一枪"，以杀青、揉捻、烘焙为主要流程，借鉴本地工艺，在揉捻上另辟蹊径。茶型细收虬曲，内敛紧实。而且，茶叶经过拿捏有度的揉捻，茶味恰到好处地释放，入口即香，唇齿间含满余韵。每年清明前后，新江山上山下奔忙，采摘炒制都亲自把关。多年的历练和积淀，他的口鼻超乎常人的敏锐，瞬间能说出哪个环节出了点问题：太香了，建议把控温度；太苦了，揉捻过度；碎屑过多，烘焙时间过长……半点参差，即能令茶品下降。

时下，新江在茶庄当寓公。喝喝茶，会会朋友，也接待客户。冷冻库的存货差不多了，电话那端在责怪他。他笑着道，骂我几句无妨，说明你认可我的茶叶，明年再来吧。安吉那边休山，他的百万株茶树早早进入休眠。他只做春茶，春叶采摘结束后，大刀阔斧整枝修剪，防止因疯长而导致养分损耗。他的茶叶，不喷一滴农药，不撒一粒化肥。颗粒肥菜饼等全有机肥，促进了土壤的不断改良，也确保了茶品的纯真。

白茶属于高端茶品,生产成本决定了它的价位,寻常百姓爱它却只能仰望它。曲高和寡,满足多层次的需求才能立足市场。新江计划推出"商务白茶",走大众化、平民化的路子,让普通百姓也能享用白茶。品质不能降,可以让利,可以简化包装,提高生产效能。"旧时王谢堂前燕,飞入寻常百姓家。""虞山宝岩"这个品牌,将为舌尖上的常熟增添又一张城市名片。